Rainer Bartel

Bleiben

Ein Heimatroman

3. verbesserte Auflage: Januar 2026

Copyright 2026 © by Rainer Bartel

Druck: Libri Plureos GmbH,

Friedensallee 273, 22763 Hamburg

Für Annita (1951 ~ 2021)

Inhaltsverzeichnis

Margarete im Krieg

Morgens um fünf schaltete Grete wie jeden Tag das Kofferradio in der Küche ein, während sie den ersten Kaffee kochte. Da war in den Nachrichten von einer militärischen Operation die Rede. Erst den Wetterbericht hörte sie sich aufmerksam an. Beim Mittagessen stellte sie fest, dass ihr altes Rundfunkgerät keine UKW-Sender mehr empfing. Nur über die Kurzwelle kamen Stimmen in fremder Sprache rein und eine Art Musik, die sie nie zuvor gehört hatte.

Nachmittags kam, wie beinahe jeden Tag, Wilhelm, der alte Brockhoff, zum Kaffee rüber. »Sech, Machreth, hest du de Nachrichten sehn? Dat schall nu Krieg geven.« Sie schüttelte nur den Kopf. Ihr Fernseher ging gar nicht mehr, seit Hardy beim Versuch, eine Satellitenschüssel auf dem Dach zu montieren, abgestürzt war.

Über dem Moor hing ein feiner Dampf, wie meistens in dieser Jahreszeit. »Ich muss gleich noch den Hühnerstall reparieren. Hab die Tage ›n Fuchs gesehen«, sagte Grete nur. »Na, denn maak dat mal«, kommentierte der alte Brockhoff, trank seinen Kaffee aus und ging.

Als die Airforce der Vereinigten Staaten am 6. August 1945 die erste Atombombe auf Hiroshima abwarf, war Margarete elf Jahre alt und hatte Sommerferien. So wie sie und Gerd schon seit dem April Ferien hatten. Alliierte Truppen hatten die Bischofsstadt eingenommen, und als Lehrer Lindemann nicht mehr an den Endsieg glaubte und als alter Parteigenosse fürchten musste, von den Briten zur Verantwortung gezogen zu werden, hatte er sich davongemacht, sodass man die Dorfschule schloss.

Der Sommer war mild. Die Kinder halfen bei der Ernte, soweit es überhaupt etwas zu ernten gab. So erfuhren Grete und Gerd erst im Herbst von der Atombombe auf Hiroshima. Fräulein Lehmann war zurückgekehrt und verwandte viel Zeit darauf, den Kindern von den schrecklichen Verbrechen der Nazis zu erzählen und davon, wie die Franzosen, die Belgier, die Briten und die Amerikaner Deutschland befreit hatten; über die sowjetischen Streitkräfte verlor sie kein Wort. Eines Tages brachte sie einen Zeitungsausschnitt mit, auf dem das zerstörte Hiroshima zu sehen war und erklärte, dass eine Atombombe viel schrecklicher sei als die Bomben, die während des Krieges auf Deutschland niedergegangen seien, und illustrierte diese Aussage mit dem Foto eines Atompilzes über dem Testgelände von Los Alamos.

Sie sprach von der gewaltigen Explosion und von dem riesigen Feuerball, der alles im Umkreis von vielen Kilometern verbrennt, von dem anschließenden Feuersturm und der radioaktiven Strahlung, die Menschen vergiftet, die sich mehr als zwanzig Kilometer vom Ort der Detonation aufhielten. Sie berichtete von den mindestens einhunderttausend Menschen, die von diesem Feuerball sofort getötet wurden, von Opfern, von denen keine Spur mehr zu finden war, und von weiteren hundertachtzigtausend Japanern, die schnell oder erst nach Jahren an den Folgen der Atombombe starben.

Grete war schockiert und versuchte sich einen Feuerball vorzustellen, so groß wie die Siedlung oder das Dorf, einen Atompilz, der über dem Moor steht. Während des Krieges war keine einzige Fliegerbombe auf das Dorf gefallen, nur weit draußen über Moor hatten britische Bomber ab und an überzählige Geschosse abgeworfen, und einmal war eine Phosphorbombe niedergegangen und hatte einen Torfbrand ausgelöst, der noch Jahrzehnte später nicht erloschen war.

Als sie und Gerd schon verheiratet und ihre einzige Tochter Annegret geboren war, gab es eine Veranstaltung im Saal der Gastwirtschaft Maschen, auf der die Bevölkerung über die atomare Bedrohung durch die Sowjetunion informiert wurde und ein Beamter erklärte, was im Fall des Falles zu tun sei. Ein Film in englischer Sprache mit deutschen Untertiteln wurde vorgeführt, in dem nicht nur mehrere Atomwaffentests zu sehen waren, sondern auch Eltern und Kinder in Bunkern und Atomschutzübungen, bei denen sich Menschen auf den Boden warfen und ihre Köpfe mit Zeitungen und Aktenmappen schützten.

»Glaubst du«, fragte sie Gerd, »dass die irgendwann mal eine Atombombe auf uns werfen?«

Ihr Mann schüttelte nur den Kopf: »Wir sind viel zu unwichtig. Mach dir keine Sorgen.«

Aber in der Nacht träumte Grete, dass hinter den Kämmen des Mittelgebirges ein gewaltiger Feuerball aufstieg, aus dem ein Atompilz wuchs, der bis in den Himmel reichte. Dass dann ein heißer Wind über das Land und das Moor zog. Wie sie mit dem Fahrrad in die Berge fuhr, den Gipfelkamm erreichte und sah, dass sich von dort aus bis zum Horizont nur noch verbranntes Land erstreckte, aus dem hier und da schwarze Baumstämme oder Reste von Gebäuden aufragten.

Margarete allein

An einem glänzenden Sonntag Ende Juni feiert Margarete Kranzow geborene Lage verwitwete Brockhoff verwitwete Hanke ihren vierundneunzigsten Geburtstag. Ganz allein. Ihre drei Ehemänner sind bereits vor Langem gestorben, und auch drei ihrer vier Töchter sind schon tot. Über den Verbleib der Jüngsten weiß sie nichts. Sie hat keine Verwandten mehr. Außerdem sind alle Nachbarn bereits fortgegangen oder tot. Sie wird auch mit dieser Situation fertig werden. Fit genug ist Grete. Ihr fehlt nichts.

Der Garten, den sie Jahr für Jahr auf dieselbe Weise pflegt, gibt ihr genug zu essen. Sie besitzt über hundert Weckgläser, gut gefüllt mit eingemachtem Gemüse und Obst. Kürbis, süßsauer eingelegt wie sie es von den Flüchtlingen gelernt hat, ebenso die fetten Birnen aus dem September, strahlend gelb und blassgrün, daran kann sie den Inhalt unterscheiden, denn sie beschriftet die Gläser nicht.

Eingeweckt wird alles, was sie gerne isst: Erbsen und Möhren, die süßen Kirschen vom Baum vorne an der alten Scheune, saure Johannisbeeren, aus denen sie auch Saft keltert. Strauchbohnen vor allem und alle Bohnensorten, die auf dem feuchten Moorboden gedeihen. Die Kartoffeln lagern in der kühlen Vorratskammer.

Sieben Hühner und einen Hahn hat sie auch. Wenn ihr nach Fleisch ist, schlachtet sie eines davon oder geht mit der alten Flinte auf Kaninchenjagd. Nachdem die Bauern mitten im Krieg ihr Vieh im Stich gelassen haben, hat sie einige Rinder geschlachtet und eingedost. Die Dosenmaschine und die passenden Büchsen hat sie beim Schlachter Niehus im Dorf gestohlen, der ist ja auch weg.

Das Wasser kommt aus dem Brunnen ganz hinten im

Garten. Und solange es noch Strom gibt, funktioniert auch die Tiefkühltruhe, gefüllt mit allem, was sie aus den Supermärkten der Umgebung gerettet hat. Schlimmstenfalls könnte sie das Notstromaggregat mit Benzin betreiben, das sie in der verlassenen Tankstelle stiehlt. Sie heizt und kocht mit Holz und Torf, den sie in rauen Mengen in der stillgelegten Moorfabrik findet. Es geht ihr gut.

Vermutlich, weil sie sich seit mehr als zwanzig Jahren an eine tägliche und zudem an eine wöchentliche Routine hält. Zweimal in der Woche radelt sie über die stille Landstraße ins Dorf. Zuerst besucht sie den Friedhof und legt Blumen auf die sechs Gräber ihrer Familienmitglieder. Danach sieht sie in der Kirche nach dem Rechten. Jeden Sonntag um zehn schließt sie das Gotteshaus auf. Wenn sie abends um sieben zum Abschließen wieder dorthin fährt, findet sie manchmal eine frisch entzündete Kerze auf dem Blech vor der Muttergottes.

Dabei hat sie im Ort seit gut sechseinhalb Jahren keinen anderen Menschen mehr getroffen. Manchmal hat sie Sehnsucht nach ihren Schwestern, mit denen sie ihr Leben lang ein inniges Verhältnis gepflegt hat. Aber auch Hildegard und Ingeborg sind schon lange nicht mehr da.

Um fünf Uhr steht sie auf und kocht Kaffee, den sie streng rationiert, denn die Vorräte gehen langsam zur Neige. Dann sitzt sie am Fenster oder auf der Terrasse am Schuppen, bis sie ihn ausgetrunken hat. Im Winter macht sie sich im Haus zu schaffen, solange es draußen noch dunkel ist. In der hellen Jahreszeit geht sie gleich in den Garten, pflanzt, jätet und gießt die Beete, wenn die es nötig haben.

In der Küche steht das Kofferradio aus den Sechzigern, das Gehäuse mit blassrotem Kunstleder bezogen, dazu elfenbeinfarbene Tasten und Knöpfe. Früher hat sie am liebsten klassische Musik gehört, aber jetzt ist sie auf die beiden Kurzwellensender angewiesen, die sie noch empfangen kann. Dort bietet man ein Programm in einer fremden Sprache und mit Musik, die sich anders anhört als das, was sie ihr Leben lang gemocht hat. Aber auch die gefällt ihr.

Nach dem Frühstück, zu dem immer ein frisches Ei gehört, legt sie sich für ein Nickerchen aufs Sofa in der Stube. Natürlich backt sie auch Brot, aber inzwischen werden die Mehlvorräte so knapp, dass sie nur noch zweimal die Woche zwei Laibe im Holzofen draußen am Schuppen backen kann. Sie wird sich im Ort umsehen müssen, um vielleicht beim Bäcker oder im Lager des Supermarkts noch Mehl zu finden.

Gegen ein Uhr, nach dem Mittagsschlaf, nimmt sie Tag für Tag eine Dusche in der Waschküche, in der es einen mit Torf oder Holz beheizbaren Kessel gibt. Seit Jahren trägt sie nur noch Kittelschürzen aus ihrer umfangreichen Sammlung, ab Ostern und bis weit in den Oktober hinein verzichtet sie auf Unterwäsche. Schon als junge Frau hat sie es geliebt, unter der Oberbekleidung nackt zu sein.

Dann isst sie ein wenig eingemachtes Obst und trinkt noch einen Kaffee oder seit einiger Zeit einen Tee aus Kräutern, die sie am Waldrand sammelt. Sie liest gern. Leider hat sie alle Bücher und Zeitschriften, die sich im Laufe der Jahre angesammelt haben, wenigstens einmal durchgelesen. Aber ihr bleibt immer noch die Bibel, und in einer Illustrierten von vor zwanzig, dreißig Jahren zu blättern, macht ihr immer noch Freude.

Mindestens einmal am Tag, meistens am Nachmittag, legt sie eine Patience. *Kärtchen spielen* nennt sie das und benutzt dabei ein Blatt, das sie von ihrem Großvater geerbt hat, die Karten halb so groß wie übliche Spielkarten. Und ab und zu zählt sie durch, ob wirklich noch alle da sind, denn wenn eine oder mehrere fehlen, gehen die Patiencen nicht auf. Drei Varianten kennt sie, alle halbe Jahre wechselt sie, damit ihr nicht langweilig wird. Außerdem löst sie einmal die Woche Kreuzworträtsel. Meistens in den Zeitschriften, die ihr die Nachbarn einst vorbeigebracht haben, wenn sie diese ausgelesen hatten.

Schnell hat sie sich angewöhnt, die Lösungswörter mit Bleistift einzutragen, um sie ausradieren zu können, wenn sie dasselbe Rätsel noch einmal bearbeiten will. Im Wohnzimmerschrank gibt es ein Fach, in dem sich die Zeitschriften stapeln. Seit es keinen Nachschub mehr gibt, weil nichts mehr gedruckt wird und die Nachbarn ohnehin alle weg sind, ist sie froh über den Vorrat an ausradierten Kreuzworträtseln. Natürlich beherrscht sie auch das Skatspiel, wie die meisten Frauen in der Gegend. Beigebracht hat es ihr der Opa, der es sogar bis zu Teilnahme an deutschen Meisterschaften gebracht hat. Über viele Jahre trafen sich die Nachbarn im Gasthof Maschen, um einen Skat zu dreschen, und Grete war gern dabei.

Ein paar Jahre zuvor, als alle noch da waren und sie ihren zweiundachtzigsten Geburtstag feierte, fragte Emmi, also Frau Grundmann von nebenan: »Warum willst du eigentlich lange leben?«

Grete dachte eine Weile nach und nippte an der Kaffeetasse. »Wer sagt, dass ich lange leben will?«

Und erklärte ihrer Nachbarin, dass die Länge eines Lebens nicht in der Hand des Menschen läge, sondern von Gott bestimmt sei. Da könne man nichts machen. Es war dieselbe Emmi, die lange bevor die feindlichen Truppen kamen, Selbstmord beging, indem sie genau die Stelle im Moor aufsuchte, von der es hieß, sie verschlinge Menschen in wenigen Minuten.

Jeden Samstag holt Margarete die Fotoalben hervor und sieht sich die Familienbilder darin an. Die Beerdigungen ihrer Lieben liegen nun schon so lange zurück, dass sie beim Betrachten der Fotos nicht mehr traurig wird. Manchmal bleibt sie an einem Bild hängen, das besonders starke Gefühle hervorruft, und verliert sich über Stunden in Erinnerungen an die alten Zeiten. Als es noch ging, hat sie von einigen Fotos, die ihr besonders wichtig sind, große Abzüge anfertigen und rahmen lassen. Die hängen nun in der alten Diele, die das Haus von vorne bis hinten durchschneidet und früher für die Fuhrwerke gedacht war, die das Heu in die Scheune brachten.

Gerd und Grete

Bisweilen bleibt sie vor einem dieser Bilder stehen. Besonders oft vor einem sehr alten Foto, das ein reisender Fotograf aufgenommen hat, als sie noch nicht einmal ein Schulkind war. Ein dürres blondes Mädchen, das misstrauisch in die Kamera blickt, an ihrer Seite ein Junge in kurzen Hosen. Der hat wie beinahe alle Kinder in der Gegend semmelblondes Haar und grinst breit.

Das ist Gerhard, ihr erster Gatte, zweitältester Sohn des Großbauern Brockhoff, ein Nachbarskind, denn der Brockhoff'sche Hof grenzte im Osten direkt an ihr elterliches Haus. Ursprünglich war die Familie Lage Pächter eines Kotten am Rande des großen Moors. Weil ihr Großvater Friedrich aber fleißig war und schlau und so den Brockhoffs nützlich, verpachtete man ihm ein Grundstück, auf dem er kurz vor der Jahrhundertwende ein Haus samt Scheune und Schuppen errichtete und einen Garten anlegte.

Gerd und Grete waren die einzigen Kinder ihres Alters hier draußen und deshalb aufeinander angewiesen. Sein Bruder war zehn Jahre älter, genau wie Margaretes Schwestern so viel älter waren als sie, dass sie in Kindertagen beide wenig mit ihr anzufangen wussten. Erwachsene begannen sich ohnehin erst für ihren Nachwuchs zu interessieren, wenn der auf irgendeine Weise in der Landwirtschaft helfen konnte. So hatten die beiden alle Freiheiten, die man im Alter zwischen fünf und zehn Jahren auf dem Land haben kann. Selbst wenn sie nicht zum Abendessen zuhause erschienen, machte sich niemand Sorgen; man nahm einfach an, dass Grete bei den Brockhoffs zu Abend aß oder Gerd bei der Familie Lage.

Manchmal spielten sie Hänsel und Gretel und marschierten Hand in Hand den schnurgeraden Weg auf das

Gehölz im Westen zu. Gerd hatte die Idee, unterwegs Brotkrumen zu verstreuen, damit sie sich nicht verirrten. Aber die Krähen vom Feld pickten alle auf. »Gut, dass wir nicht in den Wald gegangen sind«, sagte er, nachdem sie umgekehrt waren.

Beim nächsten Mal warf er alle paar Meter schöne, runde Kieselsteine auf den Pfad, und sie trauten sich dieses Mal bis zu der Lichtung mit den großen Buchen. Da setzten sie sich nieder und packten Brot und Wurst aus, um sich zu stärken. Als die Dämmerung über den Wald fiel, brachen sie rasch auf und gingen wieder nachhause, die Steine wiesen ihnen den Weg.

Hinter den Gärten erstreckte sich ein Acker über mehr als einen Hektar, auf dem die Brockhoffs Rüben für die Silage anbauten. Das Feld grenzte an den Hauptentwässerungskanal, der über achtzehn Kilometer schnurgerade von West nach Ost verlief und den Moorsee speiste. Dahinter begann das, was bei den Leuten der Gegend seit Urzeiten das Düwelsmoor hieß. Hier stachen die Bauern ebenfalls seit Jahrhunderten Torf als Brennmaterial für ihre Öfen.

Das Moor war durchzogen von einem Netz aus Dämmen, von denen man einen Teil in den Jahren nach dem Weltkrieg asphaltiert hatte. Jeder Mensch in der Umgebung kannte sich im Moor aus und wusste, wo es die Sumpflöcher gab, die einen Menschen verschlingen konnten. Jedes Mal, wenn die Kinder den Hof verließen, rief der Altbauer ihnen hinterher: »Passt op, dat jo de Behem nich faatkregen deit!!«

Denn im Moor, so die Legende, sollte ein mystisches Wesen leben, von dem es hieß, dass es sich von Kindern ernähre. Der Behem hause in einem der Sumpflöcher tief unter der Oberfläche und warte geduldig auf Opfer. Deshalb schärften die Anwohner ihren Söhnen und Töchtern ein, das Moor nur auf den Wegen und Dämmen zu durchqueren, weil niemand genau wisse, wo das Ungeheuer gerade auf Beute lauere.

Und um die Sache plastisch zu machen, schilderten die Alten den Behem gern ganz genau. Es handele sich um ein übermenschlich großes Wesen, ein graues, formloses Ungetüm, halb Tier, halb Mensch, mit sechs Armen, von denen es zwei wie die Tentakel eines Tintenfisches ausfahren könne, um so sein Opfer zu umschlingen und in die Tiefe zu ziehen. Kaum jemand habe den Behem je zu Gesicht bekommen, nur alle siebzig, achtzig Jahre zeige sich das Ungeheuer für ein paar Augenblicke, und wer es gesehen habe, verlöre auf der Stelle den Verstand.

Manchmal aber verlasse der Behem den Sumpf und rase wie der Wind über das Moor, so schnell, dass man ihn nicht sehen könne. Aber wenn er an einem Menschen vorbeiflöge, spüre der den Lufthauch und könne den fauligen Dunst des Ungeheuers riechen. Jedes Erscheinen des Monsters kündige schlechte Zeiten an, hieß es, es gäbe dann Überschwemmungen, Missernten, Hungersnöte, Seuchen oder Krieg. Der Altbauer vom Brockhoff-Hof behauptete, er habe den Behem gespürt, wie er damals wenige Tage vor dem Beginn des Zweiten Weltkriegs übers Moor gesaust sei.

In der Schule war Margarete ihrem Kinderfreund nützlich, denn der war nicht der Hellste und hatte keine Lust aufs Lernen. Dann heiratete Hilde, ihre große Schwester, und es gab das übliche Fest im Gasthof Maschen. Die Erwachsenen aßen viel. Später fanden sich die Männer an der Theke im Gastraum ein und tranken Bier und jede Menge Schnaps. Niemand beachtete die Kinder, die alle zusammen am Katzentisch saßen und zum Essen Sinalco mit Strohhalmen aus Flaschen schlürften, samt und sonders gekleidet im

Sonntagsstaat, der dem Kirchgang und den großen Festen vorbehalten war.

Irgendwann gingen Grete und Gerd in die Gaststube, weil er den Vater um einen Groschen für Süßigkeiten bitten wollte, denn im Gang zu den Klos hing ein Automat mit Bonbons, Brausepulvertütchen und Lakritzen. Wilhelm Brockhoff war ein großer, schwerer Kerl mit quadratischem Schädel, schnell aufbrausend, aber nie abgeneigt, gut zu den Menschen zu sein. Als Wilhelm das Paar sah, sagte er: »Een Dag schöölt wi ok joon Hochtiet hier fiern.« Die Männer lachten und prosteten sich zu.

Er sollte Recht behalten. Mit vierzehn ging Margarete in einen Haushalt in der Stadt, während Gerhard auf Wunsch des Vaters als Gehilfe beim Schweinebauern Trentmann jenseits des großen Moors anfing, weil Brockhoff darauf spekulierte, ebenfalls ins Schweinegeschäft einzusteigen, und da könnte es nicht schaden, wenn der Gerd sich abschaute, was es mit Zucht auf sich hatte. Sie sahen sich über Jahre nur sonntags oder wenn es ein Dorffest gab und sie von ihren Arbeitgebern einen zusätzlichen Tag frei bekamen. Jedermann betrachtete sie nun als Paar, auch wenn sie beide nicht im Geringsten in den jeweils anderen verliebt waren und sie nicht annähernd gemeinsame Pläne hatten.

Der Zweite Weltkrieg war längst vorbei, das Dorf und die großen und kleinen Höfe in der Gegend hatten wenig abbekommen. Niemand hatte Hunger gelitten, und gerade die Großbauern hatten von den Zwangsarbeitern, vorwiegend Franzosen und Belgier, profitiert. Als die Städter zum Hamstern angereist kamen, hatten sie gern Lebensmittel gegen Teppiche, Möbel und Kronleuchter getauscht. Brockhoff hatte es lustig gefunden, einen gewaltigen Kristalllüster über einem riesigen Orientteppich in der Diele aufzuhängen, die den Wohnbereich von den

Ställen und der Milchküche trennte.

Wenige Wochen nach ihrem siebzehnten Geburtstag fiel Grete vom Heuwagen und brach sich den Arm. Wie jeden Sommer hatte sie bei der Heuernte auf dem Schulte-Hof geholfen. Nun war sie alt genug, das Heu auf dem Wagen zu stapeln und festzudrücken.

Es wurde nie geklärt, weshalb Hans, der Wallach, der auf der rechten Seite des Gespanns ging, plötzlich durchdrehte. Der Bauer vermutete einen Insektenstich oder den Biss einer Pferdebremse an einer empfindlichen Stelle. Jedenfalls brach der Kaltblüter, der immer als ruhig und zuverlässig gegolten hatte, plötzlich nach rechts aus, riss die Stute Lotte neben sich mit, sodass der hochbeladene Wagen ins Schwanken geriet. »Pass op, dat Peerd geiht dör!« rief Knecht Josef noch, aber da war es schon zu spät.

Grete wurde vom schlingernden Heuwagen hinabgeschleudert. Sie hatte noch versucht, sich am Klemmbalken festzuhalten, konnte aber nicht verhindern, dass sie im hohen Bogen aus gut dreieinhalb Metern Höhe auf den ausgetrockneten Fahrweg geschleudert wurde. Sie kam unglücklich auf, sodass Elle und Speiche des rechten Arms brachen. Sie empfand keinen Schmerz, denn weil sie auch mit dem Kopf aufgeschlagen war, verlor sie sofort das Bewusstsein.

Damals gab es im Dorf nur die freiwillige Feuerwehr und keinen Rettungswagen. Man hätte sie ins Krankenhaus in der Stadt bringen müssen, aber das einzige Auto der anwesenden Männer parkte gut acht Kilometer entfernt auf dem Hof.

Es war Richard Oellers, der sofort erkannte, was zu tun war, denn er hatte im Weltkrieg als Sanitäter gedient. Er zerriss sein Unterhemd, brach drei Sprossen aus dem

Wagengitter und schiente Gretes Unterarm so gut es ging. Bei Verwundungen improvisierte Lösungen zu finden, hatte er in den fünf Kriegsjahren gelernt.

Dann erwachte Grete und schrie vor Schmerzen. Wilhelm Brockhoff reagierte schnell und begann, ihr den selbstverständlich vorhandenen Schnaps einzuflößen, sodass sie sich nach und nach beruhigte. Die Männer und Frauen hatten bereits den Wagen entladen. Man bettete Grete darauf und fuhr ins Dorf zu Dr. Dieckmanns, der zum Glück nicht in Sachen Hausbesuche unterwegs war.

Der Arzt versorgte die Wunde, verabreichte ihr Schmerzmittel und fuhr sie nach dem Ende der Sprechstunde höchstpersönlich mit seinem VW ins Krankenhaus, wo man Grete einen Gips verpasste, den sie den Rest des Sommers zu tragen hatte. Bei Richards Erstversorgung und auch bei der Behandlung durch Dr. Dieckmanns war nicht alles so gelaufen, wie es hätte laufen sollen. Die Knochen wuchsen zwar gut zusammen, aber der Unterarm blieb schief. Aber das beeinträchtigte Grete zeitlebens nicht. Und wer nichts von dem Unfall wusste, nahm den schiefen Arm nicht wahr.

Mitten im übernächsten Sommer, genau zwischen Gretes und Gerds neunzehnten Geburtstagen heirateten sie.

»Ach, Machreth«, sagte der alte Brockhoff, »das ist mir eine Freude, dass du meinen Gerd zum Mann nimmst. Und eines Tages werdet ihr meinen Hof übernehmen, und Elfriede und ich gehen aufs Altenteil.«

Denn das war sein Plan, dass die Kinder dann das große Haus mit den Ställen, Scheunen und Wirtschaftsgebäuden übernähmen und er und seine Frau in das Haus der Lages nebenan ziehen würden.

»Da sind wir nicht im Weg, und Machreth kann sich doch um uns kümmern, wenn es nötig ist«, hatte er zu Elfriede gesagt, die das für eine ausgezeichnete Idee hielt. »`N Bruut söcht man sick in`n Stall un nich up`n Ball!«, hatte der Altbauer kommentiert, der die Hochzeit nicht mehr erleben würde.

Hinrich Brockhoff war beinahe hundert Jahre alt und so gebrechlich, dass er das Haus schon seit fast zwanzig Jahren nicht verlassen hatte. Elfriede holte ihn nach dem ersten Melken aus seinem Bett, wusch und fütterte ihn und setzte ihn anschließend in den Ohrensessel neben dem Kachelofen in der Küche. Dort saß der Altbauer dann, lauschte auf die Gespräche, beobachtete jeden, der kam oder ging, und ließ in regelmäßigen Abständen einen passenden Spruch auf Plattdeutsch fallen, denn geistig war er noch gesund und sehr lebendig.

Er war zeitlebens kein besonders fleißiger Arbeiter, dafür aber ein ausgezeichneter Planer mit kaufmännischem Geschick, der zudem seine Leute zu führen verstand. So machte Hinrich Brockhoff aus dem kleinen Lehenshof am Rande des Moores einen der größten landwirtschaftlichen Betriebe weit und breit.

Als die Nachbarskinder heirateten, war Grete bereits im vierten Monat schwanger, obwohl es nur ein einziges Mal zum Geschlechtsverkehr mit Gerd gekommen war. Ihr erstes Mal fand draußen in der verfallenen Moorkate statt, von der es hieß, dort gehe der Geist einer Frau um, die vor vielen Jahren von einem entflohenen Irrenhäusler ermordet worden war. Da sei man sicher, da komme nie jemand hinein, hatte Gerd ihr versprochen. Sogar ein Bett mit Matratze gab es im Mordhaus, wie es die Leute nannten. Landkinder müssen nicht aufgeklärt werden, wissen, was der Bulle oder der Eber zu tun und wie sich die Kuh oder die

Sau zu verhalten hat. Grete und Gerd waren neugierig genug, es selbst auszuprobieren, und es gefiel ihnen beiden gut.

Röschen Prieter, hieß es, sei damals freiwillig ins Moor gegangen. Wie vorher schon so viele junge Frauen und auch manche Männer ins Moor gegangen waren, um den Freitod zu wählen. Tante Käthe hatte Grete erzählt, Röschen habe sich mit einem reisenden Bürstenbinder eingelassen und sei schwanger geworden. Die Prieters hätten sie verstoßen, und ihr schien nur ein Weg möglich der Schande zu entgehen.

»Wenn du dich schwängern lässt«, hatte die Tante gesagt, »sieh zu, dass der Kerl dich heiratet. Und wenn er es nicht tut, dann nimm dein Kind und geh weg, weit weg.« Einige Jahre später verschwand Inge Grundmann, damals gerade einundzwanzig, von einem Tag auf den anderen. »Siehst du«, sagte Käthe, »die hat es richtig gemacht.«

Grete fand, sie habe mit Gerd auch alles richtig gemacht und richtete sich in einem Leben als Ehefrau und Mutter ein, wie es schon ihre Mutter getan hatte und deren Mutter und ihre Großmutter zuvor. Die Frau, so war es von alters her geregelt, hatte das Haus zu besorgen, die Kinder großzuziehen und den Garten zu bewirtschaften. Der Mann dagegen war für die schwere Landarbeit zuständig oder, wenn er nur reich genug war, fürs große Ganze. Die schwere Last der Verantwortung lag auf ihm, während die Hausherrin alles zu tun hatte, es ihm so gut zu machen wie möglich. Denn tägliche Sorgen wiegen so schwer wie harte Arbeit.

Gerhard wurde nur dreiundzwanzig Jahre alt. Während Grete sich wie vorbestimmt um den Haushalt und das Kind kümmerte, versuchte er gleichzeitig seine Pflicht auf dem elterlichen Hof zu erfüllen und eine eigene Landwirtschaft aufzubauen. Beharrlich war er und fleißig, solide ohnehin.

Nur einmal im Monat, da ließ er – so nannte Grete das – die Sau raus. Und das war in Ordnung so. Denn das bedeutete, dass er bei einem der wöchentlichen Stammtische im Gasthaus Maschen nicht darauf achtete, ob er möglicherweise zu viel trank. An diesen Abenden war er Mittelpunkt der Runde, gut gelaunt und unterhaltsam. Galt er ansonsten als maulfaul, gab er bei diesen Gelegenheiten die gesammelten Geschichten und Witze der vergangenen vier Wochen zum Besten und schmiss Runde um Runde.

Unter den Jungbauern war er der Einzige, der schon verheiratet und Vater war, und die Burschen zogen ihn gern damit auf. »Mutt du na Huus, Windeln wesseln? «, neckten sie ihn. Und: »Keen hett bi jo de Büx an: Grete oder du?«

Damals war es üblich, dass die Männer erst heirateten, wenn sich der Bauer aufs Altenteil zurückzog und dem ältesten Sohn den Hof überließ. Meistens blieben die Kerle bis zum dreißigsten Lebensjahr oder noch länger Junggesellen, um dann Frauen zu heiraten, die wesentlich jünger waren.

Um Liebe ging es dabei selten, in der Regel arrangierten die Eltern eine Hochzeit mit dem Ziel, die Wirtschaftskraft ihrer Höfe zu optimieren. Und wenn ein solcher künftiger Erbe versehentlich ein Mädchen schwängerte, hieß das noch lange nicht, dass geheiratet werden musste.

Oft zogen Frauen, denen das passiert war, zum Arbeiten in die Stadt, während das Kind bei ihren Eltern blieb und von diesen großgezogen wurde. Erst wenn die Mutter dann doch noch einen Mann zum Heiraten gefunden und der nichts gegen ihr uneheliches Kind einzuwenden hatte, wurde es, wie es bei den Leuten hieß, ehrlich gemacht.

So war es Gretes ältester Schwester Ingeborg gegangen, die aus einer kurzen Affäre ihrer Mutter mit dem Sohn des

Ladenbesitzers im Ort hervorgegangen war, einem Hallodri, der von einem Kind nichts wissen wollte, aber immerhin pünktlich die Alimente zahlte. Dass Inge nicht von Gretes und Hildes Vater abstammte, konnte man ihr ansehen. Im Gegensatz zu ihren Schwestern war sie brünett und neigte ein wenig zur Fettleibigkeit.

Es war am Ende eines äußerst kalten März, als nicht nur Gerd bewusst über die Stränge schlagen wollte, sondern leider vier weitere Burschen aus der Gegend. Und wie es in dieser Region so ist, drückte sich das in Schnaps aus. Gerd gab eine Runde nach der anderen, und nachdem er auf die Toilette gegangen war, kam er nicht zurück. Die anderen, allesamt volltrunken, merkten es nicht.

Gerhard verließ den Gasthof Maschen durch den Vordereingang, so rekonstruierte Wachtmeister Wiethorn den Vorfall später, und bog nach links ab. Es hatte die ganzen letzten Tage immer wieder geregnet. Die Landstraße glänzte feucht. Er hielt sich an die Mitte der Fahrbahn, um nicht versehentlich in den Graben zu fallen. Nach gut zweihundert Metern fand er den Abzweig auf den schlammigen Fahrweg zu seinem Haus. Trecker und Landmaschinen, die Zeit des Pflügens war gerade angebrochen, hatten Furchen gerissen, die voll Wasser standen. Am nächsten Morgen fand man ihn mit dem Gesicht nach unten in einer tiefen Pfütze. Er war ertrunken.

Natürlich war Margarete über den Tod ihres Ehemanns und besten Freundes schockiert, aber sie trauerte nicht lange, sondern kehrte bald zu ihrer täglichen Routine zurück. Die Brockhoffs überschrieben ihr das Grundstück, auf dem ihr Haus stand, als eine Art Erbe Gerhards. Sie fand eine Stelle im Bekleidungsgeschäft im Ort, sodass sie sich und Annegret ernähren konnte. An drei Tagen die Woche arbeitete sie halbtags, am Samstag von zehn bis sechs. In dieser Zeit brachte sie die Tochter zu den Brockhoffs, wo die Altbäuerin auf sie aufpasste.

Die Brockhoffs zählten zu den sechs Familien, die von alters her das Land zwischen der Stadt im Westen und dem Moorsee unter sich aufgeteilt hatten. Wobei sie als erste Siedler in die Region gekommen waren, das Land urbar gemacht und sich in Ackerbau und Viehzucht versucht hatten.

Es war ein gewisser Geerd van Brookhuve, der Anfang des siebzehnten Jahrhunderts im Zuge des achtzigjährigen Krieges aus der katholischen Diaspora in der calvinistischen Provinz Utrecht Richtung Nordosten floh. Der Bischof hatte es unternommen, das weite Moorland zu besiedeln, und war auf der Suche nach gutkatholischen Bauern auf die Holländer gestoßen. So erhielt Geerd einen auf ewig und einen Tag ausgestellten Lehensvertrag für das Gebiet zwischen dem Dorf und der Stadt im Norden, das beinahe bis zum Moorsee reichte.

Der Vertrag sah vor, dass der Pächter das Land beackern durfte, ohne jede Gegenleistung an das Bistum, solange der Hof jeweils vom Vater auf den Sohn übergeben wurde. Auf Geerd folgte Jan Jacob, der die Familie erfolgreich durch den Dreißigjährigen Krieg führte; unter seinem Sohn Vincent rangen die van Brookhuves dem Moor weiträumige Weideflächen ab und begannen die Rinderzucht. Es war Willem, der sich als erster Brockhoff nannte und Untertan des Hannoveraner Königs wurde; er lebte einhundertundzwei Jahre lang und lenkte die Geschicke des Hofes bis über sein achtes Lebensjahrzehnt hinaus.

Als das Land an die Preußen fiel und diese eine Landreform durchsetzten, gingen die dem Brockhoff-Hof immer noch per Pachtvertrag zugeschlagenen Ländereien endgültig in den Besitz der Familie über; Wilhelms Vater Hinrich war der erste Patriarch, auf dessen Namen ein Gebiet von beinahe 300 Morgen Größe eingetragen war, wovon allerdings gut dreiviertel auf landwirtschaftlich nicht nutzbares Moor fielen.

In den Siebzigerjahren des neunzehnten Jahrhunderts hatte ein Fabrikant aus Friesland an der Landstraße die Moorzentrale errichtet, einen Betrieb mit über zweihundert Arbeitern, die den Torf abbauten. Der wurde in der Fabrik getrocknet und zu Briketts gepresst oder zu Pulver zermahlen, das als Dünger verkauft wurde. Ein Großteil des Reichtums der Brockhoffs entstammte dem Verkauf von weiten Bereichen des Düwelsmoors an die Moorzentrale. Und als der Besitzer immer mehr Arbeiter von immer weiter weg holte, kaufte er dem Großbauern weitere Grundstücke direkt an der Landstraße ab und ließ die Torfkolonie bauen, damit seine Untergebenen mit ihren Familien dort wohnen konnten.

Bei den anderen Großbauern hießen die Brockhoffs immer noch die Holländer, wie auch den anderen zwischen dem sechszehnten und dem neunzehnten Jahrhundert zugewanderten Familien oft noch den Namen der Region, aus der sie gekommen waren, anhaftete. Da gab es die Pommern, die Pfälzer und die Schwaben, nur Schulte ten Brinke führten keinen dieser Spitznamen, weil es sie schon immer dort gegeben hatte, denn der Legende nach führten sie sich auf einen Raubritter zurück, der im achten Jahrhundert eine mit Palisaden befestigte Wallanlage auf der einzigen Erhebung weit und breit errichtet hatte und von dort aus über das menschenleere Moorland herrschte.

In Brockhoffs Stube hing ein nicht allzu großes Ölgemälde, das angeblich einen Vorfahren zeigte, vermutlich den Jan Jacob oder irgendein Mitglied der Familie. Grete hatte oft vor dem Bild gestanden und es lange betrachtet, denn der dargestellte Mann sah so aus, wie sie sich vorstellte, dass ihr Gerd in der Blüte seines Lebens ausgesehen hätte, wäre er nicht so früh verstorben. Das dichte, flachsblonde Haar mit dem hohen Ansatz über der Stirn, der kantige Schädel mit der markanten, breiten Nase und die Augen von der Farbe des Sommerhimmels über dem Moor, dazu der Mund mit den etwas wulstigen, stark geschwungenen Lippen, all das hatte auch ihr Gatte, und es war nicht zu übersehen, dass ihre und seine Tochter Annegret eine Nachfahrin der Holländer war.

Der Zweite Weltkrieg war an der Gegend beinahe spurlos vorübergegangen. An einem Tag im Februar 1945 zog die Frontlinie über den Ort und die Moorsiedlung hinweg. Noch vor dem Morgengrauen kamen deutsche Soldaten und Fahrzeuge vorbei, zwei Stunden später fuhren Dutzende britischer Panzer über die schmalen Feldwege Richtung Osten. Dann herrschte wieder Ruhe.

Im neuen Krieg verhielt es sich nur wenig anders. Ein paar Mal kreuzten Bomber hoch am Himmel, und eines Tages sah Margarete eine lange Kolonne gepanzerter Fahrzeuge am Horizont auf dem Weg an die Front. Bisweilen war Artilleriefeuer in weiter Ferne zu hören.

In den ersten Tagen nach der Nachricht vom drohenden Krieg, hatte Grete ihren ehemaligen Schwiegervater beim Nachmittagskaffee angesprochen: »Warum machen die eigentlich Krieg?«

Wilhelm Brockhoff hatte versucht ihr zu erklären, dass es weit im Osten an der Grenze zu Polen zu einem Überfall gekommen war. Wer genau und aus welchem Grund Truppen auf fremdes Territorium geschickt hatte, wusste er auch nicht genau.

»Werden sie auch hier Krieg machen«, fragte sie.

»Ach, Machreth«, sagte er und wechselte, wie immer, wenn es mehr als ein, zwei Sätze zu sagen gab, ins Hochdeutsche, »ich weiß es nicht. Aber denk doch an den Weltkrieg, da haben wir hier doch wenig davon mitgekriegt. Und wenn mich der Barras 1944 nicht doch noch gekriegt hätte, wäre ich einfach auf dem Hof geblieben und hätte meine Arbeit gemacht.«

Wilhelm Brockhoff war nur knapp achtzehn Jahre älter als Grete. Weil er einen bedeutenden Viehbetrieb führte, der eine Großschlachterei belieferte, die wiederum vor allem Fleischkonserven für die Truppe produzierte, war der Hof als kriegswichtiger Betrieb eingestuft worden und er als unabkömmlich. Als der Erste Weltkrieg begann, war er noch zu jung fürs Militär, aber 1939 wäre er mit sechsundzwanzig Jahren sicher eingezogen worden. Erst bei der dritten Generalmobilmachung musste auch er einrücken.

Grete erinnert sich kaum an die Kriegsjahre. Zu Ostern 1941 hatte man sie und Gerd eingeschult. In der Dorfschule kamen sie zu Fräulein Lehmann, die alle Jahrgänge im einzigen Klassenraum unterrichtete. Jeden Morgen gingen sie zu Fuß die drei Kilometer und hielten sich dabei an den Händen wie Hänsel und Gretel. Im Unterricht wurde nicht über den Krieg gesprochen. Die Lehrerin versuchte, den Anschein eines friedlichen Landlebens aufrechtzuerhalten, und wich damit deutlich vom Lehrplan der Nazis ab.

Als Inge Lehmann einmal vor der Klasse davon sprach, dass das alles vorübergehen würde, wenn der Krieg erst einmal verloren wäre, denunzierte Jörg Grundmann sie, der einzige Bauernsohn, der schon Mitglied der Hitlerjugend war. Nach den Osterferien kam Fräulein Lehmann nicht zurück an die Schule. Die achtundzwanzig Schüler wurden nun von Herrn Lindemann unterrichtet, einem bereits pensionierten Lehrer mit Parteiabzeichen.

Das Landleben am Moor lief einfach weiter. Die Bauern bestellten die Felder und Weiden und zogen das Vieh auf. Niemand litt je Hunger, und feindliche Soldaten zogen vor dem Frühjahr 1945 nicht durch das Land nördlich des Mittelgebirges.

Die Feste wurden gefeiert wie immer, vor allem die katholischen Feiertage, und die Partei hatte im Dorf und in der Gegend nichts zu sagen. Man war gutkatholisch und wählte die Zentrumspartei oder schlimmstenfalls die Nationalliberalen; erst 1932 errang die NSDAP im Landkreis mehr Stimmen als das Zentrum. Überhaupt betraf die Politik die Gegend nur wenig. Als der Krieg ausbrach und die jungen Burschen zur Wehrmacht eingezogen wurden, erregte das den Unmut der Bauern. Wer, so fragten sie, sollte sich jetzt um das Vieh kümmern und die Ernste einbringen?

Das Problem bestand aber nur ein knappes Jahr lang. Nach dem erfolgreichen Feldzug im Westen brachte man belgische und französische Kriegsgefangene ins Land, die auch hier auf dem Land als Zwangsarbeiter eingesetzt wurden. Mancher Großbauer war froh über den Austausch, denn im Gegensatz zu den Knechten, die gerade in Uniform fürs Vaterland unterwegs waren, mussten sie den Belgiern und Franzosen keinen Lohn zahlen und bekamen für deren Unterhalt sogar noch Beihilfen vom Staat.

Im späten Herbst des Vorjahres war ein Düsenjäger der alliierten Streitkräfte im Moor abgestürzt. Die junge Grete hörte den großen Knall, und wenig später fanden sich die Dorfbewohner an der Absturzstelle. Langsam versank das Flugzeug im Sumpf; nach einer Stunde schloss sich das schwarze Wasser über dem Wrack.

»Ich hatte mächtig Glück«, erzählte Wilhelm, »man hatte

mich ins besetzte Frankreich geschickt. In die Nähe von Reims, in ein Versorgungslager. Ich galt als Fachkraft wie viele Bauern, die man spät eingezogen hatte.«

»Hast du denn mal einen Feind totgeschossen?« fragte Grete. Er schüttelte den Kopf und lächelte: »Nicht einen Schuss habe ich in dem einen Jahr als Soldat abgegeben, nicht einen einzigen. Und darüber bin ich sehr froh.«

Da dachte Grete an ihre drei Ehemänner. Die hatten auch mächtig Glück gehabt, dass sie noch vor dem Beginn des neuen Krieges gestorben waren. Gerd war dem Dienst in der neu aufgestellten Bundeswehr entgangen, weil er zu den weißen Jahrgängen zählte, also zwischen 1923 und 1937 geboren war. Sowohl Bernd als auch Hardy hatten den Kriegsdienst, wenn auch aus unterschiedlichen Gründen verweigert, und Hardy als überzeugter Pazifist hatte sich sein Leben lang geweigert, eine Schusswaffe auch nur anzufassen.

Grete und Bernhard

Nach Gerds Tod hatte sie sich in ihrem neuen Leben eingerichtet und noch mehr Energie in die Pflege und den Ausbau ihres Gartens gesteckt. So hatte sie gut zwei Dutzend Obstbäume gepflanzt, die in dem Jahr erste Früchte trugen, in dem Annegret in die Schule kam. Und weil sie von den Brockhoffs Milch und auch Fleisch bekam, half sie als Gegenleistung im Stall beim Vieh mit.

Dort lernte sie Bernhard Hanke kennen, einen Veterinär aus der größeren Stadt im Norden, der die Höfe in der Gegend betreute und den alle Doktor nannten, obwohl er wie die meisten Tierärzte nicht promoviert hatte. Hanke konnte gut mit den Rindern und hatte sich zudem auf Pferde spezialisiert. Mit Hunden und Katzen hatte er es nicht so. Deshalb betrieb er auch keine Kleintierpraxis, sondern übte sein Handwerk mobil aus.

Seine rollende Praxis, ein feuerrot lackierter Ford Transit, war weit und breit bekannt. Wenn Bernd aus dem Stall kam und zu seinem Auto ging, sah ihm Grete oft nach, wie er auf seinen Säbelbeinen mit energischen Schritten marschierte. Immer öfter trafen sie im Stall aufeinander, und es ging das Gerücht, dass der Tierarzt Gefallen an der jungen Witwe gefunden hatte, weil er nicht selten auf dem Brockhoff'schen Hof auftauchte, ohne dass man ihn gerufen hatte.

Dann kam die Nacht, in der sich eine Kuh beim Kalben schwertat. Grete hatte sich angeboten, auf das Tier zu achten, und auch Bernd versprach, gegen Abend vorbeizuschauen, um gegebenenfalls bei der Geburt zu helfen. Ob er Hunger habe, fragte sie ihn. Er nickte. Also ging sie in die Küche und machte Schinkenbrote. Brachte für ihn und sich je eine Flasche Bier mit. Sie aßen und tranken schweigend. Er habe das mit Gerd gehört, sagte er plötzlich, und es tue ihm leid. Sie nickte ihm zu und nahm einen langen Schluck. »Es ist wie es ist«, sagte sie. Damit war das Thema für beide erledigt.

Nachdem fast alle Nachbarn vor dem neuen Krieg geflohen waren, blieben die Tiere auf sich allein gestellt. Am wenigsten litten die Katzen, denn die jagten und fanden genug Mäuse, um sich zu ernähren. Von allen Haustieren waren Katzen Grete noch am liebsten, weil sie mithalfen, den Garten frei von schädlichen Nagern zu halten.

Eher aus symbolischen Gründen stellte sie deshalb zwei, drei Mal die Woche eine Schale mit Milch hinter den Schuppen. Die Katzen kamen und gingen, und nur einmal, ein paar Jahre zuvor, hatte sich eine schwarzgrau Getigerte regelmäßig blicken lassen. Grete nannte sie einfach Mieze und legte nun auch ab und an ein wenig Futter aus.

Wochen nachdem die Truppen vorbeigezogen waren, hörte sie eines Nachts das Geschrei von Rindern von so weit her, dass es wohl vom Hof der Maßmanns kam. Sie zog sich an, nahm das Rad und fuhr dorthin, wo die Milchkühe im Stall unter ihren prallgefüllten Eutern litten.

Drei Stunden dauerte es, ihnen Erleichterung zu verschaffen, und im Morgengrauen standen siebzehn gefüllte Milchkannen vor der Tür. Die trug sie rüber zur Milchküche, denn sie wusste, dass man bei Maßmanns regelmäßig Käse produzierte. Sie fand alle nötigen Utensilien und hatte nach ein paar Stunden einen Bottich voller Frischkäse. Am folgenden Tag kehrte sie zurück und machte Käselaibe daraus.

»Tierliebe gibt's nur bei Städtern«, hatte Bernd einmal gesagt. Auf dem Land betrachte man Tiere vorwiegend unter

Nützlichkeitsaspekten. Man unterscheide zwischen dem Vieh, den Haustieren, dem Wild und den Schädlingen, sagte er. Und selbst Hund und Katze, die Städter vor allem aus sentimentalen Gründen hielten, müssten für ihren Lebensunterhalt arbeiten. Und wenn sie zu nichts mehr zu gebrauchen seien, trenne man sich eben auf die eine oder andere Weise von ihnen. »Wie bei den Bremer Stadtmusikanten«, merkte Grete an.

»Gute Bauern begegnen ihrem Vieh mit Respekt«, sagte Bernd noch, »aber wenn es krank wird, dann rufen sie mich nicht, weil ihnen die Tiere leidtun, sondern, weil sie gebraucht werden.« Sie fand, dass Bernd die Sache genau richtig sah.

Grete hatte zur Tierwelt ein gespaltenes Verhältnis, so wie die meisten Menschen, die einen Garten angelegt haben und ihn mit Leidenschaft pflegen. Vor ein paar Jahren hatte die Drahthaarhündin von Grundmanns einen Wildwurf zur Welt gebracht, und Emmi kam eines Tages rüber und fragte, ob sie nicht einen Welpen haben wolle. Grete sah sie verwundert an: »Soll mir der Köter im Garten helfen?«

Und als Emmi keine Abnehmer für die jungen Hunde fand, packte ihr Sohn Thomas die Welpen in einen Sack und versenkte sie im Sumpf oben an der Torffabrik.

Natürlich hatten die Grundmanns auch bei Brockhoffs angefragt. Aber die hatten ja mit Bellgo schon einen Hund im Haus, einen alterslosen, kastrierten Rüden von der Größe eines schmächtigen Kalbs, in dessen Erbmasse sich Doggen, Labrador Retriever und andere großrahmige Rassen vermischt hatten. »Der ist zu nichts nütze«, hatte Elfriede bis zu ihrem Tod über Bellgo geschimpft.

Tatsächlich ging ihm jeglicher Jagdtrieb ab, zum Hüten von Herden war er nicht zu gebrauchen, und wenn ein

Fremder auf das Brockhoff'sche Grundstück vordrang und er ihn hörte, hob er nur leicht dem Kopf, um nach wenigen Sekunden wieder in seinen Dämmer zu versinken, den er nur zum Fressen unterbrach oder wenn er dazu gezwungen wurde.

Bellgo war süchtig nach Käse. Wenn Lisa, die Magd, die darauf bestand, Hauswirtschafterin genannt zu werden, einen Laib auf die Aufschnittmaschine legte, um die üblichen feisten Scheiben für Butterbrote zu produzieren, stand der Köter in Sekundenbruchteilen vor ihr und versuchte sie zu hypnotisieren.

Er war dermaßen auf Käse konditioniert, dass er allein schon auf das Geräusch der Maschine ansprach, und weil er sich auch das Wort eingeprägt hatte, buchstabierte man es nur: K-Ä-S-E. Diesen Code zu entschlüsseln überforderte Bellgos Fähigkeiten.

Natürlich war er bei Wilhelm geblieben, nach dem die Familie und die Knechte und Mägde geflüchtet waren. Als ihm nach und nach die Lebensmittel ausgingen, nahm er den großen, alten Hund eines Tages an die Leine, schulterte die Flinte und marschierte mit ihm zum Waldrand, wo er ihn erschoss und begrub.

Als Gerüchte aufkamen, der Feind setze chemische und biologische Kampfmittel ein und ein Atomschlag sei nicht auszuschließen, gerieten immer mehr Menschen am Moor in Panik. Zuerst gingen die Dorfbewohner, nur Dr. Diekmann und Pastor Bäasch blieben. Dann verschwanden von einem Tag auf den anderen die türkischen Familien aus der Moorkolonie.

Auch Emmi und die Grundmanns flüchteten noch vor Weihnachten. Der Gasthof Maschen war längst geschlossen, der Pächter hatte seine Frau, die fünf Kinder und sich selbst in Sicherheit gebracht. Es hieß, die feindliche Infanterie hätte sich schon durch die Stadt im Westen gekämpft und läge kaum zehn Kilometer entfernt in Bereitschaft.

Grete hatte keine Angst, so wie sie nie vor irgendetwas Angst gehabt hatte. Nicht dass sie beschlossen hätte, standzuhalten, sie wollte einfach nicht weggehen in ihrem hohen Alter. Der alte Brockhoff blieb ebenfalls. Jeden Tag am Nachmittag kam er rüber zu Margarete, und sie kochte Kaffee für ihn, solange der Vorrat reichte.

»Was wirst du tun?«, fragte sie ihn eines Tages als aus allen Richtungen Detonationen zu hören waren und Bomber im Tiefflug über das Moor rasten. »Tööv«, sagte Wilhelm, »Tööv bet dat vörbi is un all wedder trüggkamen.«

Grete nickte kurz und sagte: »Ich habe niemanden mehr, auf denen ich warten könnte.«

Zwei Tage später lag der Nachbar, ihr ehemaliger Schwiegervater, Wilhelm, der alte Brockhoff, der Großbauer vom Hof mit den ausgedehnten Ländereien tot auf ihrer Schwelle. Er hatte sich in den Kopf geschossen. Sie begrub ihn im Garten unter der Linde.

Beim Dorffest im folgenden August stellte sich heraus, dass Bernd trotz seiner krummen Beine ein wunderbarer Tänzer war, der Walzer, Foxtrott und Cha-cha-cha beherrschte und sogar eine wilde Polka aufs Parkett legen konnte. Grete hatte die anderen Frauen immer beneidet, deren Männer sich zumindest nicht weigerten, mit ihnen zu tanzen. Gerd hatte das Tanzen rundheraus abgelehnt, sodass sie höchstens einmal von einem der alten Männer aufgefordert wurde.

Und jetzt hatte sie den besten Tanzpartner, den sich eine Frau nur vorstellen kann. Bernd verstand zu führen, auch bei Tänzen, die ihr nicht lagen oder die sie nicht kannte. Und als die Combo im Festzelt so etwas wie Rock ›n‹ Roll darbot und er einen wilden Boogie-Woogie mit ihr tanzte, da verliebte sie sich in ihn.

So sehr, dass sie es war, die ihn verführte. Die ihn nach einer weiteren langen Nacht, in der sich wieder ein Rindvieh mit seinem Nachwuchs abmühte, einlud, sich bei ihr auszuruhen und ein wenig Schlaf nachzuholen. Bernhard hatte, wie es das Gerücht Monate zuvor besagte, tatsächlich Gefallen an der jungen Witwe gefunden, war aber zu schüchtern, ihr seine Gefühle zu offenbaren.

Sie bezog ihm die Schlafcouch, die für Gäste gedacht war, zeigte ihm die Waschgelegenheit und die Toilette und fragte, ob er noch etwas brauche, was er verneinte. Sie wünschten sich eine gute Nacht. Aber noch bevor die goldene Dämmerung über dem Moorsee aufbrach, war sie zu ihm gekommen, war nackt unter die Bettdecke gekrochen, und sie hatten Liebe gemacht.

Tierarzt Bernhard Hanke war ein paar Jahre älter als Grete und hatte mit Frauen bis dahin kein Glück gehabt. Zweimal hatte er sich verlobt, und beide Male waren seine zukünftigen Ehefrauen fremdgegangen. Viermal hatte er sich verliebt in Frauen, die ihn nicht wollten. Mit seinen gut fünfunddreißig Jahren hatte er sich auf ein Leben als Junggeselle eingestellt und den Besuch des Bordells in der Hafenstadt im Norden als Möglichkeit zur Befriedigung für sich entdeckt.

Für Margarete war Bernhard in vieler Hinsicht das genaue Gegenteil vom Vater ihrer Tochter, den sie nur selten wirklich vermisste. Während sie mit Gerd nur Sex hatte, weil er das so wollte und es sich für Eheleute gehörte, konnte sie von Bernd kaum lassen, nutzte jede Gelegenheit, mit ihm zu schlafen, fand Gefallen an den verschiedenen

Arten des Beischlafs, die er wiederum von den Prostituierten gelernt hatte, und war auch sonst über einige Zeit in ihn verliebt.

Er gab ihr all die Liebe, zu der er überhaupt fähig war als Einzelkind, dessen Eltern sich hatten scheiden lassen, als es noch ungewöhnlich war, dass sich Ehepaare scheiden ließen, und der in kurzer Zeit erst den Vater und dann die Mutter verloren hatte. Und weil es Onkel und Tanten durchweg in die Ferne gezogen hatte, die meisten sogar nach Übersee, war er allein auf dieser Welt.

Er selbst war ein vielseitig interessierter Mensch, der in jungen Jahren viel gereist war und gern von seinen Erlebnissen erzählte. Da traf es sich gut, dass Grete eine gute Zuhörerin war, die ihn nie unterbrach und keine Fragen stellte. Mit ihm reiste sie in Gedanken in fremde Länder, von denen sie noch nie gehört hatte, nach Vanuatu und Fidschi oder Ecuador. Von seinen Abenteuern in Alaska berichtete er, von Ceylon und Singapur. Nur nach Afrika war er nie gekommen.

Zudem hatte Bernd schon als Teenager die Fotografie für sich entdeckt und investierte viel Zeit und Geld in dieses Hobby. Als sie zum ersten Mal bei ihm übernachtete, er bewohnte ein kleines Appartement in einem recht neuen Haus in der Nachbarstadt, fand sie die Wände fast vollständig bedeckt mit seinen Fotos.

Neben beeindruckenden Landschafts- und Naturaufnahmen von seinen vielen weiten Reisen gab es eine Reihe Schwarzweißporträts und im Schlafzimmer großformatige Aktfotos, die sie besonders faszinierten.

»Sie gefallen dir?«, fragte er. Grete nickte.

»Ich würde dich gern so fotografieren«, sagte Bernhard, »hättest du Lust?« Wieder nickte sie, und noch am selben

Abend machte er das erste einer über die Jahre wachsenden Zahl an Aktfotos von ihr.

Nach wenigen Monaten kamen sie überein, dass er in Gretes Haus ziehen würde. Für seine Berufstätigkeit war der neue Standort so gut wie der alte, denn immer noch fuhr er mit seinem roten Transporter von Hof zu Hof. Abends kehrte er zurück. Margarete kochte für ihn, und das Abendessen nahmen sie gemeinsam ein.

Nach ein paar Wochen begann er, in einem Teil der ungenutzten Halle jenseits der Diele eine Dunkelkammer einzurichten, denn er entwickelte die Filme grundsätzlich selbst und fertigte Schwarzweißabzüge ebenfalls an. Gleich nebenan baute er so etwas wie ein Studio auf, installierte eine Hohlkehle und schaffte eine professionelle Licht- und Blitzanlage an. An fast jedem Wochenende stand sie ihm nun Modell. Bernhard war auch aus Fotografensicht fasziniert von ihrem schlanken, beinahe hageren Körper mit den kleinen Brüsten und dem flachen Bauch.

Und als sicher war, dass sie ein Kind von ihm erwartete, dokumentierte er den Verlauf der Schwangerschaft. Jeden zweiten Tag fertigte er drei Aufnahmen von der nackten Grete an: eines von vorne, eines von hinten und ein drittes Bild, auf dem sie im Profil zu sehen war. So konnten sie die Veränderungen ihres Körpers über die Monate nachvollziehen.

In der dreizehnten Schwangerschaftswoche stellte sich heraus, dass sie Zwillinge erwartete. Ihr Bauch wuchs immer mehr, allerdings nur nach vorne, sodass man auf den Fotos in der Rückansicht kaum erkennen konnte, dass sie guter Hoffnung war. Auf dem letzten Bild vor der Entbindung ragte das Heim der beiden kommenden Kinder aus ihr heraus wie eine gewaltige Blase. Aber auch ihre Brüste waren rund und voll geworden.

Bernd begehrte seine Grete auch in der Zeit der Schwangerschaft. Und er wollte um keinen Preis auf Sex verzichten, obwohl ihre Konstitution zuletzt nur noch eine Stellung erlaubte. Vier Tage vor der Entbindung schliefen zum letzten Mal miteinander.

Annegret freute sich auf ihre Geschwister und hatte Bernd schnell als neuen Papa akzeptiert, zumal sie sich an ihren leiblichen Vater kaum erinnerte. Eine liebevolle Familie miteinander vertrauter Menschen war entstanden, und Annes Eltern fanden, dass es an der Zeit zum Heiraten war.

Die Trauung fand ohne Gäste statt. Nur Elke Knüwer, die ältere Schwester ihres ersten Ehemanns, war als Trauzeugin anwesend. Bernd hatte wiederum den Erben des Grundmann-Hofes gebeten, diesen Dienst zu übernehmen. Sie verzichteten zudem auf eine große Feier bei Maschen. Und weil die Hochzeit genau in die Zeit fiel, in der überall die Kühe kalbten, fiel auch eine mögliche Hochzeitsreise aus.

Stillen konnte Grete die beiden Mädchen, die an einem 10. November auf die Welt gekommen waren, nicht. Immerhin war es ihr möglich, die Muttermilch abzupumpen und den Säuglingen im Fläschchen zu verabreichen. Bernhard fotografierte sie dabei, und irgendwann um Weihnachten herum machte er im Studio die ersten Bilder der nackten Margarete mit ihren Neugeborenen und orientierte sich dabei an Renaissancegemälden der Madonna mit dem Gottessohn.

Bernd hatte sich zunächst damit durchgesetzt, die Mädchen nicht taufen zu lassen. Auf dem Standesamt wurden sie als Antonia Frieda und Amalie Charlotte, beides Namen der Großmütter, eingetragen. Schon bei der Geburt hatten die Zwillinge beinahe Normalgewicht, und sie waren auch nur vier Tage vor dem errechneten Termin gekommen. Über den Winter entwickelten sie sich prächtig.

Um das Familieneinkommen aufzubessern, hatte Bernd eine halbe Stelle bei einer Kleintierpraxis in der benachbarten Stadt übernommen, sodass er kaum zuhause war oder an fast allen Wochentagen sehr spät heimkam. Dafür gehörten Samstag und Sonntag ganz Grete, Anne, Tona und Melly. Im warmen Sommer des Jahres radelten sie oft an den See, um dort mit den Kindern zu spielen, im Wasser zu planschen oder zu schwimmen.

Annegret war gerade dreizehn geworden, da begann Bernhard auch von ihr Fotos zu machen. Seine Stieftochter war, was den Körperbau anging, das Spiegelbild ihrer Mutter: zu groß für ihr Alter und ziemlich dünn. Und weil sie Schwangerschaftsfotos von ihrer Mutter kannte, hatte sie gegen die Aufnahmen vor der weißen Hohlkehle nichts einzuwenden.

Die erste Sitzung fand an einem Sonntag statt. Margarete war mit Freundinnen aus der Kirchengemeinde unterwegs und hatte die Säuglinge mitgenommen. »Zieh deinen Turnanzug an«, schlug der Stiefvater vor. Vor der Kamera nahm sie Posen ein, die sie beim Bodenturnen einstudiert hatte.

Bernd bat Anne, der Mutter zunächst nichts von den Fotos zu erzählen, er wolle sie überraschen. Als er Wochenenddienst hatte, beschäftigte seine Frau sich mit Aufräumen und Putzen. Und wie der Zufall es wollte, kam sie darauf, auch im Studio und im Labor sauberzumachen. Und natürlich fand sie dort die Abzüge der Fotos vor, die ihr Mann von ihrer ältesten Tochter gemacht hatte.

Sie war nicht sehr schockiert von den Bildern, aber wütend darüber, dass Bernd ihr nichts von seiner Idee erzählt und sie nicht um ihre Meinung gefragt hatte. Als sie auf der Veranda beim Kaffee saß, holten sie die Erinnerungen an einen Vorfall ein, der sich abgespielt hatte, als sie selbst so alt war wie Annegret jetzt.

Im heißen Sommer 1946 hatte Onkel Walter vorgeschlagen, mit dem Fahrrad an den See zu fahren, um sich ein wenig abzukühlen. Walter war kein richtiger Onkel, sondern ein Kriegskamerad des Vaters, der aus der Gefangenschaft zurückgekommen keine Spur seiner Familie fand und deshalb eher zufällig bei den Lages gelandet war, die den Heimatlosen natürlich aufnahmen. »Ist doch klar, Kamerad«, hatte der Vater bei der Begrüßung gesagt.

Und auch die Mutter hatte an Walter nichts auszusetzen. Margarete erinnert sich kaum an das Aussehen des falschen Onkels, nur dass er sehr groß war und nie lächelte, sondern in Momenten, in denen andere Menschen ein Lächeln tragen, nur eine Art verschämtes Grinsen hinbekam.

Quer durch die Felder und Weiden, vorbei an der kommenden dritten Ernte nach dem Krieg fuhren sie bis zu dem kleinen Wäldchen, hinter dem sich die sandige Bucht des Moorsees erstreckte, der beliebte Badeplatz der Familie und der Leute von den benachbarten Höfen.

Sie warfen die Räder in den Sand, und Walter zog sich sofort aus, um ins Wasser zu laufen, mit einem angedeuteten Kopfsprung hinein zu hechten und unterzutauchen. »Komm rein, ist herrlich!«, rief er.

Also entledigte sich Grete der Sandalen und des leichten Sommerkleids und näherte sich, nur mit ihrem Schlüpfer bekleidet, dem sanft plätscherndem See, der über seine gesamte Fläche nirgends tiefer als etwa einen Meter war.

Onkel Walter kam auf sie zu, sie kreischte, er tunkte sie unter, sie prustete sich wieder an die Oberfläche, und so balgten sie eine Weile im kühlen Wasser herum.

»Genug gekalbert«, sagte er dann und verließ den See. Am Strand drehte er sich um, und sie sah seinen erigierten Penis. »Komm schon«, rief er, »sonst wird dir kalt.« Langsam näherte sie sich dem Sand.

»Hose runter«, befahl der falsche Onkel, »sonst holst du dir noch was.« Immer noch stach sein Glied aus dem schwarzen Haarbusch hervor. Sie konnte den Blick nicht davon wenden, besonders nicht von der kirschroten Spitze. Langsam zog sie den Schlüpfer aus.

»Willst du mal anfassen?« Sie schüttelte den Kopf.

Da begann Walter mit der linken Hand zu onanieren. Erst langsam, dann immer schneller, und schließlich spritzte eine milchige Flüssigkeit in langen Strahlen auf den Sand. Grete hatte den Vorgang schweigend und starr verfolgt.

Dann legte sich Walter in den warmen Sand. Er klopfte mit der Hand auf den Platz neben sich: »Komm, bisschen sonnen.«

Da hatte sie ihre Unterhose gegriffen, war zum Rad gerannt, hatte das Kleid übergestreift und war schnell wie der Wind von diesem Mann weg nachhause gefahren. Margarete hatte damals keinem und danach nie irgendjemanden von diesem Vorfall erzählt. Walter verhielt sich unauffällig, verschwand aber nach ein paar Wochen spurlos.

Später hatte sie über solche Dinge in der Zeitung gelesen. Von Missbrauch war die Rede, die beteiligten Männer wurden Kinderschänder genannt. Und nun fragte sie sich, ob auch ihr geliebter Bernd einer von denen war, ob er mit Anne ähnliche Dinge getan hatte wie Walter, ob er versucht hatte, die Tochter zu verführen.

Rasch stand sie auf und ging wieder ins Labor, um die Bilder zu betrachten. Mehr als eine Stunde brachte sie dort zu und versuchte, mehr aus den Fotos herauszulesen. Aber so sehr sie sich auch bemühte, ihr erschienen die Aufnahmen keusch und unschuldig. Sie beschloss, weder ihn noch Anne auf die Sache anzusprechen und darauf zu warten, dass Bernd selbst die Sprache darauf brachte. Aber das tat er nie.

In den Siebzigerjahren kamen die Gastarbeiter. Ein großes amerikanisches Unternehmen hatte die Moorzentrale aufgekauft und den Betrieb so weit wie möglich automatisiert. Auf den Dämmen hatte man Gleise verlegt, und so wurde der Torf in Loren zur Fabrik gebracht, auf Förderbänder gekippt und in die Trockenkammer verbracht.

Wo immer möglich übernahmen nun Maschinen das Torfstechen, und die Belegschaft reduzierte sich auf ein paar Dutzend Männer und Frauen, die schlecht bezahlt wurden und die für diese Gegend unpassenden, dreistöckigen Häuser mit den winzigen Nutzgärten in der Torfkolonie übernahmen.

Von denen wurde im Ort bald nur noch als von den Türken gesprochen, denn die Mehrheit der neuen Arbeitskräfte stammte aus Ostanatolien. Gastarbeiter nannte man sie, denn, das hatte Emmi Grundmann erzählt, die würden höchstens sieben, acht Jahre bleiben und dann mit dem vielen deutschen Geld zurück in die Türkei gehen.

Wo die deutschen Torfstecher in ihren Gärten noch Schweine gezogen hatten, da hielten die Türken nun Schafe, und an manchen Tagen im Jahr lag der schwere Rauch der Grillfeuer über der Gegend, an denen sie die geschlachteten

Hammel brieten.

Die Sache mit den Fotos von Annegret war aber nicht der Grund, dass sich das Verhältnis der Eheleute zueinander verschlechterte. Die Veränderung ging von Bernhard aus und verlief schleichend.

Immer öfter hatte er schlechte Laune, die er zwar nicht an der Familie ausließ, die sich aber darin äußerte, dass er weniger sprach, weniger mit den Kindern spielte, immer öfter länger aufblieb als Grete und sogar regelmäßig auf dem Sofa in der Stube nächtigte. Sie registrierte das alles sehr wohl, fand aber keinen Anlass, ihn auf seinen Gemütszustand anzusprechen.

Er hatte das Fotografieren eingestellt und alle Bilder aus der Zeit mit Grete in Kisten verpackt und in der hintersten Ecke der Scheune verstaut. Ausgenommen die, wie er sie nannte, Schwangerschaftstriptychen, die weiter in der Diele an den Wänden hingen.

Schließlich erklärte er seiner Frau, dass er in wenigen Wochen verreisen würde. Es habe das Angebot einer Forschungseinrichtung gegeben, die nach einem Veterinär gesucht hatte. Die Expedition würde nach Patagonien führen, und die Abreise sei für den übernächsten Montag geplant. Margarete war schockiert und fragte, wie lange er wegbleiben würde und wo Patagonien eigentlich sei. Bernhard erklärte ihr die geografischen Gegebenheiten und sagte, die Reise würde mindestens drei Monate dauern, vielleicht auch länger.

Tatsächlich kehrte Bernhard Hanke nie wieder zu seiner Familie zurück. Nach dem Ende der Forschungsreise zog er weiter durch Südamerika. Alle sechs, sieben Wochen traf ein Brief von ihm ein, immer versehen mit ein paar Fotos, die er geschossen hatte, und wenigstens einem Bild, auf dem er zu sehen war. Er hatte sich einen Vollbart wachsen lassen und trug auf jedem dieser Fotos einen Hut oder eine Kappe.

Die Briefe selbst lasen sich wie nüchterne Reisetagebücher, auf seinen Abschied ging er nicht ein. Nach anderthalb Jahren, er war bis nach Alaska gekommen, wurden die Briefe weniger, und nach dem Beginn des Jahres, in dem Anne sechszehn wurde, erreichte Grete und die Kinder kein Lebenszeichen ihres Ehemanns und Vaters mehr.

Viele Jahre später dachte Grete manchmal darüber nach, weshalb Bernd die Familie verlassen hatte. Und je öfter sie sich mit seinem Verschwinden befasste, desto sicherer war sie, dass es doch mit den Fotos zusammenhing, die er heimlich von Anne gemacht hatte. Manchmal suchte sie die Abzüge heraus, legte sie auf dem Tisch aus und betrachtete sie eingehend. Hübsch war ihre Tochter, und der Stiefvater hatte wirklich beeindruckende Aufnahmen von ihr gemacht, Bilder, die der dreizehnjährigen Anne in jeder Hinsicht gerecht wurden.

Sie konzentrierte sich auf den Gesichtsausdruck ihrer Tochter, der auf jedem Foto ein wenig anders war. Offensichtlich hatte Bernd mit ihr gesprochen, ihr Anweisungen, nicht nur in Bezug auf die Posen, erteilt. Es gab eins unter den Bildern, da blickte Anne herausfordernd in die Kamera, ein Foto in quadratischem Format, auf dem sie in der Hocke mit vor der Brust gekreuzten Armen zu sehen war. Und ausgerechnet diese Aufnahme war leicht verwackelt. Wo Bernd doch rigoros unscharfe Bilder verwarf und keine Abzüge von ihnen anfertigte. Anne wirkte auf diesem Foto schon beinahe erwachsen oder zumindest halbwüchsig, aber nicht wie ein Kind von dreizehn Jahren, und Grete erinnerte sich daran, dass die Tochter kurz vor oder nach dieser Fotoaktion zum ersten Mal menstruiert hatte.

Grete verbot sich jede weitergehende Interpretation. Sie erinnerte sich zu gut daran, dass ihr Gatte ein von seinem Geschlechtstrieb beherrschter Mann war, der auch während ihrer Ehe mit einiger Wahrscheinlichkeit Prostituierte aufgesucht und möglicherweise auch die eine oder andere Affäre mit einer der Frauen auf den Bauernhöfen seiner Kunden hatte. Sie hatten darüber nie gesprochen. Ob er einen Hang zu jungen Mädchen hatte, wusste sie nicht. Vielleicht lag darin aber der Grund, dass er sie mehrfach aufgefordert hatte sich das Schamhaar zu rasieren. Ob Anne zum Zeitpunkt der Aufnahmen noch unbehaart war, daran konnte sich Grete nicht erinnern.

In der Zeit der Ungewissheit schenkte ihr Wilhelm eine ungewöhnliche Jagdwaffe, einen Drilling, also eine Flinte mit zwei Läufen für Schrot und einem darunter angeordneten Lauf für Kugeln, ein schweres Gewehr, das sein Vater noch vor dem Ersten Weltkrieg erworben, aber so gut wie nie benutzt hatte.

»Damit du Wild schießen kannst, wenn ihr Fleisch braucht«, sagte er und mahnte, sie möge fleißig üben. Am besten im Wald auf der großen Lichtung hinter dem Mordhaus. Grete bedankte sich, fand aber die Tatsache, Rehe und Wildschweine zu töten, absurd. Sie stellte die Flinte zu den anderen Gewehren in den Waffenschrank, den Gerd angeschafft hatte, der gern auf die Jagd gegangen war.

Zeit ihres Lebens machte sie sich nichts aus Fleisch. Als Kind hatte ausschließlich Geflügel gegessen, wobei sie die Tatsache, dass da ein gebratenes Huhn auf der Platte lag, das nur Stunden zuvor noch im Auslauf gegackert und gepickt hatte, verdrängte. Als sie von der Mutter erfuhr, dass Speck vom geschlachteten Schwein stammte, verdrängte sie auch das.

Gerd war dagegen ein großer Fleischfresser, der sich am liebsten von Rind und Schwein ernährte und dazu lediglich Kartoffeln aß. Gelegentlich nahm er auch vom Gemüse, das sie zum Sonntagsbraten reichte. Salat nahm er nicht als Lebensmittel für Menschen wahr, und Pudding oder Kuchen verschmähte er grundsätzlich. Also briet ihm Grete täglich sein Kotelett oder Schnitzel, drehte Fleisch durch und bereitete das Hack in Form von Frikadellen für ihn zu.

Annegret tat es dem Vater nach, orientierte sich aber auch an ihrer Mutter und hatte eine Vorliebe für die verschiedenen Kohlsorten, die Grete im Garten zog. Die Zwillinge dagegen wurden schon nach dem Abstillen zu Vegetarierinnen, die ihr ganzes Leben lang nie Fleisch verzehrten, dafür aber schon mit zehn, elf Jahren begannen, im Moor und im Wald nach Essbarem zu suchen, es der Mutter zu bringen, damit diese ihnen daraus Mahlzeiten bereitete. Nachdem Melly und Tona einmal Pfifferlinge gefunden hatten, aß Grete zum ersten Mal in ihrem Leben Pilze.

Auch Bernd mochte Fleisch, besonders die zarten Stücke vom Kalb, die sie zu Gulasch verarbeitete. Nur für ihn radelte sie bei Bedarf durch den Wald rüber zum Lanferhof, wo sie Eier und Gemüse gegen Fleisch eintauschte. Das Kochen hatte sich Grete bei den Brockhoffs von Maria, einer Magd, die für die Versorgung der Knechte zuständig war, abgeschaut, aber nie Gefallen an dieser hausfraulichen Tätigkeit gefunden. Anne hatte einmal gesagt: »Mama, du kochst immer dieselben sieben, acht Gerichte, das ist langweilig. Willst du dir nicht mal ein Kochbuch kaufen?« Aber da hatte Grete nur abgewinkt.

Erst als sie ganz allein war, als niemand mehr da war, als alle Verwandten, Freunde und Nachbarn weg waren, begann

Grete, das Schießen zu üben. Und nachdem sie regelmäßig die Kartoffeln traf, die sie ganz hinten im Garten auf einen Pfosten legte, ging sie auf die Jagd. Allerdings nicht mit dem schweren Drilling, den Wilhelm ihr geschenkt hatte, sondern dem einschüssigen Stutzen, den Gerd bevorzugt hatte, wenn er Rehe im Wald schießen ging.

Ein paar Wochen vor ihrem neunzigsten Geburtstag hatte sie die einzige Begegnung mit einem Soldaten in diesem Krieg. Im Morgengrauen, als sie im Garten Kartoffeln ausgrub, hatte sie im Dunst die Silhouette eines Menschen gesehen, der sich dem Haus näherte.

Dann verschwand er aus dem Blickfeld, und plötzlich stand er wenige Meter von ihr entfernt bei den Johannisbeeren und sprach sie an: »Haben Sie Essen?«

Der Soldat trug einen Mantel über der Uniform, der offensichtlich für eine Frau geschnitten war. Er hatte weder eine Waffe dabei noch einen Rucksack. An der linken Hand trug er einen Verband, der von Blut getränkt war.

»Komm«, sagte sie und führte ihn in die Küche. Sie setzte Kartoffeln auf und legte ihm einen neuen Verband an.

»Trevor«, sagte er und zeigte auf seine Brust. Sie schüttelte ihm die unverletzte Hand und stellte sich vor: »Margarete Kranzow, herzlich willkommen.«

Er aß, was sie ihm vorsetzte, Kartoffeln, Quark und Leinöl. Dann zeigte sie ihm das Bad, wo er sich wusch. In der Zwischenzeit fand sie einen alten Einkaufsbeutel, den sie mit Äpfeln und Brot füllte und ihm gab. Trevor bedankte sich und ging.

Grete hätte sich jederzeit als gute Christin bezeichnet, als ordentliche Katholikin, die jeden Sonntag der von Pastor Bääsch zelebrierten Messe beiwohnte und dort die heilige

Kommunion empfing. Regelmäßig ging sie zur Beichte und führte die auferlegten Bußen sorgfältig aus. Sie betete mindestens einmal am Tag und hatte nach Bernds Verschwinden im Schlafzimmer einen kleinen Hausaltar mit Kruzifix, Marienbild und Rosenkranz errichtet, an dem immer eine geweihte Kerze brannte, die sie nur löschte, wenn sie das Haus verließ.

Die Kirchengemeinde im Dorf unterstand Heribert Bääsch, der aus dem Rheinland kam und in sehr jungen Jahren das Amt übernommen hatte, nachdem es dem Bistum lange nicht gelungen war, einen Nachfolger für den im hohen Alter verstorbenen Pastor Baumann zu finden. Bääsch war nicht begeistert davon, dass seine Schäfchen ihn immer noch Pastor nannten, wo er doch schon seit zwanzig Jahren ganz offiziell Pfarrer war, also Leiter aller Belange der Kirche.

Ihm war es mit Beharrlichkeit gelungen, aus der der dahinsiechenden Gemeinde eine lebendige Institution im Dorf zu machen, die immer und gern Einfluss auf die Ortspolitik nahm. So hatte er unermüdlich an Stammtischen in den vier Gasthäusern der Gegend teilgenommen, sich mit ordentlichem Konsum von Schnaps, den die Männer dort einfach Schluck nannten, beliebt gemacht und eine Kirmes eingeführt, wie er sie aus seiner Heimat kannte.

Bääsch war aber auch ein strenger Hirte, wenn es gegen den Aberglauben ging, der hier in der Moorlandschaft von alters her weit verbreitet war. Natürlich hatte er schon in seinen ersten Wochen im Amt vom Behem gehört, dem Ungeheuer, das der Legende nach im Sumpf hockte und Kinder fing, um sie zu verspeisen.

Geschah es dann wirklich, wie im Fall des Franz ten Brinken, dass ein Kind dem Moor zum Opfer fiel und die Geschichte vom Behem wieder einmal von Mund zu Mund ging, wetterte Bääsch in seiner sonntäglichen Predigt von der Kanzel hinunter, diese Geschichte habe der Teufel den Dummen ins Hirn gepflanzt. Die Gemeinde nahm es schweigend und mit wenig Schuldgefühlen auf, und schon am Stammtisch nach der Messe orakelten die Männer, ob das Ungeheuer demnächst wieder erscheinen und schlimme Zeiten ankündigen könnte.

Grete verehrte ihren Pastor Bääsch, nicht so sehr als Mann der Kirche, sondern eher als einen der wenig wirklich gebildeten Menschen in weitem Umkreis, einen, den sie bei fast jeder Angelegenheit um Rat fragen konnte. Außerdem fand sie, den Geistlichen, der zum Zeitpunkt ihrer Hochzeit noch keine vierzig Jahre alt war, ziemlich gutaussehend. Bääsch war das, was man damals stattlich nannte, also größer als der Durchschnitt, breit und stark, eine Figur wie ein Ringer, mit einem ausdrucksstarken Gesicht und einer Mimik, die aus jeder seiner Predigten ein Theaterstück machte. Sein Händedruck beim Verabschieden der Gemeinde nach der Messe war selbst bei den robusten Bauern der Gegend gefürchtet. Aber Frauen gegenüber verhielt er sich sanft.

Über all die Jahre nach der Geburt der Zwillinge hatte Grete die Frage geplagt, was denn mit den ungetauften Kindern geschähe, wenn ihnen, was Gott verhüten möge, etwas zustieße und sie sterben würden. Als sie vier Monate nichts mehr von Bernhard gehört hatte, bat sie Pastor Bääsch um ein Gespräch, in dem sie ihren Gewissenskonflikt vortrug.

»Liebe Jrete«, sagte der Pfarrer, »ist doch janz einfach. Wir taufen die Mädschen janz schnell.« Und schlug vor, dies ohne großen Aufwand zu tun, sie müsse lediglich zwei Taufpaten bringen, selbstverständlich Katholiken, dann könne er die Sache praktisch jederzeit über die Bühne bringen.

Und so wurden Melly und Tona an einem Freitag im Mai ordnungsgemäß auf die Namen Antonia Frieda und Amalie Charlotte getauft. Als Paten fungierten Gretes große Schwester Hilde, die eigens aus Dänemark angereist war, und Onkel Jürgen, der jüngere Bruder ihres ehemaligen Schwiegervaters. Grete war erleichtert, während Annegret nur unter Protest an der Veranstaltung teilnahm, denn die hatte es nicht so mit der Kirche.

Eines Tages fuhren zwei Kleinbusse am Gasthof Maschen vor, die ihrer Aufschrift nach zu einer Universität gehörten. Die zwei Männer und drei Frauen belegten vier der fünf Fremdenzimmer, und schon am Abend warfen zwei von ihnen überall im Dorf Handzettel in die Briefkästen, in denen sie zu einem Vortrag am Freitag im Festsaal einluden. Man wolle den Anwohnern präsentieren, was sie im Moor zu forschen gedachten und die Einzelheiten erläutern. Man freue ich auf regen Besuch und freundliches Interesse.

Die Veranstaltung traf auf unerwartet großen Zuspruch. Die Bauern hatten sich die hinteren Reihen gesichert, Pastor Bääsch und seine Schäfchen saßen vorne vor der linken Seite der Bühne. Die Forscher hatten einen Projektor mitgebracht, der Fotos und Grafiken auf die Leinwand im Hintergrund warf.

Dann stand ein hagerer, leicht gebeugter Mann mit weißem Haar auf, nahm die Brille ab und trat ans Mikrofon. »Das Moor ist wertvoll«, begann er, und irgendwer im Hintergrund kommentierte mit einem lauten »Für wen?«

Der Professor war irritiert und suchte nach dem Zwischenrufer. »Das Moor ist wertvoll für die Natur und Umwelt«, setzte er an und erntete Gemurmel. »Solange das Moor nicht vom Menschen trockengelegt wird...« – »...ist es zu nichts nütze«, ergänzte eine Stimme aus den hinteren Reihen.

Da stand Pastor Bääsch auf, drehte sich um und sagte: »Jetzt lasst den Mann doch erstmal reden.«

Der Professor nickte ihm dankend zu. »Das Moor in seinem Urzustand kann mehr Kohlendioxid speichern…« – »…als eine Flasche Sprudel«, krähte es. Das Gelächter war groß, die ersten Kerle standen auf und wandten sich dem Ausschank zu. Die Veranstaltung war beendet.

Bääsch trat an den Forscher heran: »Wir finden dat interessant. Vielleicht können Sie dat mal im kleinen Kreis erzählen, zum Beispiel bei mir in der Kirche.«

Und so saßen dann zwei Abende später die Gemeindemitglieder, die immer erschienen, wenn Pastor Bääsch zu einer Veranstaltung rief, im Besprechungszimmer des Pfarrhauses. Frau Trentmann hatte für Kaffee, Tee und Getränke gesorgt, Grete und Edeltraud ten Brinke hatten Schnittchen beigesteuert. Die Forscher waren vollzählig angetreten und hatten wieder ihren Projektor mitgebracht.

Nach der Begrüßung wollte der weißhaarige Professor sofort mit seinem Vortrag beginnen, aber der Hausherr bremste: »Lassen Sie uns doch erstmal lecker Kaffee trinken und ein paar Brötchen essen.«

So saßen sie dann zu zwölft am Konferenztisch und stärkten sich, die Wissenschaftler hatten sich unter die Zuhörer gemischt, und wie es der Zufall wollte, hatte der jüngere der beiden Männer rechts von Grete Platz genommen.

»Oliver Prinzinger«, stellte er sich mit einem kurzen Kopfnicken vor. Er roch gut, und die Grübchen in beiden glattrasierten Wangen faszinierten sie. Dann die Stimme, die ihr ein warmes Gefühl in die Magengegend zauberte. »Warum machen Sie das mit dem Moor?«, eröffnete sie das Gespräch.

Pastor Bäasch war inzwischen tief in eine Diskussion mit dem Professor verstrickt, und der Rest der Anwesenden machte auf die eine oder andere Art Smalltalk.

»Edgar Wallace«, sagte der Forscher und grinste, dass die Grübchen besonders gut zur Geltung kamen, »es liegt an Edgar Wallace. Kennen Sie den Film ›Das Wirtshaus von Dartmoor‹?«, Grete schüttelte den Kopf, sie kannte ja kaum Filme, weil sie nicht oft ins Kino ging.

»Das war vor ein paar Jahren, als ich diesen Krimi sah; der spielte in einem Gasthaus an einem Moor. Ich war fasziniert. Aber eben auch Wissenschaftler, also habe ich mich auf dieses Thema spezialisiert und dazu auch promoviert.«

»Sie sind also ein Herr Doktor?«

Er lachte: »Offiziell ja. Inoffiziell bin ich einfach Oliver.« Er hatte sich ihr zugewandt, und sie schaute ihm beim Sprechen zu.

»Wissen Sie, lebensfeindlich, mystisch und ein bisschen gruselig erscheint das Moor den meisten Menschen, die es nicht aus persönlicher Anschauung kennen. Das Moor war ja auch für den Menschen lange Zeit ein Gegner. Aber über die Jahrhunderte hat er es erobert, trockengelegt und für sich genutzt. Inzwischen wissen wir, dass die Moore eine wichtige Rolle für unser Klima spielen. Sie sind effektive Kohlenstoffspeicher und Lebensraum für viele selten gewordenen Tier- und Pflanzenarten.«

Grete genoss die Wirkung seiner Stimme. »Und das haben Sie herausgefunden beim Forschen.«

Wieder lachte er kurz auf. »Nein, nein, das haben viele Forscher schon vor mir so gesehen. Mein Fachgebiet nennt sich Forensik. Vielleicht haben Sie schon von der Arbeit der Gerichtsmediziner gehört. Das sind diejenigen, die für die Untersuchung der Leichen zuständig sind, die eines unnatürlichen Todes gestorben sind.«

Sie hatte kurz genickt: »Und was hat das mit unserem Düwelsmoor zu tun?«

Dr. Prinzinger schaute kurz zu seinem Chef hinüber und sagte dann knapp: »Wir suchen hier nach Moorleichen.«

»Sie meinen Leute, die im Moor umgekommen sind? Da kann ich Ihnen ein paar Geschichten erzählen.«

Er schüttelte den Kopf. »Wir suchen nach sehr, sehr alten Leichen im Moor, Leichen von Menschen, die vor Jahrhunderten oder gar Jahrtausenden gestorben sind. Nachdem die Leute vor dreihundert, vierhundert Jahren mit dem Torfabbau begonnen haben, sind sie immer wieder auf solche uralten Moorleichen gestoßen. Und jetzt haben wir eine Meldung bekommen, dass hier in der Nähe… Aber, bitte, das muss noch geheim bleiben. Offiziell sind wir hier wegen dem Umweltschutz hier. Das ist auch der Inhalt vom Vortrag, denn Professor Grube eigentlich neulich halten wollte.«

Der hatte gerade begonnen, Pastor Bääsch zu erklären, dass das Trockenlegen der Moore eine der frühesten Umweltsünden der Menschheit überhaupt war, neben dem radikalen Abbrennen oder Abholzen der Wälder. In der Gegend habe man damit bereits im 17. Jahrhundert begonnen. Man wollte die öden, feuchten Flächen für die Landwirtschaft nutzen. Die Lehnsherren, beispielsweise der für das Düwelsmoor zuständig Bischof, hätten also wahllos Bauern von überall her eingeladen, sich anzusiedeln und das von ihnen urbar gemachte Land ohne Pachtzahlungen zu nutzen.

Dann habe man herausgefunden, dass getrockneter Torf ein hervorragender Brennstoff ist. Dass beim Trockenlegen und Torfstechen massenhaft gebundenes Kohlendioxid freigesetzt wird, das hätten die Menschen damals nicht gewusst. »Heute, das haben wir ja vorgestern im Gasthaus erlebt, wollen sie nichts davon wissen«, ergänzte der Forscher und fügte an, dass CO_2 bekanntlich nicht gut für die Umwelt sei.

»Und jetzt wollen Sie die Leute hier davon überzeugen, dass nur ein feuchtes Moor ein gutes Moor ist«, versuchte Bääsch den Professor zu provozieren.

Grube schaute sich um, beugte sich dann zum Pfarrer hin und sagte: »Nein, wir suchen in Wirklichkeit nach Moorleichen. Aber…« er legte den Zeigefinger auf die Lippen, »… das ist geheim. Wir wollen die Menschen nicht unnötig in Aufruhr versetzen.«

»Mein Mund ist versiegelt«, sagte der Pastor, »mit dem Schweigen bin ich berufsbedingt bestens vertraut.«

Der Abend dämmerte bereits, als Pastor Bääsch sich bei den Forschern bedankte und die Veranstaltung für beendet erklärte. Professor Grube und die Mitarbeiterinnen standen am Universitätskleinbus, bereit zum Einsteigen.

»Wollen wir zu Fuß gehen?«, fragte Grete den jungen Wissenschaftler, mit dem sie so nett geplaudert hatte, »ich wohne ja in der Nähe vom Gasthaus, selbe Richtung. Ist doch so ein schöner Abend…« Oliver Prinzinger zögerte kurz und sagte dann zu den Kollegen: »Fahrt ihr schon, ich komme nach.«

Und so wanderten sie durch den Ort bis zur Landstraße

und dann auf dem neu asphaltierten Radweg zwischen der Fahrbahn und dem Graben. Grete redete so viel wie seit Jahren nicht mehr. All die Geschichten über das Moor erzählte sie. Natürlich auch vom Behem, und sie meinte, Oliver bei dieser Legende grinsen zu sehen. »Du glaubst nicht an so was?«, fragte sie.

Er schüttelte den Kopf: »Ich glaube nicht an die reale Existenz eines solchen Wesens, weiß aber, dass diese Volksmythen oft einen ziemlich realen Hintergrund haben und eine wichtige Funktion erfüllen. Deshalb würde ich mich nie darüber lustig machen.«

Damit war sie zufrieden und kam auf die Personen zu sprechen, die zu ihren Lebzeiten dem Moor zum Opfer gefallen waren. Die Geschichte vom versunkenen Bomber interessierte ihn am meisten. »Die Stelle würden wir bestimmt gern untersuchen«, sagte er.

Sie näherten sich dem Gasthof, die Sonne war längst untergegangen, die Nacht war mondlos und schwarz, nur die Leuchtreklame am Eingang wies ihnen noch den Weg. Da standen sie nun, und Grete hätte nie erklären können, was sie geritten hatte, ihn zu bitten sie zu begleiten. Er gefiel ihr, er gefiel ihr sogar sehr. Sie war sich später nicht einmal sicher, dass sie mit ihm hatte schlafen wollen, denn im Gegensatz zu ihrer Freundin Jutta war sie seit Bernds Verschwinden nicht ständig auf der Jagd nach einem Mann fürs Bett.

Eher zufällig hatte sie die Masturbation als Möglichkeit sexuelles Verlangen zu stillen für sich entdeckt. Gewöhnlich überkam sie dieses Verlangen im warmen Wasser der Badewanne, seltener abends vor dem Einschlafen im Bett. Sie brauchte keinen äußeren Anlass und stellte sich dabei keinen Mann, weder Gerd noch Bernd oder irgendeinen real existierenden Kerl vor, geschweige denn ein männliches Glied. Das Bedürfnis kam einfach so aus dem Bauch, wie Hunger und Durst.

Grete brauchte auch keinerlei Hilfsmittel. Nach Annes Abreise hatte sie beim Putzen des Zimmers drei Vibratoren unterschiedlicher Form und Größe im Nachtschrank der Tochter gefunden. Natürlich hatte sie denjenigen ausprobiert, der ihr am wenigsten schrecklich vorkam, und dabei gelernt, dass solche Gerätschaften nichts für sie waren.

Wenn sie darüber nachdachte, dann war sie auch sicher, dass es Jutta nicht viel anders ging. Die schlief doch wohl nicht deshalb mit irgendwelchen Burschen, die sie irgendwo und irgendwie kennengelernt hatte, um Sex zu haben. Meist blieb es bei einem Mal, manchmal dauerte eine dieser Beziehungen ein paar Wochen, aber nie war ein Liebesverhältnis dabei entstanden. Vielleicht, dachte Grete, glaubte Jutta Männer mit Sex bestechen zu können, damit sie sich näher auf sie einließen und dann doch bereit waren, mit ihr ein Paar zu bilden. Manchmal tat ihr Jutta leid.

»Ich bin völlig nachtblind«, sagte sie schließlich zu Oliver, »ich würde wohl nach Hause finden, aber dieser Weg ist im Stockdunkeln ziemlich unangenehm.« Er ließ wieder die Grübchen aufblitzen: »Ich begleite dich gern.«

Er bot ihr seinen Arm an, aber Grete griff einfach nach seiner Hand. »Siehst du«, wisperte sie nach einer Weile, »bei uns in der Moorsiedlung brennt in keinem Haus ein Licht.«

Einmal kam ihnen ein Auto mit aufgeblendeten Scheinwerfer entgegen. »Du hast auf mich nicht den Eindruck gemacht, besonders ängstlich zu sein«, sagte er ein paar Minuten später. »Bin ich auch nicht«, entgegnete sie.

»Da müssen wir abbiegen«, sagte Grete, nachdem sie die Bushaltestelle passiert hatten.

Dann standen sie vor ihrer Haustür. »Danke«, sagte sie. Oliver nickte. »Kann ich dich noch zu einem Glas Wein auf meiner Terrasse überreden?« Er hatte den Blick gesenkt.

»Darf ich offen sein?«, fragte er. »Liege ich falsch, wenn ich denke, dass du mich ins Haus und in dein Bett locken willst?«, Grete reagierte nicht.

»Also, ich finde dich sehr, sehr sympathisch. Ich habe mich sehr, sehr gern mit dir unterhalten und dir zugehört. Und du bist eine wirklich attraktive Frau. Und ich hoffe, dass wir uns wiedersehen, solange das Team hierbleibt. Aber…« er legte eine Pause ein, »ich stehe nicht auf Frauen, also sexuell.«

Später war sie sehr erleichtert über seine Reaktion, denn eine Affäre mit dem Wissenschaftler hätte nur Verwicklungen ausgelöst, und auf emotionales Chaos hatte sie keine Lust. Oliver hatte die Arme um sie gelegt und den Kopf an ihren angelehnt. So verharrten sie einige Minuten. Dann schloss sie die Tür auf und trat ein. Er winkte, und sie zog die Tür zu.

Annegret und Peter

Grete hatte Bernhard nie geantwortet, vor allem, weil sie nicht gewusst hätte, an welche Adresse sie ihre Briefe hätte schicken sollen. Dabei gab es so viel zu berichten.

Anne war kurz nach Bernds Abreise in den örtlichen Turnverein eingetreten und schickte sich an, zur Spitzensportlerin zu werden. Man hatte Grete den Vorschlag gemacht, die Tochter auf ein Sportinternat zu schicken, aber das hatte sie abgelehnt. Und dann erledigte sich die Sache von selbst, denn zwischen ihrem vierzehnten und sechzehnten Geburtstag wuchs das Mädchen um beinahe zwanzig Zentimeter und war dann mit einer Größe von fast einsachtzig nicht mehr für den Turnsport geeignet.

Der Sportlehrer Brauser, ein Mann mittleren Alters, den eine Mehrheit der Mütter attraktiv fand und in den sich die Schülerinnen am Ursulinen-Gymnasium reihenweise verliebten, erkannte Annes Talent und empfahl ihr als neuen Sport Basketball. Tatsächlich stellte sie sich beim örtlichen Verein vor, absolvierte ein Probetraining, und die Trainer hätten sie mit Kusshand in den Nachwuchs übernommen, aber Annes Interesse am Sport verging in diesem Frühjahr innerhalb von vier Wochen vollständig.

Und dann erzählte Britta von der Judo-Schule. Schon bevor sie aufs Gymnasium kam, habe sie dort die japanische Kampfkunst gelernt, und sie könne sich ein Leben ohne Judo nicht vorstellen. Anne ging mit, fand diesen Sport zu brav, war aber elektrisiert als dann die Jiu-Jitsu-Kämpfer auf die Matte kamen. Das war härter, das war nützlich, das schien ihr eine Methode zu sein sich zu wehren. Zwei Jahre lang lernte sie Jiu-Jitsu, und wäre sie nicht weggegangen aus der Stadt und ihrem Heimatland, wäre sie sicher dabeigeblieben.

Auf der Grundschule im Ort hatte sie auf Anhieb zu den besten Schülern gezählt. Fräulein Krämer, ihre Klassenlehrerin, war immer wieder von den Fähigkeiten des großgewachsenen Mädchens, das in jeder Klassenstufe immer alle anderen Schülerinnen und Schüler um mindestens Kopflänge überragte, angetan.

Besonders begabt war Annegret bei den Fremdsprachen. Schon in der dritten Klasse lernte sie bei Fräulein Krämer Englisch, denn die Lehrerin hatte es nach dem Weltkrieg für ein paar Jahre nach Großbritannien verschlagen, wo sie die Sprache lieben lernte. Nun bot sie den Volksschülern freiwilligen Englischunterricht an, und Anne nahm mit Begeisterung teil.

Weil sie auch in allen anderen Fächern außer Rechnen eine Eins mit nachhause brachte, empfahl Fräulein Krämer in einem Gespräch mit Grete, die Tochter unbedingt aufs Gymnasium zu schicken.

Die Mutter musste sich eingestehen, dass sie sich über die Zukunft ihrer elfjährigen Tochter bis dahin keinerlei Gedanken gemacht hatte. Sie kannte aber auch nur Frauen, die entweder Hausfrauen waren und die Kinder großzogen oder in die Landwirtschaft eingebunden waren. Dazu noch die wenigen Verkäuferinnen im Ort und die Sprechstundenhilfen bei den Ärzten. Eine Frau wie die Klassenlehrerin, die einen richtigen Beruf hatte, alleinstehend und also unabhängig war, erschien ihr einigermaßen exotisch.

»Wozu soll das nütze sein?«, fragte Margarete die Lehrerin. Fräulein Krämer sprach von den Möglichkeiten, mit dem Abschluss der mittleren Reife weiter auf eine höhere Handelsschule zu gehen oder eine Lehre zu beginnen oder gar Sprachen an der Universität zu studieren. Grete war nicht überzeugt und fragte deshalb Anne.

Die hatte genauso wenige Vorstellungen von einem Berufsleben, dass sie kurzerhand sagte: »Ja, ich würde später gern studieren. Und reisen. Und in der Welt herumkommen. Wie Papa.« Damit war die Sache entschieden.

Anne liebte die Schule, aber sie hasste den Schulweg. Das Ursulinen-Gymnasium war die nächstgelegene höhere Schule für Mädchen, befand sich aber in der großen Stadt, und die lag gut dreißig Kilometer entfernt von zuhause.

Wollte sie pünktlich um acht zum Unterricht in der Schule sein, musste sie unbedingt den Bus um fünf vor halb sieben erreichen. Bis zur Haltestelle hatte sie einen Fußweg von einer guten Viertelstunde. Der Bus brauchte exakt zweiunddreißig Minuten bis zum Bahnhof in der kleinen Stadt im Norden. Dort musste sie dann zwölf Minuten auf den Bummelzug warten. Immerhin war es nicht weit vom Bahnhof der Stadt bis zur Schule.

Sie war also, das, was man damals eine Fahrschülerin nannte. Davon gab es am renommierten Ursulinen-Gymnasium nicht wenige, weil die Familien vom Land aus weitem Umkreis ihre Töchter dorthin schickten.

Wer es sich leisten konnte, mietete ein möbliertes Zimmer oder brachte die Tochter bei einer Wirtin unter. Aber das war erst für Schülerinnen der Oberstufe erlaubt. Dasselbe galt auch für die Schüler der Von-Galen-Oberschule, die gleich neben dem Mädchengymnasium untergebracht war.

Natürlich herrschte zwischen den Jungen und den Mädchen ein reger Austausch. Man lief sich nach dem Unterricht über den Weg, man veranstaltete gemeinsam Partys und einige der Galener gingen mit Mädchen von St. Ursula. Aber auch das betraf gewöhnlich nur die Oberstufenschüler.

An einem wolkigen Tag kurz nach dem Beginn des Schuljahrs sah Anne auf der gegenüberliegenden Straßenseite ein kleines, rotes Cabrio, an dem ein Typ lehnte und an einer Zigarette zog.

Sie hätte später nicht sagen können, warum sie stehenblieb und, während ihre Mitschülerinnen zur Bushaltestelle oder nachhause strebten, den Burschen anstarrte. Bald standen sie sich gegenüber, und es schien, als sei er genauso fasziniert von ihr wie sie von ihm. Er warf die Kippe weg, deutete eine Verbeugung an und machte eine einladende Handbewegung. Ohne nachzudenken überquerte Anne die Straße und ließ sich von dem jungen Mann zur Beifahrertür geleiten.

»Nimm Platz«, sagte der Kerl und hielt ihr den Wagenschlag auf. Er selbst setzte sich auf den Fahrersitz, machte aber keine Anstalten loszufahren. Stattdessen fingerte er eine Zigarettenpackung aus der Innentasche seines marineblauen Blazers, der bestens zu seiner weißen Sommerhose passte, und bot ihr eine Kippe an.

»Rauchst du?« Sie nickte wortlos, nahm eine Zigarette, und er hielt ihr ein schickes, goldenes Feuerzeug hin. So saßen sie da und rauchten schweigend.

»Wieso hast du ein Auto?«, fragte sie plötzlich, ohne ihn anzuschauen.

»Weil mir meine Eltern diesen schicken Karren geschenkt haben.«

Sie nahm noch einen Zug. »Aber du hast doch noch keinen Führerschein. Bist doch auch höchstens siebzehn.« Er drehte sich halb zu ihr um und legte seinen Arm auf ihre Sitzlehne. »Doch, hab ich in den Staaten gemacht. Alles ganz korrekt. Da geht das schon ab sechzehn.«

Er ließ den Motor an. »Wohin kann ich dich bringen?« Ganz automatisch nannte sie ihm den Namen des Ortes und die Adresse ihres Elternhauses.

»Oh«, sagte er, »das ist ja ne Ecke weg. Egal. Du sagst mir den Weg.«

Er fuhr besonnen, und nachdem sie den Zubringer erreicht hatten, fragte er: »Wie heißt du?« Anne nannte ihren Namen.

»Also, ich bin der Peter. Noch neu in der Stadt. Meine Eltern haben mich aufs Galen gesteckt in der Hoffnung, dass ich nicht wieder von der Schule fliege.« Sie lachte kurz auf.

»Und, wo wohnen diese Eltern, die so reich sind, dass sie ihrem missratenen Sohn einen Alfa Romeo spendieren?«

Peter war auf die Landstraße abgebogen und fuhr nun etwas schneller. »Meine Mutter lebt in Boston, und wo mein Vater gerade herumdüst, weiß ich ehrlich gesagt nicht.«

Sie zeigte auf die Straße. »Da vorne an der Bushalte kannst du mich rauslassen. Aber, wo wohnst du denn?«

Peter fuhr rechts ran und wandte sich ihr zu. »In einer ziemlich schönen Terrassenwohnung gleich gegenüber vom Mädchengymnasium, so wie ich mir das vorgestellt habe. Und du bist mir jederzeit willkommen. Madsen steht an der Klingel, komm doch mal vorbei.«

Er stieg aus, ging um den Wagen und öffnete ihr die Tür. Anne machte ein paar Schritte und hörte, wie Peter den Motor anließ. Dann überholte er sie, hupte ein paar Mal. Im Wegfahren hob er die Hand und winkte ihr lange zu. Ihr war schwindelig, und es dauerte den ganzen Weg bis nachhause, bis sie eine Ahnung davon bekam, was gerade mit ihr geschehen war.

Die Jugend in der Gegend hatte nicht viele Möglichkeiten zur Freizeitgestaltung. Wer nicht in einem der örtlichen Vereine, also im Sport oder bei den Schützen, aktiv war, versuchte so schnell wie möglich den Führerschein zu machen und umgehend an ein eigenes Auto zu kommen.

Für die Mädchen war beides schwieriger, weil immer noch viele Eltern der Ansicht waren, dass ihre Töchter beides nicht brauchten. Und Treckerfahren konnten die auch ohne Führerschein. Die Bauernburschen aber, die investierten jeden Pfennig, den sie zusammenkratzen konnten, in eine Karre. Und weil es auch keine Autowerkstätten in der Nähe gab, brachten sich die Jungmänner das Warten und Reparieren der Wagen selbst bei.

Die Kerle, die in den Hallen der elterlichen Betriebe Gruben hatten bauen dürfen, aus denen heraus sie von unten an ihren Kisten arbeiten konnten, waren als Freunde höchst begehrt. Und natürlich beließen es die Könner unter den jungen Kfz-Haltern nicht damit, ihre Wagen in Schuss zu halten; es galt, die Karren schneller zu machen, zu verschönern, zu tunen. Und weil diese Arbeiten nicht selten die Straßenzulassung eines Pkw ungültig werden ließen, testeten sie ihre Fahrkünste gern abseits der Landstraßen auf den asphaltierten Wegen durchs Moor.

Anne kannte das, wenn am Samstagnachmittag plötzlich ein schweres Brummen in der Ferne zu hören war und dann mit brüllendem Motor ein roter Renner oder ein Kleinwagen in Gelb und Schwarz mit maximaler Geschwindigkeit über die Dämme im Moor raste.

Aus schwer nachvollziehbaren Gründen waren die Jungmänner der Ansicht, solche Aktionen würden sie bei der jugendlichen, weiblichen Landbevölkerung attraktiv machen. Aber das war genauso wenig der Fall wie beim mehr oder weniger besoffenen Posieren in den Gasthäusern, in der Disco oder auf den Dorffesten. Tatsächlich strebten die Mädchen, die es am Wochenende in die Stadt zog, eher Jungs an, die ein ganz normales Auto besaßen, die besonnen und vor allem nicht betrunken fuhren und sie sicher von A nach B bringen konnten und zurück.

Auch wenn es weder von Grete noch den Nachbarn gern gesehen wurde, hatte sich Anne schon vor Jahren mit Murat angefreundet, dessen Familie in der Torfkolonie wohnte, ein schüchterner Junge, einen halben Kopf kleiner als sie, der offensichtlich haltlos in Anne verliebt war. Der war einfach ein netter, freundlicher Kerl und besaß einen stinknormalen VW Käfer.

Weil er gern fuhr, aber als Türke ohnehin in keine Tanzdiele, in keine Disco und keine Bar gelassen wurde, machte es ihm nichts aus, Anne als Chauffeur zu dienen. Und weil er als Moslem keinen Alkohol trank, war das Unfallrisiko insgesamt gering.

Murat fuhr sie hin, wohin sie wollte. Und wenn sie ihn bat, nachhause zu fahren, um sie später abzuholen, dann tat er das. Das entband sie von der Gefahr, sich von irgendeinem der Möchtegern-Machos, die mit Vorliebe jenseits der Promillegrenze übers Land rasten, mitnehmen zu lassen, um dann vor der eigenen Haustür möglicherweise Aufdringlichkeiten abwehren zu müssen.

Peter war da völlig anders, und das gefiel ihr. Er bevorzugte das entspannte Dahingleiten mit geöffnetem Verdeck. Wie Anne im Herbst feststellte, schloss er dies nur dann, wenn es sehr stark regnete oder die Temperaturen deutlich unter null fielen. Ihr gefiel auch, wie lässig er überall und in jeder Gesellschaft auftrat; immer freundlich, immer höflich, aber auch oft mit einem leicht spöttischen Gesichtsausdruck, den intelligentere Menschen sofort als Merkmal tiefsitzender Arroganz werteten.

Was das Ausgehen anging, richtete er sich vollkommen nach Anne. »Du kennst dich hier aus, du weißt, wo was geht. Also bestimmst du.« Auch bei der Auswahl der Filme, von denen sie nun jede Woche einen im Kino neben dem Rathaus sahen, ließ er ihr freie Hand. Im Gegensatz zur männlichen Jugend der Region trank er nicht, weder Wein noch irgendwelche Spirituosen und schon gar kein Bier. Dafür führte er sie in den Genuss von dem ein, was die Medien Haschisch nannten, er aber Gras, das er in selbstgedrehten Zigaretten rauchte.

Jeden Freitag holte er sie von der Schule ab, lud sie aber in diesem Schuljahr nie ausdrücklich in seine Wohnung ein. Und wenn er sie zu Grete heimbrachte, hielt er an der Einmündung der Fahrstraße zum Haus und ließ sie raus.

Zu dieser Zeit war Anne noch Jungfrau und hatte im Sommer zuvor nur ein paar Mal mit Jochen im Mordhaus geknutscht. Der war drei Jahre älter und versuchte jedes Mal, sie zu dem zu überreden, was die Medien neuerdings Petting nannten. Aber ein paar Tage nach ihrem Geburtstag entschied sie, dass es Peter sein sollte, mit dem sie zum ersten Mal schlafen wollte.

Im März des letzten Jahres des Zweiten Weltkrieges hatte ein britischer Bomber, der auf dem Weg war, die Hafenstadt im Norden in Brand zu setzen, einen Phosphorkanister über dem Moor verloren. Der war beim Aufprall auf einen Grenzstein aufgeplatzt und hatte sich bei der Berührung mit dem feuchten Torf entzündet, der hier unmittelbar an der Oberfläche unter einer dünnen Erdschicht begann und bis zu acht Meter mächtig war. Das Feuer hatte sich innerhalb von Stunden tief in den brennbaren Boden hineingefressen und sich in eine schwelende Glut verwandelt, die durch nichts und niemanden gelöscht werden konnte.

Wissenschaftler, die von der Moorzentrale engagiert worden waren, hatten herausgefunden, dass der Brand in rund sieben Meter Tiefe auch fast dreißig Jahre nach Kriegsende noch nicht erloschen war. Auf einer kreisrunden Fläche von gut zehn Metern Durchmesser wuchs seit dem Einschlag der Bombe nichts mehr, und bei den Leuten rund ums Moor hieß diese Stelle nur das Teufelsloch, und man verbot den Kindern bei Strafe, sich dieser Stelle zu nähern, denn die Wissenschaftler hatten durch ihre Messungen auch festgestellt, dass hier nicht geringe Mengen giftiger Gase aufstiegen, im Oberflächenwasser Blasen bildeten, die nach dem Aufplatzen die gefährlichen Stoffe freisetzten. Für die Jungen in der Gegend war es eine Mutprobe, sich dem Teufelsloch zu nähern, ja, sich am Rand hinzusetzen und zu warten, bis ihnen schwindelig wurde.

Als Anne acht oder neun Jahre alt war, hatte sich Franz, der elfjährige Sohn des Großbauern Schulte ten Brinke, auf dieses Wagnis eingelassen. Vier, fünf Schulfreunde waren an einem kühlen Frühlingstag mitgegangen, hatten aber dann doch den Mut verloren und etliche Meter entfernt gewartet, um zu sehen, was mit Franz geschehen würde, der angekündigt hatte, das Höllenloch sogar zu betreten. Franz war ein freundlicher, schlanker Junge, der Zwistigkeiten nie mit den Fäusten klärte, wie es die meisten anderen Bauernburschen gern taten, sondern auf die Diskussion setzte, ein Verhalten, das ihn bei den Mädchen äußerst beliebt machte, und vermutlich war Anne in ihn verliebt, soweit ein Mädchen ihres Alters sich überhaupt verlieben kann.

Franz starb noch vor Ort, weil die herbeigerufene Feuerwehr viel zu spät eintraf. Dabei war sein Freund

Jürgen, der später bei irgendeiner Meisterschaft eine Medaille im Achthundertmeterlauf gewann, in höchstem Tempo aus dem Moor heraus und die Landstraße entlang bis zum Gasthof Maschen gelaufen, wo man den Notruf wählte. Für die gut drei Kilometer hatte er nur dreizehn Minuten gebraucht. Der Rettungswagen traf zwanzig Minuten später bei Maschen ein, und bis die Sanitäter, geleitet von Jürgen, zu Fuß am Teufelsloch eintrafen, war beinahe eine Stunde vergangen, seitdem Franz ohnmächtig geworden war. Er war bereits durch das austretende Kohlenmonoxid erstickt.

Und an diesen Franz erinnerte Peter sie, der genauso lang und schlank war, genauso freundlich und genauso blond und blauäugig. Die Beerdigung von Franz Schulte ten Brinke war die erste, an der sie bewusst teilnahm, denn als ihr Vater starb, war sie nicht einmal drei Jahre alt und konnte sich nicht an das Geschehen auf dem Friedhof und die anschließende Totenfeier bei Maschen erinnern. Die Art und Weise wie Franz zu Tode gekommen war, machte ihn in der Gegend zu einem Mythos, die Geschichte ging in die regionale Historie ein und wurde den Kindern noch viele Jahre, nachdem die Glut im Teufelsloch endgültig erloschen war, als mahnendes Beispiel vorgehalten.

Mit dem Eintritt in die Oberstufe war Annegret es leid, jeden Tag zwei Stunden Hinweg in Kauf nehmen zu müssen und auf Peter für die Rückfahrt angewiesen zu sein. Von ihrer Schulfreundin Jutta hatte Grete erfahren, dass es in der Stadt eine Witwe gab, die möblierte Zimmer an die Oberstufenschülerinnen des Ursulinen-Gymnasiums und an ledige Fräuleins vermietete, die in der Stadt eine Anstellung gefunden hatten, sich aber keine Wohnung leisten konnten. Anne war von der Idee begeistert, und am letzten Sonntag in den Sommerferien machte sich Grete stadtfein und fuhr mit ihrer Tochter in die Stadt.

Die Witwe Walter, die bei ihren Mieterinnen nur Tante Ida hieß, hatte eine prächtige Stadtvilla aus der Gründerzeit geerbt, ein Haus hinter einer Mauer mit Gittertor unweit des Botanischen Gartens. Gleich nach dem Tod ihres Gatten hatten sie die Villa in eine Pension für junge Frauen umgewandelt mit zwölf Zimmer und drei Bädern. Aus dem Salon im Erdgeschoss hatte sie den Speisesaal gemacht, in dem sie ihren Mädchen, so nannte sie die jungen Frauen, das Frühstück und eine warme Mahlzeit am Abend servierte.

Sie selbst bewohnte das Souterrain, in dem auch die Köchin, eine schweigsame Frau unklarer Herkunft, ihr Zimmer hatte. Unter den Mieterinnen wurde gemunkelt, die Pensionsbesitzerin und die Herrscherin der Küche hätten ein Verhältnis miteinander. Olga, so deren Name, konnte kochen wie kaum eine Zweite — jeden Abend von Montag bis Freitag gab es ein Menü mit Suppe, Hauptgericht und Nachspeise, das man so auch in jedem guten Restaurant der Stadt hätte finden können. Die Mahlzeiten konnte man abonnieren, und es gab kaum je eine Mieterin, die darauf verzichtete. Entsprechend hoch lagen die Kosten für Zimmer und Verpflegung, und Grete war sich nicht sicher, ob sie sich diesen Luxus würde leisten können.

Sie trafen auf eine stattliche Dame jenseits der sechzig, der man ihre Herkunft aus besseren Kreisen auf den ersten Blick ansah. Witwe Walter empfing die beiden in ihrem Kontor, wie sie das Büro nannte, indem sie täglich vor den Büchern saß oder gemeinsam mit Olga den wöchentlichen Speiseplan entwarf.

Wieder war es ihr ehemaliger Schwiegervater, Annes Opa, der anbot, einen Zuschuss zur Miete zu leisten. Der alte Brockhoff hatte ohnehin ein Herz für seine Enkelin, freute sich über jeden ihrer Besuche und hörte gern zu, wenn Anne ihm ihre Erlebnisse in der Stadt und der Schule schilderte, und vor allem, wenn sie ihn um Rat fragte oder von ihren Plänen berichtete, die ganze, große Welt zu bereisen.

»Ik bün hier nienich wegkamen«, sagte Opa Wilhelm, »buten in ›n Krieg, un darop harr ik verzichten kunn. Ofschoonst … harr woll ans nich na Frankriek kamen.«

Anne strahlte: »Warst du auch in Paris?«

»Natürlich«, antwortete der alte Brockhoff nun auf Hochdeutsch, »eine wundervolle Stadt. Aber genossen habe ich die Wochen da nicht. Kam mir immer so falsch vor, dass wir Paris besetzt hielten. Immer noch besser als an die Ostfront ...«

Tante Ida mochte Mutter und Tochter sofort. »Sie beide sehen sich sehr ähnlich«, bemerkte sie gleich zu Anfang des Gesprächs und lächelte.

Tatsächlich wären Grete und Anne in dieser Zeit gut als Schwestern durchgegangen. Das Mädchen, gerade sechszehn Jahre alt geworden, überragte ihre Mutter ein wenig. Beide waren blond und trugen die Haare auf ähnliche Weise. Grete sah man ihre sechsunddreißig Jahre auch nicht unbedingt an. Der deutlichste Unterschied fand sich in den Gesichtern der beiden. Während Anne ansatzweise den Quadratschädel der Brockhoffs von ihrem Vater geerbt hatte, war Gretes Gesicht eher schmal, und wer sie necken wollte, verglich sie mit einem Pferd, auch wegen ihrer großen Zähne, die sie beim Lächeln meist zu verbergen suchte.

»Gut«, sagte die Pensionswirtin nach einigen Minuten, »Anfang kommenden Monats wird ein Zimmer frei. Oben unter dem Dach. Ein bisschen kleiner als die anderen, aber da muss sich ihre Tochter das Bad nur mit zwei Mitbewohnerinnen teilen. Ich nehme an,…wie heißt das Kind?«

Grete musste beinahe grinsen, als sie diesen Ausdruck hörte und sagte: »Annegret, aber alle nennen sie Anne.«

»Also, ich nehme an, Anne wird auch bei uns essen.« Grete nickte. »Und was würde uns das im Monat kosten?«

Frau Walter nannte eine Zahl, die Mutter und Tochter zusammenzucken ließ. Mit einer solchen Summe hatten sie nicht gerechnet, und selbst den großväterlichen Zuschuss eingerechnet, würde sich Grete die Miete kaum leisten können. Sie druckste ein wenig herum.

»Wir hatten nicht mit diesem Betrag gerechnet.«

Die Wirtin war aufgestanden und zum Fenster gegangen, wo sie sich umdrehte und hinaussah. »Wieviel können Sie sich denn leisten, Frau Hanke?«

Anne stieß ihre Mutter an und gestikulierte. Grete nickte und ihre Tochter sagte: »Und wenn wir einen Teil in Naturalien begleichen? Wir haben einen Garten und Hühner, da könnten wir regelmäßig Gemüse, Kartoffeln, Salat und Eier beisteuern.«

Tante Ida lachte und wand sich um: »Sie gefallen mir, beide. Ich mache Ihnen einen Vorschlag. Sie zahlen mir die Miete, die Sie sich leisten können. Und diese Naturalien, die verrechnen wir großzügig.«

Ihre Blicke wanderten von Grete zu Anne und wieder zurück. Wer von den beiden Frauen ihr besser gefiel, blieb unklar.

»Hier der Vertrag. Lesen Sie sich ihn zuhause gut durch und unterschreiben Sie, falls Ihnen mein Vorschlag gefällt. Anne kann ihn mir dann nächste Woche mitbringen.«

Dann erläuterte sie die Hausordnung, die Anne ein wenig strenger erschien als sie erwartet hatte. Als Punkt eins nannte Frau Walter mit Nachdruck: keine Herrenbesuche.

Außerdem sollte es Vorschrift ein, dass die jungen Damen montags in einer Liste eintrugen, an welchen Tagen sie anwesend sein würden und ob sie das Frühstück und das Abendessen einnähmen. Abweichungen würden einen Verweis nach sich ziehen. Überhaupt galt ein Punktesystem, und wer auf vierundzwanzig Verwarnungen kam, musste mit fristloser Kündigung rechnen. Das fanden Grete und Anne fair.

Peter war gleich zu Beginn der Sommerferien verreist, und Anne langweilte sich in diesen sechs Wochen schrecklich. Opa Wilhelm freute sich, dass seine Enkelin in diesem trockenen und heißen Sommer, in dem sehr viel zur selben Zeit geerntet werden musste, kräftig auf dem Hof und auf den Äckern mithalf. »Wenn du von deiner Weltreise zurückkommst, wirst du bestimmt eine gute Bäuerin« sagte er.

Aber so viel war seiner Enkelin schon klar: Auf dem Land würde sie nie leben wollen. Dass sie als Erwachsene überhaupt je in die Heimat zurückkehren würde, schien ihr ausgeschlossen. Dafür hatte Peter sie mit seinen Erzählungen schon zu sehr davon überzeugt, dass es überall woanders auf der Welt besser wäre, aufregender, schöner, lebenswerter.

Sie dachte an die Namen der Städte und Länder, in denen er schon gewesen war, Valparaiso, Santo Domingo, Kuala Lumpur, Yokohama, San Francisco, Sao Paulo, Tanger, Haifa, Zypern, Sansibar und Tasmanien. Überall dorthin hatten ihn die Eltern mitgenommen, denn sein Vater fuhr schon seit dem Ende des Weltkrieges als Kapitän auf einem Kreuzfahrtschiff, einem Luxusdampfer, der Jahr für Jahr mit reichen Menschen gefüllt auf Weltreise ging. Auf diesem Schiff war Peter auch zur Welt gekommen.

Bis zum siebten Monat war seine Mutter, die weltberühmte Sopranistin Silva Söderström, noch aufgetreten, zuletzt an der Met in New York. Sie hatte darauf bestanden, an Bord zu gehen, um dort ihr erstes Kind zu gebären. Käpt'n Madsen hatte die Reederei bekniet, dem Schiffsarzt ausnahmsweise eine Kollegin an die Seite zu stellen, die über Erfahrung als Geburtshelferin verfügte, und man kam seinem Wunsch nach.

»Und wo genau bist du geboren«, hatte Anne ihn gefragt.

Peter lachte: »32 Grad südlicher Breite, 100 Grad westlicher Länge, rund 1400 Seemeilen westlich von Santiago de Chile, einen Tag vor Heiligabend.«

Peter hatte seine Kindheit bis zur Einschulung zur Hälfte auf See und zur anderen Hälfte in den Hotelsuiten verbracht, die seine Mutter bewohnte, wenn sie ein Engagement an einer der bedeutenden Opern der Welt hatte. Es gab Kindermädchen, aber er erinnerte sich nur an eine gewisse Emily, die mehr Kind als Nanny war, mit der er spielen und toben konnte, die ihm alles durchgehen ließ und ihn jede Nacht zu sich ins Bett holte.

»Hattet ihr nie ein richtiges Zuhause?«, hatte Anne gefragt, und Peter hatte mit dem Kopf geschüttelt.

»Vor fünf oder sechs Jahren haben meine Eltern ein Haus in Florida gekauft, aber ich schätze, mehr als drei oder vier Monate habe ich dort nicht verbracht.«

Er machte eine Pause. »Mit elf haben sie mich in ein Internat in der Schweiz geschickt, und das Drama begann.«

Und obwohl sie ihren Peter volle sechs Wochen nicht sah, war dieser heiße Sommer zwischen Weiden, Wiesen und Getreideäckern einer, an den sie sich immer mit frohem

Herzen erinnern würde. Sie arbeitete gern körperlich, keine Aufgabe war ihr zu anstrengend oder zu langweilig. Die Knechte und Erntehelfer hatten ihre Freude an der schlanken, jungen Frau, die immer sehr knappe Shorts, die man Hotpants nannte, zu den Gummistiefeln trug, darüber meistens nur ein Bikini-Oberteil, denn dieses blonde Mädchen sah nicht nur wunderschön aus, nein, sie sprach ihre Sprache, die benahm sich nie, als sei sie etwas Besseres, die trank mittags das Bier aus der Flasche wie sie und konnte bei jedem groben Witz herzhaft mitlachen.

Am liebsten fuhr sie die Zugmaschinen, und als sie Peter nach den Ferien zum ersten Mal wiedersah, sagte sie: »So, jetzt kannst du mich auch mal deinen Alfa fahren lassen. Wie man Gas gibt, kuppelt, bremst und lenkt, habe ich auf dem Trecker ausreichend gelernt.«

»Erst, wenn du den Führerschein hast«, hatte ihr Freund mit ungewohntem Ernst geantwortet, und tatsächlich meldete sich Anne zwei Tage später bei der Fahrschule Thomas an, und nach nur acht Fahrstunden und einer theoretischen Prüfung, die ihr leichtfiel, bestand sie auch die praktische Prüfung völlig problemlos.

Jeden Abend um sechs fand sich das arbeitende Volk in der Küche der Brockhoffs zusammen und aß gemeinsam, was die Bäuerin mit Hilfe von Grete und einer Frau aus der Torfkolonie zubereitet hatte. Deftiges Essen, reichlich und schmackhaft, und Anne würde ihr Leben lang immer und überall nach solchen Mahlzeiten suchen, aber nur selten finden. Meist saßen zwölf Menschen am Tisch, und wer dachte, sie hätten das Essen schweigend in sich hinein geschaufelt, lag falsch. Man sprach untereinander Platt und tauschte Nettigkeiten aus.

Besonders gern gegenüber Kurt, dem dicken Knecht, von dem man sagte: »Hei früst bäi de Arbeit und schwiet bei'n Eten.«

Und nach dem Abendessen radelte sie regelmäßig zu ihrer geheimen Badestelle am See, um sich im flachen, kühlen Wasser zu waschen, ein paar Runden zu schwimmen, um dann still auf dem Handtuch im Sand zu liegen und die Tiere im Busch und die Vögel in den Bäumen zu belauschen.

Murat hatte ihr ein antikes Fahrrad fahrbereit gemacht, wofür sie sich mit einem Kuss und einer Umarmung bedanke, von denen ihr alter Freund noch Wochen zehrte. Er begleitete sie nie, weil er weder Rad fahren noch schwimmen konnte, aber in seinen Träumen sah er die nackte Anne würdevoll ins flache Wasser des Moorsees schreiten, um dann nass wieder an den Strand und zu ihm zu kommen.

Am Ende des Sommers war Anne auf eine Art von der Sonne gebräunt, wie man sie nur bei Menschen findet, die in der heißen Jahreszeit unter freiem Himmel arbeiten. Außerdem hatte sie durch die Arbeit auf dem Feld Muskeln angesetzt, und die reichlichen Mahlzeiten hatten Rundungen an den richtigen Stellen geformt. Sie hatte die durchs Sonnenlicht gebleichten Haare wachsen lassen und trug einen langen blonden Zopf.

Peter gefiel das. Peter gefiel das sehr, und zum ersten Mal hatte sie den Eindruck, er begehrte sie. Bald, dachte sie, ist der richtige Zeitpunkt gekommen. Dass sie nun die Woche über in der Stadt sein würde und er sie nicht mehr nachhause fahren müsste, dachte sie weiter, erleichterte die Sache enorm.

Tatsächlich lud er sie eine Woche später, es war an einem Dienstag, zum ersten Mal in seine Wohnung ein. Schweigend standen sie im Aufzug. Er schloss die Eingangstür auf, und nach dem ersten Blick in das modern eingerichtete Appartement war Anne mehr begeistert als beeindruckt.

So, stellte sie sich vor, würden Filmstars wohnen, Schlagersänger, vielleicht auch erfolgreiche Rockmusiker. Die Wohnung sah so aus wie eine, die sie in der angesagten Zeitschrift für Twens gesehen hatte. Einfach schön war der einzige große Raum mit der modernen Kochnische am hinteren Ende; einer durchgehenden Fensterfront zur Straße hin, davor eine Terrasse über den Dächern der Stadt. Möbel, die es im örtlichen Einrichtungshaus sicher nicht gab, viel Orange, ein wenig Braun und Gelb, alles perfekt aufeinander abgestimmt, durch eine Wand aus Glasbausteinen abgeteilt der Schlafbereich mit einem Bett, das eigentlich viel zu groß war für einen einzelnen Schläfer.

»Und die Einrichtung hat deine Mutter ausgesucht?«, fragte sie.

Peter schüttelte den Kopf: »Innenarchitekt. Mich hat keiner gefragt, ob es mir so gefällt. Aber alles in allem finde ich die Bude okay.«

Hätte Anne ihn nicht schon ein wenig gekannt, wäre ihr dieser Kommentar sicher arrogant vorgekommen.

»Du putzt und kochst hier allein?«

Wieder verneinte er. »Macht Frau Humfeldt, meine Haushälterin. Die kommt vier Mal die Woche, macht sauber, kauft ein, wäscht meine Wäsche und kocht mir was vor.«

Anne war beeindruckt. Das alles erschien ihr als ein Luxus, der nur wirklich reichen Leuten vorbehalten war. Und doch fühlte sie sich auf Anhieb wohl in Peters Appartement in diesem Neubau gleich gegenüber des Ursulinen-Gymnasiums.

Wäre da nicht die strenge Tante Ida gewesen, die darauf

achtete, dass ihre Schützlinge sich spätestens um zehn bei ihr in der Pension persönlich zurückmeldeten, sie wäre gleich in der ersten Nacht bei Peter geblieben. So aber saßen sie bei Tisch, aßen, was Frau Humfeldt vorbereitet und im Kühlschrank bereitgestellt hatte und tranken Cola dazu.

Anne erzählte von ihrem Sommer und wie gut ihr die Landarbeit getan hatte, und Peter berichtete von seiner Woche in New York, dem elend langen Flug zurück nach Europa mit seiner Mutter, die ein paar Abende an der Mailänder Oper gegeben hatte, um dann gleich mit ihm nach Kapstadt weiterzureisen, wo sie Käpt'n Madsen getroffen und auf seinem Schiff einmal rund um Afrika bis nach Israel geschippert seien, wo er mit seiner Mutter eine aufregende Tour durch den Sinai bis nach Jordanien unternommen hatte, begleitet von zwei freundlichen Arabern, um schließlich Petra, die vermutlich älteste Stadt der Welt, zu sehen.

Nein, dachte sich Anne, dies ist nicht der richtige Abend für das erste Mal, und verabschiedete sich um halb zehn mit einem langen Kuss, dem sie anmerkte, dass er Peter aus seiner Lässigkeit riss und einigermaßen verstörte. Sie beschloss, an einem der folgenden Wochenenden bei ihm zu übernachten und fragte ihre Mutter gleich um Erlaubnis. Die war erfahren genug zu ahnen, was Anne an diesem Wochenende vorhatte, machte sich aber keine großen Sorgen, denn ihre Tochter nahm die Pille, weil sie im Gegensatz zu ihrer Mutter seit ihrem sechszehnten Lebensjahr regelmäßig die Frauenärztin besuchte.

Auch auf Annes Ankündigung, sie würde gern einmal ein ganzes Wochenende mit ihm in der Stadt verbringen, reagierte Peter irritiert. Also schlug sie etwas anderes vor: »Hättest du denn umgekehrt Lust, mal von Freitag bis Sonntag zu uns zu kommen? Da zeig ich dir das Landleben.

Meine Mutter würde sich freuen.«

Er stimmte zu, und so fuhren sie am folgenden Freitag gemeinsam aufs Land. Grete hatte Peter bisher nur aus der Ferne gesehen, wenn er an der Einmündung des Fahrwegs hielt, um Anne abzusetzen. Aus der Nähe gefiel er ihr ausnehmend gut. Zumal er ihr einen Strauß Blumen und eine Schachtel Pralinen mitgebracht hatte.

»Hätte nur noch ein Handkuss gefehlt«, berichtete sie Emmi ein paar Tage später. Ja, der junge Mann sah blendend aus und hatte perfekte Manieren.

»Und, was habt ihr vor?«, fragte Grete, und Anne antwortete mit einem Grinsen: »Trecker fahren und im Heu pennen.«

»Na, dann wollen wir deinen Peter mal einkleiden.«

Sie fand ein paar passende Gummistiefel und eine Latzhose mit abgeschnittenen Beinen, die Gerd gehört hatte. Auch diese Kleidung stand ihm hervorragend, mit einem Strohhut hätte er ausgesehen wie eine Vogelscheuche.

»Um sechs gibt's Essen«, sagte Grete, und das junge Paar zog ab.

»Du warst noch nie so richtig auf dem Land?«, fragte Anne, und Peter schüttelte den Kopf, ohne zuzugeben, dass ihm Landwirtschaft und Bauern zutiefst suspekt waren.

»Na, dann gehen wir mal zuerst in den Stall.«

Auch die Leute auf dem Brockhoff-Hof waren von Annes Freund und seinem Benehmen einigermaßen angetan, auch wenn Herbert, der neue Knecht, Mina, der Milchköchin, zuflüsterte, der Typ sehe aber ziemlich schwul aus. So wie ja eine gewisse Sorte Landvolk auch alle Rockmusiker mit langen Haaren für homosexuell hielt.

Peter zeigte sich interessiert und stellte schlaue Fragen. Dann marschierten sie durch den Hof zur Bullenweide, wo ein paar Kälber sofort auf sie zukamen. Auch diese Attacke meisterte er überzeugend. Weiter am Acker entlang bis zum Entwässerungsgraben.

»Hier fängt das Düwelsmoor an«, erklärte Anne. »Wie du siehst, wirkt es trocken. Ist es auch weitgehend, weil wir es entwässern. Aber es gibt viele Stellen, da hält sich der Sumpf, und wenn du da hineingerätst, kann dir keiner mehr helfen, dann wirst du verschluckt.«

Und weil er skeptisch schaute: »Glaub's mir. Ist wirklich gefährlich.« Und sie erzählte ihm die Legende vom Behem, dem Moorungeheuer, das gern Kinder fräße.

Dann liehen sie sich Gretes Rad und fuhren an den See. Anne zog sich ganz selbstverständlich aus, und Peter tat es ihr nach kurzem Zögern nach. Die hellen Streifen, die Bikinioberteil und Shorts auf ihren Körper gemalt hatten, leuchteten im Abendlicht. Ohne Scheu musterte sie ihn, als er nach ihr ins Wasser kam, und was sie sah, gefiel ihr.

Aber von der Erregung, die laut der Sexualseiten in den Jugendmagazinen hätte haben sollen, spürte sie nichts. Die kam nur auf, wenn sie sich selbst berührte, was sie oft und gerne tat, manchmal mehrmals am Tag. Und nicht nur im Bett in ihrem Zimmer, sondern am liebsten draußen, in ihrer geheimen Badebucht zum Beispiel oder im Wald und auch unter der Dusche oder in der Badewanne.

Es war dann am letzten Wochenende vor dem Beginn des neuen Schuljahres, dass Anne bei Peter übernachtete. Er hatte sie zuhause mit dem Alfa abgeholt und war einen Umweg gefahren, ganz so, als wolle er die Ankunft in seinem Appartement hinauszögern. Anne aber genoss die Tour: rund um den Moorsee, dann weiter zum Mittelgebirge, die kurvige Bergstraße bis zur Autobahn, an der Großstadt vorbei.

An der Raststätte, die sich wie eine bebaute Brücke quer über die Fahrspuren erstreckte, schlug er eine Pause vor. Sie tranken Kaffee und aßen Eis. Peter lenkte den Wagen zurück auf die Autobahn und fuhr nun zurück zu der Stadt, in der sie beide zur Schule gingen. Gegen acht Uhr an diesem Freitagabend kamen sie endlich an.

Anne zog die Schuhe aus und durchstreifte barfuß die Wohnung mit dem einen großen Raum samt Kochnische und Schlafecke. Sie trat hinaus auf die Terrasse und erfreute sich am Blick über die alte Bischofstadt.

»Hey«, sagte sie später, »du hast ja eine Badewanne. Was dagegen, wenn ich mich da ein bisschen hineinlege?«

Peter machte eine unbestimmte Handbewegung. Sie zog sich aus, ließ das Wasser ein und stand eine Weile in der Tür zum Badezimmer. Er hantierte an der Stereoanlage herum und legte eine Platte auf; mit einer Musik, die so gar nicht zum Augenblick passen wollte.

Dann tauchte sie ein und verteilte ein wenig aus der Schaumbadflasche, die sie entdeckt hatte, im Wasser.

»Mach doch mal andere Musik«, rief sie. Nach einer Weile hörte sie eines ihrer Lieblingslieder, in dem der Sänger mit betörender Stimme von der wilden, wilden Welt sang.

»Bringst du mir was zu trinken?«

»Was möchtest du denn? Cola, Limo oder was anderes?«, fragte er zurück.

»Hast du keinen Wein da?« Sie hörte ihn eine Flasche entkorken und dann das Klirren von Gläsern. Dann kam er in das Badezimmer und reichte ihr das Weinglas.

»Prost«, sagte sie und hob das Glas. »Du nicht? Nicht mal einen Schluck, nicht mal an einem Abend wie diesem?«

Wortlos kehrte er um und kam wenig später mit einem zweiten Glas, kaum halbvoll, zurück.

»Willst du nicht ins Wasser kommen?«

Peter stellte sein Getränk ab und begann sich zu entkleiden. Ihr gefiel immer noch, was sie sah. Dann saßen sie sich gegenüber, und Anne spürte zum ersten Mal wirklich, dass sie in diesen hübschen und charmanten Kerl verliebt war. Sie begann sich zu waschen, nahm sich Zeit für ihre Brüste und fuhr dann mit dem Waschlappen unter den Schaum. Plötzlich tauchte er ab, hatte die Beine angezogen, ihre Knie an seinen, und die Spitze seines Glieds tauchte auf wie das Periskop eines U-Bootes.

Sie griff danach, sanft, und vollzog seine Bewegung nach, als er auftauchte. Sein Penis war hart geworden, und sie behielt ihn unter Wasser in der Hand.

»Du hast noch mit keinem Mädchen geschlafen, stimmt's?« Er nickte.

»Ich hab auch noch mit keinem Jungen geschlafen«, sagte sie. Und mit einem Grinsen: »Du bestimmt auch nicht.«

Peter sah ihr direkt ins Gesicht, während sie spürte, dass sein Glied wieder weich wurde. »Doch«, sagte er, »hab ich.«

Und dann erzählte er vom Internat, von einem Schulkameraden namens Yves, in den er sich mit kaum vierzehn Jahren verliebt hatte. Wie schön der war, wie sanft und freundlich, frei von allem Bösen. Wie sie sich einmal beim Skifahren verirrt hatten. Wie sie in einem Gehölz am Fuße eines ihnen unbekannten Hanges gestanden hatten und überlegten, was sie nun tun könnten. Da hätten sie sich zum ersten Mal geküsst. Und Yves hatte ein paar Tage später den Schlüssel zur Skihütte des Internats besorgt. Sie hätten sich ordnungsgemäß zum Einzeltraining abgemeldet und seien dann ohne Umweg zur Hütte abgefahren und hätten sich dort eingeschlossen.

»Da hattet ihr dann Sex miteinander«, stellte Anne lakonisch fest. Peter hatte die Augen geschlossen und nickte.

»Bist also homosexuell«, stellte sie fest.

»Nein, nein«, antwortete er, »bin nicht schwul oder sowas.«

Anne hatte sich am Wannenende aufgesetzt. »Und wenn du onanierst, woran denkst du dann: an ein Mädchen oder an einen Jungen.« Sie sah, wie die Röte in seinem Gesicht aufstieg. »Wichst du überhaupt?«, Sie trieb es auf die Spitze.

Peter stieg wortlos aus der Wanne, wickelte sich ein Badetuch um die Hüften und ging hinaus. Vom Wein hatte er nicht getrunken. Anne wurde klar, dass es mit ihrem ersten Mal an diesem Abend nicht klappen würde.

Nachdem sie beinahe schweigend den Auflauf verzehrt hatten, den Frau Humfeldt vorbereitet hatte, setzten sie sich aufs Sofa, immer noch wortlos, und hörten die Platten, die Peter auflegte. Irgendwann, die Dunkelheit war angebrochen und im Raum verteilte nur eine kleine Lampe ein wenig Licht, legte sie ihren Hinterkopf in seinen Schoss und sah ihn lange und aufmerksam an. »Tut mir leid wegen vorhin. Wollte dir nicht wehtun.«

Er beugte sich vor und küsste sie sanft. »Ich finde dich so sexy, das macht mir Angst. Und am meisten hat es mir Angst gemacht, dass du rauskriegen könntest, dass ich auf Mädchen und Jungen stehe.«

In der Nacht lagen sie eng beieinander unter der Decke.

Er streichelte sie, sie streichelte ihn. Sie küssten sich und schliefen ein, da kam die Morgendämmerung schon auf. Als Anne aufstand, schlief Peter noch. Dann stand sie nackt am Küchentresen, kochte Kaffee und bereitete zwei Schüsseln mit Cornflakes und Milch zu. Plötzlich spürte sie ihn in ihrem Rücken. Er umarmte sie, und sein Schwanz drückte an ihren Hintern.

»Komm«, sagte er. Als er zum ersten Mal in sie eindrang, tat es kein bisschen weh, kein Tropfen Blut floss, und zu ihrer Überraschung hatte sie einen Orgasmus.

Sie taten es am Samstag fünf Mal. Sie aßen und tranken und gingen dann wieder ins Bett. Abends hatten sie Sex auf dem Sofa. Nachts im Stehen auf der Terrasse. Sie versuchten es in der Badewanne, was ihnen nicht gefiel. Peter hatte ein Buch, in dem verschiedene Stellungen abgebildet waren, und am Sonntag probierten sie die Positionen aus, bei deren Anblick sie nicht sofort hatten kichern müssen.

Peter verstand es, sie zu erregen, und sie musste nur seinen Hodensack in die Hand nehmen, um ihm eine Erektion zu verschaffen. Sie sprachen wenig, aber lachten viel. Anne stärkte sich zwischendurch mit einem Glas Wein, und Peter, der keinen Alkohol trank, drehte ab und zu einen kleinen Joint.

In der Nacht auf Montag waren sie erschöpft und schliefen fest. Sie hatte den Wecker auf halb sieben gestellt, um genug Zeit zu haben, zu duschen und sich für die Schule herzurichten. Als sie erwachte, war das Bett neben ihr leer. Peter war nicht da. Auch im Bad fand sie ihn nicht, und vermutete, er sei Brötchen holen gegangen. Dann entdeckte sie das Kuvert auf dem Küchentresen. Der Brief war an sie adressiert.

Liebe Anne,

weiß nicht, wie ich anfangen soll. Ich bin weg. Also, für immer. Hätte
Dir sagen sollen, dass ich nicht mehr aufs Gymnasium gehen werde in
diesem Schuljahr. Ich weiß das schon seit Anfang der Ferien. Wusste
einfach nicht, wann ich Dir das hätte erzählen sollen. Und wie. Wollte
ich an diesem Wochenende machen. Gab aber keine Gelegenheit.

Jedenfalls: Ab morgen bin ich in England, in Newcastle, um genau zu
sein. Mein Vater hat mich da an der Marineschule angemeldet. Ich
werde also Seemann wie er. Ist vermutlich das Beste für mich. Ich werde
dir schreiben.

Es war wunderschön mit Dir. Und ich meine nicht nur das Bumsen
oder wie man das nennt. Keine Ahnung, ob ich Dich liebe. Weiß
einfach nicht, wie sich das anfühlt. Aber die ganze Zeit mit Dir war
wunderschön. Und wenn ich an Dich denke, wird mir ganz warm.

Bestimmt sehen wir uns irgendwann wieder. Vielleicht kommst Du
mich mal besuchen, solange ich noch an Land bin.

Kuss

-Dein Peter-

Tona und Melly

Schon im Säuglingsalter waren sich die Zwillinge nicht einfach ähnlich, sie sahen nicht nur auf den ersten Blick identisch aus, sodass nicht einmal Grete sie auseinanderhalten konnte. Bei einer Vorsorgeuntersuchung hatte die Kinderärztin Grete angesprochen, die Zwillinge seien, so drückte sie es aus, eineiiger als alle monozygoten Zwillinge, die sie je kennengelernt hatte, und vorgeschlagen, die beiden Mädchen doch einmal einem Zwillingsforscher vorzustellen. Sie müsse sich keine Sorgen machen, dieser Bereich der Medizin habe nichts mehr mit den ungeheuerlichen Gräueln zu tun, die der Naziarzt Mengele damals im KZ betrieben habe. Grete war skeptisch, ließ sich von der Ärztin aber die Kontaktdaten des befreundeten Kollegen geben, bei dem sie sich allerdings nie meldete.

Antonia und Amelie, die von Geburt bis zu ihrem Tod nur Tona und Melly genannt wurden, entwickelten sich prächtig, wuchsen weiter im identischen Rhythmus; die Waage zeigte regelmäßig an, dass sie sich im Gewicht jeweils nur um ein paar Gramm unterschieden. Sie lernten beide noch vor dem ersten Geburtstag laufen und waren beide geschickt mit den Händen.

Annegret fiel es als erster auf: Während Tona alles mit der rechten Hand zuerst anfasste, war Melly offensichtlich ausgeprägte Linkshänderin. Beim Spielen sah es für Außenstehende aus, als blickten sie in einen Spiegel, denn die Mädchen vollführten die Bewegungen vollständig synchron. Und dann begannen sie zu sprechen.

Natürlich sagten sie *Mama* und *Anne* und all die Wörter, die Kinder in diesem Alter nutzen. Aber wenn sie miteinander kommunizierten, verstanden Grete und ihre große Tochter nichts. Die Zwillinge waren dabei, eine

Geheimsprache zu entwickeln, ein Idiom, das außer ihnen kein Mensch auf der Welt sprach oder verstand.

Außerdem wurde spätestens um ihren dritten Geburtstag herum klar, dass die Mädchen überdurchschnittlich intelligent waren. Allein durch das Hören von BFBS und der Songs, die Anne Tag für Tag im Radio laufen ließ, brachten sie sich die englische Sprache bei, die sie mit fünf Jahren beherrschten wie ihre Muttersprache und ihre eigene. Allerdings kommunizierten sie vor allem untereinander, beinahe pausenlos, und redeten mit Mutter und Schwester nur das Nötigste und mit Fremden gar nicht.

Tona und Melly waren also wie siamesische Zwillinge, die sich kein Organ teilen. Anne sagte später einmal: »Ihr müsst gar nicht am Kopf oder Po zusammengewachsen sein, ihr hängt auch so aneinander.«

Die große Schwester war und blieb der einzige Mensch, der die Geheimsprache der beiden zumindest ansatzweise verstand, also entschlüsseln konnte, wovon die Zwillinge sprachen. Als die beiden herausfanden, dass Anne sie belauschen konnten, änderten sie innerhalb von Tagen ihre Sprache, verwendeten durchweg andere Vokabeln und ergänzten ihre Dialoge mit Gesten, die sie offensichtlich aus einem Buch über die Zeichensprache von Taubstummen abgeschaut hatten.

Dieses Mal hatte der Krieg mit einer gewaltigen Explosion in den Hängen des Mittelgebirges, rund vierzig Kilometer südlich des Moores, begonnen. Wer den großen Knall nicht selbst gehört hatte, erfuhr es von den Nachbarn, denn in den Nachrichten wurde der Vorfall verschwiegen.

Der alte Brockhoff wusste zu berichten, dass man vor dem Zweiten Weltkrieg dort einen weitverzweigten Bunker in den Berg hinein gebaut hatte, indem Munition gelagert wurde. Er hatte nicht damit gerechnet, dass dort immer noch Granaten, Bomben, Raketen und Geschosse jeder Art vorhanden waren. Offensichtlich hatten Saboteure dieses Lager gesprengt.

»Aber warum gibt es jetzt eigentlich Krieg? Warum gibt es überhaupt Krieg? Wozu ist das nütze, alles kaputtzuschießen?«, fragte sie ihren ehemaligen Schwiegervater. Sie saßen bei Kaffee und Kuchen draußen auf der Terrasse, und Wilhelm dachte eine Weile nach.

»Im Fernsehen haben sie gesagt, irgendwo im Osten hätten sich irgendwelche Leute in irgendeiner Gegend selbstständig machen wollen. Ein eigenes, unabhängiges Land wollten sie gründen. Unsere Regierung hat sich das nicht gefallen lassen und die Bundeswehr hingeschickt. Aber England und Frankreich haben sich auf die Seite dieser, wie sie es nennen, Separatisten gestellt. Na ja, jetzt unterstützen sie die, indem sie gegen uns Krieg führen.« Antworten auf die beiden anderen Fragen hatte er auch nicht.

Einige Wochen vor ihrem neunzigsten Geburtstag sah Grete die Reflexion eines grellen Lichtblitzes in der tiefhängenden Wolkendecke weit entfernt im Norden. Sie war mit der aufsteigenden Dämmerung in den Garten gegangen und hatte mit der Bewässerung begonnen. Dann bebte die Erde für ein paar Minuten, und zuletzt erhob sich ein heulender Sturm, der die Büsche zu Boden drückte und massenhaft Blätter von der Linde riss. Sie hatte eine Ahnung, was dies bedeutete, mochte sich aber die Auslöschung der großen Hafenstadt nicht vorstellen.

Überhaupt waren die Tage der Bodentruppen, der Panzer und Transportwagen sowie auch des Artilleriefeuers in der Ferne vorbei. Nur noch gelegentlich konnte sie Flugzeuge in großer Höhe hören.

Eines Morgens setzte Regen ein. Grete trat vor die Tür zum Garten, geschützt durch das gewellte, verwitterte Plexiglasdach. Wieder hingen die Wolken tief und bildeten eine gleichförmige graue Fläche, aus der das Wasser in stetem Niederschlag zu Boden fiel. Es war windstill, sodass die Tropfen senkrecht auf die Erde und die Pflanzen und das Haus niederstürzten.

Dann sah sie, dass der Regen von kleinen, silbrigen Partikeln durchsetzt war, die sich langsam auflösten, wenn sie den Boden berührten. Kleine metallische Streifen wie in Stücke geschnittenes Lametta. Als sie die Hand ausstreckte, landeten einige Teilchen auf ihrer Haut, wo sie schmolzen und blutrote Striemen hinterließen.

Später riss der Himmel auf, grelle Sonnenstrahlen durchbrachen das Grau, und innerhalb weniger Minuten waren alle Wolken verschwunden. Und trotzdem regnete es weiter. »Scheent de Sünn op de Neese quick, regent dat all Ogenblick«, hätte Wilhelm Brockhoff wohl gesagt, aber der war nun auch schon tot und lag begraben unter der Linde in ihrem Garten.

Grete war gerade achtunddreißig Jahre alt und zweifache Witwe. Annegret lebte inzwischen im Ausland, und die Zwillinge hatte sie in die Realschule der Kleinstadt im Norden geschickt. Die war mit dem Bus gut zu erreichen, und es machte ihren Töchtern auch nichts aus, jeden Tag pünktlich um sechs Uhr neunundvierzig an der Haltestelle zu sein.

In der Volksschule war Fräulein Krämer ihre Klassenlehrerin; zu der war auch schon Anne gegangen. Fragen nach der Schule und was sie sonst so erlebten, beantworteten die Zwillinge einsilbig, und oft hörte es sich so an, als hätten die Mädchen passende Antworten abgesprochen. »Die können bei mir nichts lernen, Frau Hanke«, hatte sie gesagt, »die wissen schon alles, und was sie nicht wissen, das holen sie sich aus den Büchern der Pfarreibibliothek.«

Was denn aus Tona und Melly werden solle, hatte Grete gefragt, ob die aufs Gymnasium sollten und später studieren. »Ach, wissen Sie«, entgegnete die Lehrerin, »das würde die beiden nicht weiterbringen, die würden sich langweilen. Ich denke, es reicht, wenn sie die Mittlere Reife machen. Das Abitur können sie später noch nachmachen.«

Auch Gespräche mit den Lehrern in der Realschule ergaben immer dieselben Aussagen: Antonia und Amelie seien eindeutig hochbegabt, ihre schriftlichen Leistungen überragend, nur an der Beteiligung am Unterricht hapere es. Außerdem hätten sie so gut wie keinen Kontakt zu den Mitschülerinnen. Da hatten sie schon eine Klasse übersprungen und standen trotzdem in allen Fächern auf einer Eins, nur im Sport nicht; an diesem Fach nahmen sie nur sehr widerwillig teil.

Mit ihren Töchtern über dieses Thema zu reden, war so gut wie unmöglich. Die beiden waren immer gleichmäßig gut gelaunt, gaben sich höflich, erledigten die Schularbeiten sorgfältig und pünktlich, blieben aber in der Freizeit immer nur zu zweit. Selbstständig wie Melly und Tona waren, forderten sie nicht viel von Grete. Im Gegenteil: Die beiden halfen nicht nur im Haushalt, sie führten einen Haushalt im Haushalt, wuschen ihre Kleidung selbst, kauften ein und kochten gern gemeinsam. Immerhin bereiteten sie meist so viel zu, dass die Mutter mitessen konnte.

Mit zehn gingen die Zwillinge zum ersten Mal allein ins Moor. Pflanzen wollten sie sammeln und bestimmen, ein Herbarium anlegen. Darauf hatte sie Frau Dr. Feuerstein, die

Biologielehrerin gebracht. Natürlich fragten sie Grete nicht um Erlaubnis für diesen Ausflug, aber Emmi Grundmann sah sie an diesem hellen Apriltag, wie sie Hand in Hand quer über den feuchten, braunen Grund gingen, als würden sie über einen Boulevard flanieren.

Regelmäßig waren sie nun im Moor unterwegs, und ihr Aktionsradius dehnte sich aus. Und dann entdeckten sie das Orchideenfeld, im nordwestlichen Teil gelegen, zwischen Moor und Wald, da wo sich seit dem Ende der Eiszeit die Sümpfe gehalten hatten, eine Gegend, die niemand, der sich auskannte, jemals freiwillig betrat. Zumal genau dieses Fenn als Wohnort des Behem galt.

Warum sie niemandem von ihrer Entdeckung erzählten, blieb unklar. Erst als Grete nach dem Tod der Zwillinge deren Hausstand auflöste, fand sie eine Schachtel mit umfangreichen Notizen, Dutzenden farbiger Zeichnung und auch Fotos. Und ganz am Boden des Kartons lag das Manuskript für ein Buch, das Antonia und Amalie Hanke über die Orchideen des Nordens geschrieben hatten.

Erst da wurde Grete klar, wie die beiden ihre Liebe zu den Blumen für sich entdeckt hatten. Als Melly und Tona ihre Mutter baten, ihnen doch ein Stück Garten zuzuteilen, weil sie Rosen züchten wollten, war Grete sehr einverstanden, denn der Umgang mit Zierpflanzen lag ihr nicht, auch weil sie alles im Garten, was nicht essbar war, für unnütz hielt.

Im folgenden Frühjahr verbrachten die Zwillinge nun jede freie Minute in den ihnen zugewiesenen Beeten. Schon im Sommer davor hatten sie Hagebutten gesammelt und nach einer Anleitung in einem Buch, das sie sich in der Bücherei ausgeliehen hatten, Saatgut aufbereitet. Außerdem hatten sie bei den Brockhoffs und den Grundmanns allerlei Ableger und Stecklinge gesammelt, die sie nun einpflanzten.

Zum ersten Mal arbeiten die beiden nicht mehr gemeinsam und synchron; Melly, die Rechtshänderin, übernahm die praktischen Arbeiten, während sich Tona systematisch in das Thema einarbeitet, indem sie alles zur Blumenzucht und -pflege las, was sie in der Bücherei in der Stadt finden konnte.

Mehr noch: Sie besuchten Gärtnereien und stellten den Leuten, die dort arbeiteten, alle denkbaren Fragen zum Thema. Die Antworten zeichnete Tona akribisch in einer Kladde auf, allerdings in einer Art Kurzschrift, die außer ihrer Schwester niemand lesen konnte. Dass dieses Treiben den weiteren Lebensweg ihrer Zwillinge prägen würde, ahnte Grete zu dieser Zeit nicht. Erst als die beiden drei Jahre später bei einer Gartenausstellung mit einer ihrer Züchtungen einen Preis gewannen, war klar, dass sie ihre Bestimmung gefunden hatten.

Jedenfalls nach außen hin. Ihre Ausflüge ins Moor, in den angrenzenden Wald und zum Sumpf behielten sie bei und sammelten alles an Kräutern, Pilzen und Flechten, was ihnen interessant vorkam. Dabei orientierten sie sich nicht nur am Kräuterbuch der Hildegard, sondern inzwischen auch an Standardwerken der Pharmakologie und obskuren Schriften über die verschiedenen Wirkungen von Pflanzen auf den Menschen. Frau Dr. Feuerstein meinte Grete gegenüber, die Zwillinge würden ohne fremde Hilfe praktisch ein Biologiestudium absolvieren, und sie sei froh, den beiden ab und an mit einem Buch aushelfen zu können.

Nach drei Jahren Krieg hatte es im Sommer fünf Wochen am Stück gleichmäßig geregnet, und Margarete fürchtete, der Fluss könne im Ort über die Ufer getreten, das Wasser in die Keller geflossen und Vorräte in den Läden, auf die sie angewiesen war, könnten unbrauchbar geworden sein. Also beschloss sie zur Kirche zu fahren, um von dort aus die Lage zu sondieren. Sie hatte einen Anhänger am Rad befestigt, um wenigstens Mehl und Nudeln und Öl aus dem Supermarkt zu holen, den Plünderer bereits weitgehend geleert hatten, nach dem die Geilings geflüchtet waren. Zwar hatte der Fluss die Wassermassen nicht ganz aufnehmen können, war nur unten an der Wiese übergelaufen und hatte keinen Schaden angerichtet.

Also kümmerte sich Grete zunächst um die Kirche, die, wie es schien, außer ihr schon lange niemand mehr besucht hatte, und ging dann auf den Friedhof, um die Gräber ihrer Lieben zu besuchen. Jeder ihrer Männer hatte eine eigene Grabstätte. Sie hatte sogar durchsetzen können, dass auch Bernhards Asche in der Kaffeedose hier ihre letzte Ruhe fand.

Jeder Ehemann hatte einen eigenen, seinem Wesen angepassten Grabstein. Für Gerhard, den kantigen Blondschopf hatte sie einen Sandsteinblock ausgewählt mit dem Relief eines pflügenden Bauern. Eine Tafel aus schroffem Granit erinnerte an Bernhard; hier hatte sie nur seinen Namen in Lettern aus Bronze anbringen lassen. Für Eberhard stand eine schmale, hohe Marmorsäule in die sie das Gedicht von Erich Fried hatte schlagen lassen, das er so geliebt hatte:

ich habe versucht
zu versuchen
während ich arbeiten muß
an meine Arbeit zu denken
und nicht an dich
und ich bin glücklich
daß der Versuch
nicht geglückt ist

Ihre Mädchen lagen in der Gruft, die ihr Großvater seinerzeit erworben hatte und in der ihre Eltern begraben waren. Hier wollte sie eines Tages ebenfalls beerdigt werden. Sie hatte in ihrem letzten Willen festgelegt, dass ihr Sarg aus Birke geschreinert sein sollte und dass sie auf keinen Fall verbrannt werden wollte. Auch wenn Annegrets Name sowie ihr Geburts- und Sterbedatum auf der schwarzen Platte graviert war, lagen dort keine Überreste ihrer ältesten Tochter, denn ihre Asche hatte man im Meer verstreut. Antonia und Amelie dagegen waren dicht nebeneinander in ihren Särgen beerdigt worden.

Dann wurde Wilhelm krank. Als er eines Morgens nicht bei Grete zum Frühstück erschien, machte sie sich natürlich Sorgen und ging rüber zum Brockhoff'schen Hof, wo ihr ehemaliger Schwiegervater seit dem Tod von Elfriede alleine lebte. Die Ställe standen leer, und das Land hat er an Schulte ten Brinken verpachtet. Seitdem sie beide verwitwet waren, waren sie mehr als Nachbarn, und Grete hatte schon darüber nachgedacht, ob Wilhelm und sie nicht heiraten sollten. Schließlich war er nur siebzehn Jahre älter als sie, und manchmal konnte sie sich sogar vorstellen, mit ihm in einem Bett zu schlafen.

Sie fand ihn in der Stube auf seinem Lieblingssessel vor, zusammengesunken, aber wach. »Was ist mit dir, Wilhelm?« Er blickte auf und berichtete: »Heute Nacht musste ich mal raus, pinkeln, und als ich so vor der Kloschüssel stehe, spüre ich einen stechenden Schmerz da unten, der zieht mir in den Johnny und über das Becken die ganze Wirbelsäule hoch. Ein schlimmer Schmerz.«

»Blasenentzündung, würde ich sagen. Du musst zu Dr. Diekmeyer.« Grete drehte sich um, und da standen die Zwillinge in der Tür. »Was ist mit dir, Großvater?«, fragte Tona, aber Melli hatte schon mitgehört, was Wilhelm erzählte: »Großvater braucht einen Tee von uns.« Die beiden verschwanden, und während Grete dem alten Mann half, sich anzuziehen, erschienen sie wieder in der Stube. Melli hielt ein Döschen in der Hand. »Die Kräuter haben wir gesammelt, Großvater.«

Wilhelm waren die Zwillinge schon von Geburt an unheimlich. Den Kontakt mit seinen Enkeln hatte er nie gesucht, und er hasste es, dass sie ihn *Großvater* nannten. Er wusste, dass sie ins Moor gingen, sogar in die Sümpfe, und er hatte Grete gewarnt: »Keen sik in Gefahr begifft, kummt dar in üm.« Sie solle aufpassen, aber sie hatte nur geantwortet: »Die wissen schon, was sie tun.«

Tona kam mit dem dampfenden Teebecher und sagte: »Schluck für Schluck trinken, Großvater, ganz gleichmäßig, bis der Becher leer ist.« Wilhelm hielt sich an die Anweisung, und keine Stunde später waren seine Schmerzen verschwunden. Auch Grete war beeindruckt, wusste aber nicht, wie sie mit dieser Fähigkeit ihrer Zwillinge umgehen sollte.

Da waren Tona und Melli vierzehn Jahre alt und, weil sie auch in der Realschule eine Klasse übersprungen hatten, bereits kurz vor dem Abschluss. Bei den Mitschülern waren sie nicht beliebt, aber nachdem sich herumgesprochen hatte, dass man bei den beiden Kräuter und Pilze kaufen konnte, nach deren Genuss man sich wohlfühlte oder gar in einen Rausch verfiel, waren sie nicht nur an der Schule, sondern auch in der Teestube der Kirche und in der Disko bekannt.

Bis zu ihrem Tod hatten die Zwillinge in ihrem gemeinsamen Haus mitten im Dorf gewohnt, nicht einen Tag ihrer sechzig Jahre waren sie getrennt. Wenn eine krank wurde, bekam die andere innerhalb von Stunden dieselbe Krankheit, und gesund wurden sie ebenfalls gleichzeitig. Den

Blumenladen hatten sie von Anfang an gemeinsam betrieben, sich aber bei den Tätigkeiten in einem für Außenstehende undurchsichtigen Rhythmus abgewechselt.

Vielen Dorfbewohnern waren die Zwillinge unheimlich. Es gab ein paar ältere Frauen, die das Gerücht verbreiteten, es handele sich bei Antonia und Amelie um Hexen, und der Blumenladen sei nur Tarnung. In Wahrheit würden sie teuflische Kräuter züchten, okkulte Messen feiern, bei denen sie einen daraus gebrauten Trunk an ihre Jünger ausschenkten, mit denen diese ihre Seele dem Teufel verschrieben.

Als Pastor Bääsch davon erfuhr, hielt er eine flammende Predigt gegen den Aberglauben und drohte den Weibern, die für die üble Nachrede verantwortlich waren, mit dem Entzug der heiligen Kommunion. Elisabeth Prieter, die unter den Hetzern das große Wort führte, meinte dazu nur: »Den hebbt se ok al.«

Natürlich blieb auch Grete nicht verborgen, dass es Kräfte im Ort gab, die Tona und Melly am liebsten aus dem Dorf getrieben hätten. Und sie machte sich Sorgen um ihre Mädchen. Wie immer in ähnlichen Situationen suchte sie das Gespräch mit dem Geistlichen, der ja ohnehin ein Freund der Familie und so etwas wie ihr persönlicher Ratgeber war.

»Ach, Jrete, du weißt doch, Hunde, die bellen, beißen nicht.« Und legte überzeugend dar, dass es nur ein paar wenige Frauen waren, die den Zwillingen ans Leder wollten, und dass diese so gut wie keinen Einfluss auf die restliche Dorfbevölkerung hatten.

Das beruhigte sie nur ein wenig, denn sie dachte an die Geschichte von Agnes Olms, der heimlichen Geliebten des damaligen Dorfschulzen Karl von Greven, die ebenfalls als Teufelsbraut galt und, weil die katholische Kirche die

Verbrennung von Hexen zu Beginn des 18. Jahrhunderts endgültig verboten hatte, an Allerheiligen des Jahres 1811 von sieben Männern mit Knüppeln erschlagen und im Moor versenkt worden war. Mit ausdrücklicher Genehmigung des damaligen Pastors, der ihnen am folgenden Sonntag bei der Beichte die Absolution erteilte. Dies nicht, weil er Agnes ebenfalls für eine Hexe hielt, sondern damit der unsittliche Lebenswandel der Frau, die irgendwann von irgendwo her gekommen war, endgültig bestraft wurde.

Gretes Mutter hatte einige Male die Geschichte von Agnes Olms und dem Dorfschulzen erzählt und ihre Tochter davor gewarnt, den bösen Frauen im Ort Grund zu geben, sie für eine Hexe oder Zauberin oder auch nur für eine unsittliche Person zu halten, denn das könnte schlimme Folgen haben.

Und so ganz abwegig war der Verdacht von Lisbeth Prieter auch nicht, denn die Zwillinge hatten tatsächlich die Kräuter für sich entdeckt und dazu die Heilkunst. Über Hildegard von Bingen wussten sie alles. Das Standardwerk über *Die Apotheke der Natur* kannten beide auswendig, und bald richteten sie eine Art Labor ein, in dem sie aus selbstgezogenen und selbst gepflückten Kräutern heilende Teemischungen, Pulver und Tinkturen zur innerlichen und äußerlichen Anwendung brauten.

Also boten Tona und Melly später in ihrem Blumenladen nicht nur Schnittblumen und Topfpflanzen an, sondern auch ihre Arzneien gegen die verschiedensten Formen des Unwohlseins. Und weil Dr. Diekmeyer immer nur dieselben Tabletten gegen Kopfschmerzen, Fieber oder Durchfall verschrieb, die nicht immer wirkten, kamen nach und nach vor allem die Frauen aus dem Dorf und der Umgebung zu den beiden, um sich das passende Mittel geben zu lassen.

Nun waren Lisbeth und ihre Genossinnen nicht nur böse und dumm, sondern auch verbohrt. Denn als auch die Dorfapotheke Tona und Mellys Kräuterprodukte führte, zischelten sie immer noch, man könne bei den beiden auch Tränke ordern, mit denen man Jungfrauen willenlos machen und Kontrahenten töten könne. Die Gerüchte hielten sich hartnäckig, da konnte Pastor Bääsch noch so oft gegen den Aberglauben predigen. Zumal der Dorfdoktor das Gerede der Elisabeth Prieter noch befeuerte, weil die Zwillingen, wie er es ausdrückte, ihm immer mehr ins Handwerk pfuschten.

Jedes Mal, wenn die Schwestern völlig gleich gekleidet Hand in Hand durchs Dorf schlenderten, bekreuzigten sich die Prieter und die anderen schlimmen Frauen. Der Rest der Leute im Dorf und der Umgebung stand Tona und Melly eher neutral gegenüber. Natürlich fanden viele die beiden etwas seltsam, aber das störte nicht weiter, zumal alle wichtigen Familien den Laden regelmäßig aufsuchten und den beiden alle Aufträge für den Blumenschmuck von Hochzeiten und Beerdigungen erteilten.

Die Zwillinge schufen atemberaubend schöne Buketts und Sträuße, imposante Kränze und sowie den Türschmuck, der traditionell eine Woche lang an den Türen von Paaren vor der Hochzeit hing. Auch die Schützenvereine waren treue Kunden, und deren Vertreter kamen bis aus der Großstadt, um die florale Ausstattung für den Schützenumzug zu besorgen.

Was aber an den Stammtischen immer ein Thema blieb, war die Tatsache, dass die hübschen Zwillinge nicht mit Jungen gingen, bei Gelegenheit immer nur miteinander tanzten, nie männliche Freunde hatten, nie verlobt waren und auch nie heirateten. Grete kannte das Geheimnis der Mädchen. Ohne dass die beiden sich je geoutet hätten, war sie sich sicher, dass Tona und Melly sexuell nur dem eigenen

Geschlecht zuneigten und wohl auch in dieser Hinsicht ein Paar waren.

Alle paar Jahre kam es dazu, dass einige Burschen, die vielleicht sogar scharf auf die beiden waren, vor deren Haus zogen, zotige Sprüche riefen und schlimme Lieder grölten. Am schlimmsten aber trieb es Holger Dahms, der schon in der Pubertät heftig in Tona verliebt war, vielleicht auch in Melly oder gar in beide, und die Zurückweisung nicht ertragen konnte.

Er war es, der nach dem Maifest in dem Jahr, in dem die Zwillinge gerade das Haus im Dorf bezogen hatten, schwer betrunken im Vorgarten auftauchte, nach Tona schrie und, als keine Reaktion kam, die Schaufensterscheibe des Ladens einschlug und kurz davor war das Inventar in Brand zu stecken. Ein paar Kerlen aus seiner Clique gelang es gerade noch ihn zurückzuhalten. Und am folgenden Montag sprach Heini Schulte bei Tona und Melly vor, er und seine Kumpels würden selbstverständlich eine neue Scheibe einsetzen. Baten um Verständnis für Holger und darum, sie mögen ihn bitte nicht bei der Polizei anzeigen.

Da hatte der Leiter der Dienstelle in der Kleinstadt aber schon Wind von der Sache bekommen und Ermittlungen aufgenommen. Es handele sich um ein Offizialdelikt, das könne nicht einfach mit einer Entschuldigung und der freiwilligen Übernahme entstandener Kosten aus der Welt geschafft werden. Es würde auch nichts ändern, wenn die beiden Damen Hanke für den Tatverdächtigen aussagten, denn die Ladenbesitzerinnen waren vorgeladen und um eine Aussage gebeten worden.

Holger wurde zu einer recht kurzen Bewährungsstrafe verurteilt und musste den Schaden zahlen. Als er kaum zwei Monate nach der Gerichtsverhandlung beim dritten Bier am Stammtisch im Dorfkrug plötzlich nach vorne kippte, das

Bewusstsein verlor, mit dem Kopf auf den Tisch aufschlug und nie wieder aufwachte, befeuerte das die Gerüchteküche erheblich.

Es sei Rache gewesen, erzählte Lisbeth Prieter überall herum, die Hexen hätten dem armen Holger was ins Bier getan, sagte eine andere aus diesem Kreis. Da blieb den Zwillingen wenig anderes übrig, als Anzeige zu erstatten wegen übler Nachrede. Dieser Anzeige wurde auch nachgegangen, und am Ende kam es zu einem Vergleich, in dessen Rahmen Frau Elisabeth Prieter eine Unterlassungserklärung zu unterschreiben hatte, auf weitere ehrabschneidende Behauptungen über Antonia und Amelie Hanke zu verzichten, andernfalls eine Strafe in Höhe von 50.000 Mark fällig würde.

Während Grete ihre Töchter nur selten besuchte und sie auch sonntags nicht traf, weil die beiden im Gegensatz zu ihr nicht in die Kirche gingen, fuhr Anne jedes Mal, wenn sie im Lande war, bei den Zwillingen vorbei. Und über die Jahre registrierte sie, dass Tona und Melly immer seltsamer wurden. Das begann schon bei der Kleidung. Sie hatten sich identische Kleider anfertigen lassen, die dem ähnelten, was man in Bayern und Österreich Dirndl nannte. Nach und nach hatten sie eine komplette Garderobe in diesem Stil im Schrank, Dirndl in verschiedenen Farben, manche sommerlich leicht, manche winterfest. Und bald trugen sie nichts anderes mehr.

Von Natur aus eher klein und ein wenig gedrungen hatte sich bei beiden eine merkwürdige Art zu gehen herausgebildet. Sie wackelten im Gleichtakt hin und her, was besonders aus der Entfernung den Eindruck entstehen ließ, zwei Puppen mit Batteriebetrieb seien unterwegs. Ob sie denn nicht ab und an etwas anderes anziehen könnten, fragte Anne. Tona und Melly sahen sich kurz an: »Warum?«, gab Melly zurück, und Tona nickte zustimmend.

An Annes Erzählungen waren sie nur mäßig interessiert, und wenn sie nachfragten, dann nur, weil sie sich für die Flora der fernen Länder interessierten, die ihre Schwester bereist hatte. Die mitgebrachten Geschenke stellten sie in ein Regal in der Stube, ohne sie auszupacken, sodass Anne irgendwann damit aufhörte, ihren Schwestern etwas mitzubringen.

Eines Sonntags fand Grete ihre Töchter tot auf. Weil auf ihr Klingeln und Klopfen niemand reagierte, betrat sie das Haus durch die Hintertür vom Garten aus. Melly lag in der Küche nackt auf dem Rücken. Ihr Körper war über und über mit fremdartigen Symbolen bedeckt, ein Filzschreiber, mit dem die Zwillinge sonst die Preisschilder beschrifteten, lag auf ihrem Bauch. Ein paar Meter daneben Tona, bekleidet mit einem violetten Gewand, verkrümmt, ein leeres Glas in der Hand.

Der Leichenbeschauer stellte später fest, dass Amelie mehr als zehn Tage zuvor an einem Herzinfarkt verstorben war. In Antonias Becher fand man die Reste eines Cocktails verschiedener hochgiftiger Pflanzenextrakte. Melly, die als Zweite geboren war, starb als Erste, Tona, die Erstgeborene folgte ihr in den Tod, weil ein Leben ohne ihre Schwester keinen Sinn gehabt hätte.

Niemand im Dorf hatte sich darüber gewundert, dass der Blumenladen, der sonst immer von montags bis samstags und den halben Sonntag geöffnet war, so lange geschlossen blieb. Der Tod der beiden befeuerte noch einmal die Gerüchteküche, weil der Dorfpolizist, der den Leichenbeschauer begleitet hatte, die Einzelheiten am Stammtisch ausplauderte. Das mit den Zeichen auf Mellys Körper und die Beschreibung von Tonas Gewand heizte die

Fantasie der bösen Frauen an, und Lisbeth Prieter flüsterte der Nachbarin zu: »Siehste, waren doch Hexen und Teufelsanbeterinnen.«

Grete waren die Zwillinge immer fremd geblieben, einen ehrlichen, offenen Zugang zu ihnen hatte sie nie gefunden. Und Annegret sagte bei der Beerdigung zur Mutter: »Vielleicht waren Tona und Melly gar nicht von dieser Welt. Vielleicht waren sie Boten irgendwelcher Außerirdischer, die sie dir eingepflanzt haben.«

Aber Margarete wusste es besser, denn dass diese Mädchen Töchter von Bernhard waren und seine Gene in sich trugen, war für sie offensichtlich. Dass die Zwillinge ihren Vater nicht kennengelernt hatten, stimmte sie traurig. Manchmal dachte sie, dass Bernd sie viel besser verstanden hätte, dass sie sich ihm gegenüber möglicherweise nicht so hermetisch verhalten hätten, denn bisweilen war auch ihr verschwundener und nun für tot erklärter zweiter Ehemann so verschlossen wie seine Töchter, ihm fehlte vielleicht nur ein Zwillingsbruder, mit dem er hätte kommunizieren können.

Anne geht weg

»Mama, ich muss hier raus.« Anne und ihre Mutter saßen draußen auf der Terrasse beim Frühstück. Es war das dritte Wochenende im neuen Schuljahr, und die Tochter war überraschend schon am Donnerstagabend aus der Stadt nachhause gekommen.

»Hab mich krankgemeldet«, begründete Anne die ungewöhnliche Heimfahrt.

Grete überlegte: »Was meinst du mit raus?«

»Na ja, weg von hier, woanders hin, andere Städte, Länder, Mittelmeer, Amerika, was weiß ich.«

Wieder dachte die Mutter eine Weile nach: »Du willst doch nicht wegen eines bisschen Liebeskummers die Schule schmeißen.«

Anne verdrehte die Augen und pustete hörbar. »Doch nicht deswegen. Schon fast vergessen.«

Da hatte sie schon Peters zweite Postkarte bekommen. Erst aus Newcastle, eine Woche später aus Liverpool. Er würde nun an Bord gehen, und könne sich erstmal nicht melden.

»Ich schmeiß doch die Schule nicht. Mittlere Reife reicht mir, und die hab ich ja. Ich geh als Au-pair ...«

Grete hatte diesen Begriff noch nie gehört.

»Macht Elke jetzt auch. Die geht nach England.«

Elke war die Schulkameradin, die den Abschluss mit Ach und Krach geschafft und irgendeine Lehre anzufangen plante, aber vorher noch ein bisschen rumkommen wollte.

»Was macht man als Au-pair?«

»Kindermädchen, Haushaltshilfe, sowas. Für Kost und Logis und ein Taschengeld. Gibt Organisationen, die vermitteln das. Prospekt hab ich schon.«

Margarete hatte großes Vertrauen in ihre Tochter. »Die macht das schon«, sagte sie immer.

»Und wohin?«

Anne hatte das Faltblatt geholt. »Ich geh zu einem älteren Ehepaar nach Reading. Das ist in England, südlich von London.«

»Ist das denn schon klar?«

Die Tochter lächelte ihre Mutter an: »Brauche nur noch deine Unterschrift.«

Und so begann ihre Reise, die sich mit Unterbrechungen über annähernd dreißig Jahre hinziehen würde.

Mr. und Mrs. Clarke erwiesen sich als herrisches Paar. Er erteilte seine Anweisungen in einem durchaus aggressiven Tonfall, vergaß aber nie das Wort *please*, wenn er Anne herumkommandierte. Sie, eine gehbehinderte Dame von knapp siebzig, die sich der Oberklasse zugehörig fühlte, neigte eher zum Nörgeln, und kritisierte beinahe alles, was das Au-pair-Mädchen tat, in langen Tiraden.

Die Clarkes hatten sich ein kleines, neu erbautes Haus mit winzigem Garten in einem Vorort gekauft, der beinahe so weit von Reading entfernt war wie die Stadt von Annes Elternhaus am Moor. Theodorus Clarke hatte als Unteroffizier gedient, war mit sechzig pensioniert worden und hatte für den Kauf des Hauses seine Zusatzpension für den Einsatz in den Kolonien verpfändet. Das Geld war knapp beim alten Ehepaar, das so gut wie nie miteinander sprach. Also gab es nur schlechtes Essen, und das ihr zustehende Taschengeld bekam Anne ausgesprochen unregelmäßig.

Irgendein Kamerad aus der Royal Navy hatte Theodorus auf die Idee gebracht, sich ein Au-pair-Mädchen ins Haus zu holen. Das sei bedeutend billiger als eine Haushaltshilfe einzustellen. Anne hatte von morgens bis abends zu tun, und die zwei halben Tage in der Sprachenschule genoss sie wie einen Urlaub.

Und dann war da noch Jeremiah, ein junger Mann aus Kamerun, ein Austauschstudent, der in derselben Klasse Englisch lernte. Nie zuvor war sie einem Menschen mit schwarzer Haut so nahegekommen, und es war besonders diese Haut, die manchmal glänzte wie poliert, die sie faszinierte. Außerdem war Jerry ein witziger Bursche, der viel lachte, und offensichtlich genauso beeindruckt von der langen, blonden Deutschen wie sie von ihm.

Angefangen hatte sie am ersten Oktober, und kurz nach dem Jahreswechsel packte sie ihre Sachen und verließ das Ehepaar Clarke, ohne eine Botschaft zu hinterlassen.

Jerry, Sohn einigermaßen wohlhabender Eltern, wohnte zur Untermiete in einem Zimmer mit Fenster zur Bahnstrecke. Wenn die Züge zum Bahnhof vorbeikamen, konnten die Reisenden hineinsehen. Vor dem Fenster war eine Art Balkon, der aber nur höchstens einer Person Platz bot. Mieter der Wohnung war eine fünfköpfige pakistanische Familie, die auf Jerrys Zahlungen angewiesen war. Und die so taten, als bekämen sie nicht mit, dass Anne bei ihrem Untermieter eingezogen war.

Mit Jeremiah Sex zu haben, unterschied sich deutlich von dem, was sie mit Peter erlebt hatte. Der Mann aus Afrika, mindestens zehn Jahre älter als sie und ausgesprochen erfahren, ging methodisch vor. Sein Vorspiel diente dazu, sie zu erregen, sie auf sein Eindringen vorzubereiten, und mündete nicht selten in einen ersten Orgasmus. Dann war er an der Reihe und führte dabei mit knappen Worten Regie.

Am liebsten hatte er es, wenn sie auf Händen und Knien vor ihm hockte. Als er beim ersten Mal seinen Penis sehr tief einführte, war sie ein bisschen erschrocken, ihn an einer unerwarteten Stelle in ihrem Inneren zu spüren. Und wenn er fertig war, kümmerte er sich noch einmal um sie und ihre Lust.

Jerry behauste und ernährte sie, aber ein gemeinsames Leben führten sie nicht. Außer in seiner Kammer sahen sie sich nur im Englischkurs. Abends traf er sich mit Landsleuten und anderen afrikanischen Studenten. Manchmal fuhren sie nach London, und dann kam er zwei Tage nicht nachhause. Anne führte das, was man den gemeinsamen Haushalt hätte nennen können, sie kaufte ein, kochte und wusch die Wäsche.

Wenn er nicht da war, wanderte sie manchmal runter an den Fluss, setzte sich ans Ufer und dachte nach. Dass sie nicht in Jeremiah verliebt war und er nicht in sie, war klar. Nur der Sex hielt sie beieinander, und Anne fragte sich, ob es beides, also Sex und Liebe, überhaupt je zusammen geben könnte. Und dann dachte sie an Peter.

An Karfreitag stand sie bei Grete in der Tür. »Da bin ich wieder.«

Die Mutter lächelte. »Komm rein. Dünn bist du geworden. Ich setz schon mal die Kartoffeln auf.«

Auf dem Nachtschrank neben dem Bett in ihrem Zimmer fand sie einen säuberlich geschichteten Stapel Postkarten. Ihr Peter hatte ziemlich genau alle vierzehn Tage geschrieben. Selten mehr als zwei Sätze, in denen er sachlich beschrieb, wo er war, was er getan hatte und wie es ihm dabei ging — immer unterschrieben mit *In Liebe — Dein Peter.*

Grete hatte ein Huhn gebraten, und die beiden aßen, wobei Anne in Stichworten berichtete, was sich in England ereignet hatte. Später tranken sie Kaffee in der Stube, die Mutter hatte einen Streuselkuchen gebacken, den mochte Anne besonders gern.

»Und jetzt? Was machst du jetzt?«

»Jetzt suche ich mir eine andere Au-pair-Stelle. Dieses Mal in Frankreich.«

Die ganze Nacht über saß sie an ihrem Schreibtisch und schrieb Peter einen Brief. Wie es ihr ergangen war, nachdem er verschwand. Dass sie die Schule beendet hatte, um nach England zu gehen. Viele Anekdoten von den Clarkes. Auch Jeremiah erwähnte sie, ohne ins Detail zu gehen. Von den Besuchen in London, wie sie im Roundhouse die angesagtesten Bands des Jahres live erlebt hatte. Und dann schrieb sie, dass ihr erst jetzt eingefallen war, wie nah sie ihm in dieser Zeit gekommen war, sofern er in Newcastle auf der Marineakademie war und nicht an Bord unterwegs auf den Weltmeeren.

Sie unterschrieb mit *In Liebe — Deine Anne*, steckte den Brief in einen Umschlag und klebte ihn zu. Dann durchsuchte sie seine Postkarten, um herauszufinden, an welche Adresse sie den Brief zu schicken hatte, fand aber keine Angabe dazu. So blieb das Kuvert mit ihrem langen Brief an Peter einfach auf dem Schreibtisch liegen und wurde nie abgeschickt.

Paris sollte es sein, und es wurde Paris. Das Angebot kam von der Familie Lacaresses, die ein kleines Stadtpalais im 16.

Arrondissement in Passy bewohnten und den Sommer im Anwesen der Familie im Hérault unweit der Mittelmeerküste verbrachte. Madame stammte aus dem Adelsgeschlecht der Estrées und würde nach dem Tod der Eltern reichlich erben. Monsieur war natürlich Advokat mit einer Ausbildung an den besten Universitäten und bekleidete eine Position als juristischer Berater im Firmenimperium der schwiegerelterlichen Familie.

Man war wohlhabend und würde irgendwann zu den Reichsten des Landes zählen, und die Ehe war selbstverständlich arrangiert. Nach neun kinderlosen Jahren schafften es die Lacaresses, ein Kind zu machen. Kurz vor knapp, denn Madames Vater hatte mit seiner Gattin schon über den Austausch des Ehemannes diskutiert.

Eric Emmanuel, so nannten sie den Sohn nach einem früheren Grafen Estrées, wurde an einem dritten Juli per Kaiserschnitt geboren, weil man Madame die Geburt im heißen Süden nicht zumuten wollte. Der Junge hätte rein biologisch noch gut zehn Tage gebraucht. So aber konnte die kleine Familie pünktlich nach Béziers in die Sommerfrische reisen, wo man Jahr für Jahr den Nationalfeiertag im Kreise der wichtigsten Verwandten verbrachte und den Bürgern der Stadt ein Feuerwerk schenkte sowie mehrere hundert Liter Rotwein aus den Reben der eigenen Anbauflächen.

Anne aber kam im Februar in Paris an und war erschrocken über die schneidende Kälte. Dass es in der Stadt der Lichter und der Liebe überhaupt Winter sein, dass es dort Frost geben könnte, Schnee und Regen, das hatte sie in ihrer Fantasie ausgeblendet. Der Chauffeur holte sie am Gare du Nord ab. Er stand in einer grauen Livree am Ende der Gleise und hatte ein Schild in der Hand: *Mlle. Hanke.*

Wie im Film, dachte Anne. Aber Christoph, ein

untersetzter Mann mit deutlichem Bartschatten, empfing sie eher mit kollegialer Neutralität als mit der Höflichkeit, die bei wichtigen Gästen angesagt war. Dementsprechend verstaute sie ihr Gepäck selbst im Kofferraum des schwarzen Citroëns und nahm vorn neben ihm Platz.

Sein Französisch war schwer zu verstehen, und Deutsch oder Englisch sprach Christoph nicht. Während der Fahrt, so viel verstand sie, erzählte er ihr über Madame und Monsieur, was sich Dienstboten so über ihre Herrschaft erzählen. Von Eric war nicht die Rede. Dafür aber von ihrer Vorgängerin, einer jungen Frau aus den USA, die es nicht einmal ein halbes Jahr im Hause Lacaresse ausgehalten hatte. Der habe der Hausherr ständig nachgestellt — wenn Anne den Chauffeur richtig verstanden hatte.

An einem nicht sehr großen Haus mit kleinem Vorgarten hinter schmiedeeisernen Gittern öffneten sich ein Tor und ein paar Meter dahinter ein Rolltor. Christoph wendete routiniert und fuhr rückwärts in die Tiefgarage. Er wartete, während sie ihr Gepäck aus dem Wagen holte und hielt ihr immerhin die Aufzugtür auf. In die dritte Etage solle sie fahren, sagte er, und schloss den Lift.

Sie wurde von Madame Dessesard empfangen, die sich als Matrone vorstellte und auch so aussah, wobei Anne später beim Nachschlagen im Wörterbuch feststellte, dass mit diesem Wort die Wirtschafterin eines herrschaftlichen Haushaltes gemeint ist, also die Dame, die für den reibungslosen Betrieb in allen Bereichen, von der Küche über den Garten bis hin zum Fuhrpark und der Kindererziehung, zuständig ist. Ihrer Position entsprechend empfing die Matrone ihre neue Untergebene mit deutlicher Strenge. Sie sprach wenig, und was sie sagte, hörte sich durchweg nach Befehlen an.

Sie wies Anne ihre Kammer zu, ein Zimmerchen mit

halber Schräge und Dachfenster, kaum vier Meter lang und höchstens zwei Meter breit, ausgestattet mit einem altmodischen Holzbett, einem sehr schlichten Kleiderschrank, einem Tisch, der kaum zwei Blättern Papier Platz bot, samt Stuhl und einem Beistelltischchen.

Über dem Bett, das mit dem Kopfende unter dem Fenster stand und dessen Fußende zur Tür wies, hing längsseits ein düsteres Gemälde, das eine Jagdszene mit verwundetem Hirsch zeigte. Madame Dessesard übergab Anne ein Oktavheft, auf dessen Titelblatt in ordentlicher Handschrift das Wort »Règlement« stand.

»Das musst du auswendig können«, fügte sie hinzu. Und: »Um zwölf Uhr in der Küche!!«

Im Schrank fand Anne eine Art schwarzer Kittelschürze, vorne durchgeknöpft, dazu eine weiße Schürze und ein dazu passendes Häubchen. Und verstand nicht, warum. Die Tasten im Aufzug waren mit den Zahlen 0 bis 2 sowie den Buchstaben G, C und M beschriftet. M, das verstand sie: Mansarde. Das G, schloss sie, würde für Garage stehen. Auf gut Glück drückte sie auf C und landete in der Küche, einem Raum, der ungefähr die halbe Etage füllte, daran angeschlossen ein verglaster Verschlag, in dem die Wirtschafterin an einem Schreibtisch saß. Sie trug ein blaues Kleid mit feinen weißen Streifen und gestärktem Kragen.

Anne trat ein und begann mit »Pardon, Madame…« und versuchte der Dame klarzumachen, dass sie als Au-pair-Mädchen für das Kind im Haus zuständig sein sollte.

Madame Dessesard hörte sich die unbeholfene Erklärung ruhig an. Dabei musterte sie Anne mit einem harten Blick.

»Die Familie ist nicht da. Halten Sie sich bereit.«

Und das neue Kindermädchen wusste erst recht nicht, was sie tun sollte. Erst vier Tage später trafen die Lacaresses ein. Da hatte Anne sich schon an der Sprachenschule angemeldet und war stundenlang mit der Metro gefahren, war hier und da ausgestiegen, immer mit der Furcht, sie könne sich verirren.

Im Vorraum der Mansarde hing ein Telefon, daneben ein Heft, in das man offensichtlich die verbrauchten Einheiten einzutragen hatte. Am zweiten Tag rief sie ihre Mutter an.

»Ist es denn besser als in England?«, fragte Grete.

»Anders«, antwortete die Tochter, »ganz anders. Die Leute hier sind so richtig stinkreich. Vater, Mutter, Kind und drei oder vier Hausangestellte, Chauffeur inklusive.«

Sie berichtete von den Mahlzeiten, die in der Küche eingenommen wurden, ungewohnte Gerichte, die ihr aber gut schmeckten. Dass die Wirtschafterin, der Chauffeur und das eine Dienstmädchen, das sie bisher kennengelernt hatte, beim Essen leise und in kurzen Sätzen miteinander sprachen und sie kaum etwas verstand.

»Sei einfach freundlich und höflich«, riet Grete ihr, »und wenn es gar nicht geht, kommst du eben wieder nachhause.«

Und dann wurde sie der Familie vorgestellt, drei blassen Menschen, die kein Interesse an ihr zeigten und sich nur anhörten, was die Haushälterin berichtete. Sie stellten keine Frage und lächelten verbindlich.

Die Hausherrin, von der sie später lernte, dass sie mit Vornamen Marie-Ange hieß und auch nach der Hochzeit mit Monsieur Lacaresse den Titel einer Baronesse de Estrées führte, war eine hochgewachsene, schmale Person, kaum kleiner als Anne, mit einem länglichen Gesicht, unter dessen

Haut bläuliche Adern verliefen, die Mundwinkel immer leicht nach unten gebogen. An diesem Tag, an dem Annes Dachfenster morgens mit einer dünnen Schneeschicht bedeckt war, trug die Baronesse einen dunklen Hosenanzug mit einem hellen Rollkragenpullover darunter.

François Lacaresse war auf eine andere Art blass als seine Gattin, bei der vermutlich die Genetik für einen Mangel an Pigmenten gesorgt hatte. Bei ihm wirkte die Farblosigkeit eher wie bei einem Menschen, der die Sonne mied. Und tatsächlich blieb er auch in der Sommerfrische meistens im Haus, und wenn er mit an den Strand ging, trug er lange Hosen und langärmlige Oberhemden, dazu immer einen Strohhut. Während Madame sehr aufrecht auf ihrem Stuhl im Esszimmer saß und Anne musterte, war Monsieur immer in Bewegung, stand auf, ging ein paar Schritte, als wolle er das Au-pair-Mädchen aus einem anderen Blickwinkel betrachten, setzte sich dann auf einen anderen Stuhl und rutschte auf der Sitzfläche hin und her.

Der Sohn, zu diesem Zeitpunkt gerade sieben geworden und Schüler der einzigen Privatschule mit einer Primarstufe für Kinder ab sechs in Paris, erwies sich als dicklicher Junge mit wässrigem Blick, der sich in seinem dunkelblauen Anzug nicht wohlfühlte.

Als Madame Dessesard ihren Vortrag beendet hatte, ergriff die Baronesse das Wort und hieß Anne willkommen.

»Gib dem Mädchen die Hand, Eric«, befahl sie dem Sohn mit einer Art Lächeln, und er tat, was er sollte.

Überhaupt war Eric ein pflegeleichtes Kind, das eigentlich immer tat, was es sollte; manchmal umgehend, oft aber erst nach einer Weile, in der er vielleicht nachdachte. Dann nahm die Matrone den Jungen an der Hand und führte Anne in das Kinderzimmer, einen Raum, der gut die

Hälfte der Etage einnahm, mit Regalen voller Spielsachen, dem Kinderbett und einer Pritsche in der Ecke zwischen den Kleiderschränken.

»Hier bleiben sie abends, bis Eric eingeschlafen ist«, lautete der Befehl.

Drei Winter und zwei Sommer blieb Anne als Gouvernante des halbadligen Kindes bei der Familie Lacaresse. Sie lernte schnell, dass ihre wesentliche Verantwortung darin bestand, den Sohn von den Eltern fernzuhalten, was in den Monaten in der Stadt einigermaßen aufwendig war, denn, wenn Madame und Monsieur daheim waren, musste sie Eric unsichtbar machen und nur rechtzeitig zu den Mahlzeiten ins Esszimmer bringen.

Morgens fuhr sie mit, wenn Christoph den Jungen quer durch die Stadt zu seiner Schule chauffierte. Am Nachmittag holte sie ihn auf dieselbe Weise wieder ab. Dieser Rhythmus passte gut zum eigentlichen Zweck ihres Aufenthaltes, denn die Unterrichtsstunden an der Sprachenschule fanden von neun Uhr vormittags bis ein Uhr mittags statt.

Am Beginn des zweiten Sommers gestattet man ihr einen Heimaturlaub und engagierte für den Übergang ein Aushilfskindermädchen. Drei Wochen dürfe sie wegbleiben, hatte die Wirtschafterin erklärt, dann habe sie sich im Sommerhaus bei Beziérs einzufinden, um den üblichen Dienst zu leisten.

In Sachen Taschengeld hatten sich die Lacaresses überaus großzügig gezeigt, möglicherweise, weil ihnen eine Summe von 900 Franc im Monat lächerlich gering erschien. Verglichen mit den Mitschülern verfügte Anne über geradezu unbeschränkte Mittel, was ihr mehr Kinobesuche und Abende in den Cafés und Bistros erlaubte als den anderen, die sie allerdings auch nicht selten einlud. Sie war beliebt bei den jungen Frauen im Kurs, aber natürlich besonders bei den Männern, von denen ihr fast jeder nachstellte, Göran, dem Schweden, ausgenommen, der hatte es mehr mit Jungen.

Verliebt hatte sie sich in keinen, geschlafen hatte sie mit Jim, Amir, Giorgios, David und Phong, der einzige, bei dem es nicht bei einem Mal blieb, und mit dem sie über Jahre Kontakt hielt.

»Nicht dass du schwanger wirst«, hatte die Mutter ihr mit auf den Weg gegeben, eine Warnung, die sie beim wöchentlichen Telefonat immer wieder äußerte, nachdem Anne ihr von den schönen und netten Kollegen im Sprachkurs berichtet hatte. Grete kannte ihre Tochter gut genug um anzunehmen, dass diese ihrem Alter und dem Zeitgeist entsprechend weniger an einer festen, langfristigen Beziehung interessiert war als an Sex.

»Ach, Mama, ich nehm doch die Pille«, beruhigte Anne sie ein ums andere Mal, und Grete antwortete immer.

»Trotzdem.«

Am Ende des ersten Sommers, wenige Tage nachdem die Familie nach Paris zurückgekehrt war, ließ die Baronesse Anne zu sich rufen, zu deren Überraschung in ihr Schlafzimmer, denn natürlich schliefen Madame und Monsieur nicht in einem Bett.

»Sagen Sie, Mademoiselle, Sie dürften dieselbe Kleidergröße haben wie ich. Nun bin ich gerade damit beschäftigt, meine Garderobe grundsätzlich zu erneuern. Sie können sich nicht vorstellen, wie anstrengend es ist, die Touren durch die Salons der Couturiers, die Besuche bei den Schneidern und so weiter. Jedenfalls habe ich mich gefragt, ob ich Ihnen nicht das eine oder andere Stück, das ich nicht mehr tragen werde, schenken könnte.«

Und nach einer Pause: »Wenn etwas nicht passt… Dafür haben wir ja meine Schneiderin.«

Marie-Ange Lacaresse, die Baronesse de Estrées, hatte einen exquisiten Geschmack, der zwischen konservativ und aktuell schwankte. Sie bevorzugte für die nicht formelle Kleidung Entwürfe von Chanel, war aber auch den Arbeiten der ganz jungen, wilden Modeschöpfer nicht abgeneigt, selbst zwei Hosenanzüge von Courrèges hingen in ihrer Ankleide. Zusammen wählten sie Kostüme, Kleider, Hosen und Mäntel aus wie zwei Freundinnen. Manchmal lachte Marie-Ange ein wenig, wenn wieder einmal die Hosenbeine oder Ärmel zu kurz waren.

Am Ende fand ein großer Koffer, den die Madame Anne ebenfalls schenkte, den Weg zur Schneiderin, und Anne hatte einen sehr langen Termin, bei dem sie vermessen wurde, um die korrekten Änderungen durchzuführen. Nur Schuhe hatte sie nicht von der Madame geerbt, denn die trug sie zwei Nummern kleiner als Anne.

Als sie mit dem Taxi, das sie sich geleistet hatte, am elterlichen Haus vorfuhr, trug sie ein schlichtes, erdfarbenes Hemdblusenkleid von Saint Laurent und darüber eine leichte, schwarze Strickjacke, die nicht von einem Modeschöpfer stammte, sondern die Marie-Ange bei einem ihrer seltenen Besuche im Kaufhaus Samaritaine erstanden hatte.

»Mein Gott, wie elegant du aussiehst«, rief Grete, während der Taxifahrer die beiden schweren Koffer auslud und auf der Schwelle abstellte.

Anne fiel der Mutter um den Hals, und beide weinten vor Freude über das Wiedersehen. Sie tranken Kaffee auf der Terrasse am Schuppen, erzählten sich, was in den Monaten geschehen war, und dann zog Anne ihre Shorts an, in denen sie drei Wochen lang auf dem Feld und im Garten arbeiten würde.

Eines Abends, nachdem ein heftiges Gewitter Mutter und Tochter aus dem Garten vertrieben hatte, sagte Grete: »Ich habe da etwas für dich.«

Sie ging in die Stube und kam mit einer Schuhschachtel wieder. »Für dich.«

Aus dem kleinen Stapel von Postkarten, die ihr Peter geschrieben hatte, waren mehr als achtzig Stück geworden. Wie am Anfang hatte er nie eine Adresse aufgeschrieben, und der Text bestand immer nur aus einem oder zwei kurzen Sätzen, in denen er schilderte, was er tat und wie es ihm ging — immer unterzeichnet mit *In Liebe – Peter.*

Anne konnte die Tränen nicht zurückhalten, wusste aber gar nicht, warum sie weinte, um was sie weinte, ob sie einfach nur traurig war oder auf eine tiefe Weise gerührt.

»Die letzte Karte kam vor knapp einem halben Jahr«, berichtet Grete, »seitdem nichts mehr.«

Die ganze Nacht verbrachte sie mit den Postkarten aus den Ländern, Städten und Häfen, von denen ihr Peter erzählt hatte, dazu Namen, die sie noch nie gehört hatte. Manchmal waren es Karten, auf denen ein Kreuzfahrtschiff am Kai irgendeiner Hafenstadt abgebildet war, ohne dass angegeben war, wo das Foto aufgenommen wurde. Immer schien die Sonne, immer war das Meer blau. Manches Panorama kannte sie aus dem Fernsehen oder aus Filmen.

Anne wollte reisen, sie wollte mit Peter reisen, so wie es seine Mutter so oft mit seinem Vater getan hatte. Und sie beschloss, Peter zu finden. Und wenn sie dazu alle Häfen der Welt würde besuchen müssen. Am nächsten Tag ließ sie sich von der Mutter Kordel geben. Sie lochte die Postkarten und band sie zu einem Buch, das sie für den Rest ihres Lebens begleiten würde.

Eric war ein pflegeleichter Junge, still und leicht zu beschäftigen. An schönen Tagen ging Anne mit ihm nach der Schule auf einen Spielplatz im Bois de Boulogne, wo sich manchmal mehr als ein Dutzend Nannys trafen, junge Frauen von überall in der Welt, die dann auf den Bänken saßen und schwatzten und besonders gern über ihre Herrschaft herzogen. Manche brachten Kaffee in Thermoskannen mit, andere Kuchen oder Gebäck.

Während Anne also im Kreise der Kolleginnen dasaß, spielte Eric meist allein für sich, fuhr auf dem Karussell, das die Kinder selbst anzuschieben hatten, ohne dass er sich je an der Arbeit beteiligt hätte. Manchmal saß und stand er versonnen unter den Platanen, und es sah aus, als dachte er nach.

Ein besonderes Verhältnis entstand nicht zwischen dem Kind und seiner Gouvernante. Sie sprachen kaum miteinander, und die einzige Aufgabe, die Anne schwerfiel bestand darin, Abend für Abend in seinem Zimmer auf der Pritsche liegen zu müssen, bis er einschlief. Ohne dieses Ritual blieb Eric wach, weinte ein bisschen oder rief nach seiner Mama, die aber nur selten zu ihm kam, sondern eher Anne herbei orderte.

Im Sommer hatten sie und er alle Freiheiten. Man hatte ihr sogar ein eigenes Auto bereitgestellt, einen Strand-Buggy auf Basis eines R4. Die Familie hatte vor vielen Jahren ein Grundstück am anderen Ufer der Aude erworben, ohne je dort irgendwas bauen zu wollen. Man hatte einen Parkplatz angelegt, nur um einen eigenen Zugang zu einem Stück Strand zu haben, das so für andere Badegäste und Touristen kaum zu erreichen war. Die einzige Straße dorthin hatte man zum Privatweg erklärt und am Abzweig von der öffentlichen Straße mit einer Schranke gesichert.

Am Strand selbst hatten die Lacaresses eine Art Bude bauen lassen, eigentlich nicht mehr als eine betonierte Terrasse, die nach zwei Seiten offen und mit einem Schilfdach versehen war. Zuständig war ein altersloser Mann, die Haut von der Sonne verbrannt zu einem rötlichen Dunkelgrau, den sie alle nur Pierrot nannten.

Der schloss die Kisten auf, in denen alles lag, was die Besitzer am Strand benötigten, der stellte jeden Morgen die Liegestühle und Sonnenschirme auf, ganz gleich, ob sich jemand angekündigt hatte oder nicht, und der besorgte auf Anordnung der Baronesse oder ihrer Mutter Getränke und Imbiss, indem er mit seinem Moped nach St. Pierre fuhr.

Monsieur erschien die ganzen zwei Monate, die man hier verbrachte, kaum mehr als drei- oder viermal am Strand, Madame dagegen ließ sich jeden Morgen zum Baden an den Strand fahren und an Tagen, an denen es nicht allzu heiß war, am späten Nachmittag noch einmal. Anne und Eric waren meistens allein mit Pierrot.

Der Junge, blass wie seine Eltern, hielt sich vorwiegend im Schatten auf. Wenn er mit ihr ins Meer ging, trug sie so dick Sonnenmilch auf seiner Haut auf, dass er aussah wie ein Kanalschwimmer, der sich mit Vaseline gegen das kalte Wasser schützt.

Ohne dass sie es darauf angelegt, ihren Teint zu bräunen, verbrachte Anne die Tage beinahe durchgehend in der Sonne. War sie allein mit Eric und Pierrot, legte sie das Oberteil ab und trug dann ein Bikinihöschen, wie es knapper nicht sein konnte.

Natürlich fiel es ihr auf, dass der Strandwächter seine Blicke kaum von ihr lassen konnte. Manchmal hielt er sich halb verborgen hinter der Bude, und mindestens einmal war Anne sich sicher, dass er auf ihren Anblick onanierte. Weil er ihr aber nie zu nah kam, ignorierte sie sein Verhalten. Für den Fall, dass Madame allein oder mit der Mutter an den Strand kam, hatte sie immer einen züchtigen, einteiligen Badeanzug dabei.

Man erlaubte ihr, abends nach dem Essen auszugehen. Nach wenigen Tagen im ersten Sommer am Meer hatte sie herausgefunden, dass es in den Strandorten überall Bars gab, in denen sich die Menschen ihres Alters trafen. Am liebsten war ihr eine Bude am Strand von Valras, wo gute Musik lief, wo man guten Wein bekam und die Gäste noch lässiger und auch schöner waren als an den anderen Stränden.

Bald kannte man sie, und schnell wurde sie Teil eines Freundeskreises, der sich jedes Jahr im Sommer dort traf. Die jungen Männer und Frauen kamen alle aus den Städten und stammten meist aus wohlhabenden Familien. Sie fühlten sich wie Hippies, obwohl ihr reales Leben von den Existenzen der wirklichen Aussteiger weit entfernt war. Man gab sich freizügig und hatte reichlich Sex mit den Freundinnen und Freunden.

Oft auch gleich dort am Meer, denn nach Sonnenuntergang mussten die Pärchen nur ein paar Schritte hinunter an den Strand und dann in die eine oder andere Richtung zu gehen, um es unbeobachtet miteinander treiben zu können. Wer es nicht so gern im Sand tat, der zog sich mit seinem Partner zurück ins Auto, wobei Annes Strandwagen mangels Verdecks und Türen nicht so gut geeignet war.

Mit Jules schlief sie zum ersten Mal in einem Auto, er besaß einen zum Wohnwagen umgebauten Transporter. Am Ende der Ferien tauschte man Telefonnummern aus und versprach sich gegenseitig, sich einmal zu melden vor dem nächsten Sommer, was aber nie geschah.

»Hättest du nicht mal Lust mich am Mittelmeer besuchen zu kommen?«, fragte Anne ihre Mutter am Beginn des zweiten Sommers bei Beziérs.

Grete hatte noch nie ein Meer gesehen, und die weiteste Reise, die sie je gemacht hatte, war eine von Pastor Bääsch für die Frauen der Gemeinde organisierte Busfahrt in die große Hafenstadt im Norden. Mit dem Zug war sie nie weiter gekommen als bis in die nächstgelegene Großstadt, und die Vorstellung in einem Flugzeug hoch über den Wolken zu sitzen, erschien ihr geradezu absurd.

»Ach, Kind, ich weiß nicht. Das ist doch so weit weg. Und wer kümmert sich um den Garten, wenn ich nicht da bin?« Anne gab auf und versuchte nie wieder, Grete zu irgendeiner Reise zu überreden.

Dann endete Annes Sprachkurs, und sie erhielt ein Diplom, das ihr die Beherrschung der französischen Sprache bescheinigte. Allein schon wegen Phong wäre sie gern noch eine Zeit in Paris geblieben, aber die Lacaresses hatten bereits ein neues Kindermädchen engagiert, eine gelernte Nanny, die zuvor in einem adligen Haushalt in der Nähe von London für den Nachwuchs zuständig war, denn von der versprach man sich, dass sie Eric, der in der Schule äußerst schlechte Noten in Englisch erhielt, nebenbei ihre Muttersprache beibringen könnte.

»Aha«, dachte Anne, »Deutsch soll der Bursche also nicht lernen.«

Und traf damit den Nagel auf den Kopf, denn insgeheim hasste vor allem Madames Familie die Boches immer noch.

Grete und die Liebe

»Helmut, ach, Helmut«, seufzte Margarete manchmal in ihrer männerlosen Lebensphase.

An Gerd dachte sie nie, an Bernd nur selten. Obwohl sie die Hoffnung, er könne doch noch einmal auftauchen sieben Jahre nach seinem Verschwinden noch nicht aufgegeben hatte. Bisweilen holte sie die wenigen Fotos heraus, auf denen er zu sehen war, und erzählte den Zwillingen etwas über ihren Vater.

Über Wochen hatte es geregnet. Nicht nur das Moor war nass, die Äcker und Weiden auch. Aber dann war es, wie es sich für einen Mai gehört, warm geworden. Als Grete an jenem Morgen aus dem Haus trat, lag ein Nebel über dem Land, kaum mehr als hüfthoch, der die Farben verschlang.

Sie machte sich auf den Weg zum Lanferhof jenseits des Waldstücks. Die Jungbäuerin hatte angerufen, man habe ein Schwein geschlachtet, und Grete könne ihr bestelltes Fleisch abholen. Also setzte sie sich aufs Rad und fuhr los auf dem schnurgeraden Asphaltweg Richtung Westen.

Dann sah sie in einiger Ferne im Dunst eine Gestalt, ein Mensch, der offenbar einen großen Hund an der Leine führte. Der Mensch trug einen langen, hellen Mantel. Sie grüßte im Vorüberfahren und wandte sich dabei kurz um. Ohne nachzudenken bremste sie und hielt an. Der Mann mit dem Hund war der schönste Mann, den sie in ihrem Leben je gesehen hatte.

Das Gesicht von göttergleicher Ebenmäßigkeit mit einem ausdrucksstarken Mund, glattrasiert, nussbraune, sanfte Augen und eine markante Nase. Er lächelte.

»Kann ich Ihnen helfen« fragte Grete.

Er schüttelte den Kopf: »Nein, danke, ich führe nur meinen Hund aus.«

»Ich habe Sie hier noch nie gesehen«, bemerkte sie.

»Kein Wunder, ich war auch noch nie in dieser Gegend.«

Beide waren stehengeblieben. Der Hund, den sie für einen Schäferhund hielt, hatte kurz an ihrer Hand geschnüffelt und sich dann abgewandt.

»Ich präsentiere Harrum morgen auf einer Ausstellung in der Stadt«, sagte der Fremde. »Wir wohnen da hinten«, er zeigte in Richtung Moorkolonie, »im Gasthof.«

»Ah«, sagte Grete, »bei Maschen.«

Wieder nickte der schöne Mann. »Begleiten Sie uns ein wenig?«, fragte er.

Sie gingen schweigend nebeneinander.

»Ist das ein besonderer Hund?«

»Ja, ein Weltsieger.«

»Ist aber auch besonders schöner Schäferhund.«

Er hatte dem Hund mehr Leine gegeben, sodass er am Wegesrand Gerüche aufnehmen konnte.

»Ein belgischer Schäferhund, ein Malinois. Mögen Sie Hunde?«

Grete war verwirrt, hielt an und sagte unvermittelt: »Sie gefallen mir. Sie gefallen mir sogar sehr.«

Und spürte dabei eine Erregung, die sie nicht kannte. Auch er blieb stehen und sah ihr in die Augen.

»Komm«, sagte er.

Wortlos und schnell strebten sie dem Waldrand zu.

Hinter der ersten Baumreihe band er Harrum fest.

Noch nie hatte Grete im Stehen Sex gehabt. Beide hatten es geschafft, wenigstens ihre Unterkörper zu entblößen. Keine Notwendigkeit, sich gegenseitig zu stimulieren. Er hatte sie angehoben, gegen den Baumstamm gepresst und war in sie eingedrungen. Sie hatte den ersten Orgasmus ihres Lebens, den ein Mann ausgelöst hatte und nicht sie selbst.

Nachdem sie sich angekleidet hatten, konnten beide wieder sprechen. Sie traten zurück auf den Weg.

»Das zweite Haus von hier aus, das ist meins. Ich lasse heute Nacht die Lampe über der Vordertür an. Wenn du magst, komm einfach zu mir. Die Tür ist unverschlossen, und im Bett warte ich auf dich. Wenn du um Mitternacht noch nicht da warst, schließe ich dir Tür ab und lösche das Licht.«

Er nickte. Dann machte er kehrt, während Grete ihr Rad durch den Wald schob. Ihr zitterten die Knie, fahren konnte sie nicht mehr. Der Nebel hatte sich vollständig aufgelöst, und als sie sich umdrehte, sah sie, wie der Mann mit seinem Hund mit ruhigem Schritt zurück zur Landstraße ging.

Sie hatte Grabkerzen entzündet, denn andere besaß sie nicht, und Wein bereitgestellt. War dann aber doch eingeschlafen. Es war kurz vor Mitternacht, als Grete plötzlich aufwachte.

Neben dem Bett stand der nackte Fremde, so nah, dass sein Gemächt nur wenige Zentimeter von ihrem Gesicht entfernt war. Natürlich hatte sie schon Penisse gesehen, aber die hatten sie nicht sonderlich beeindruckt. Langsam schob sie die Hand über die Bettdecke und nahm seinen Hodensack, wie man eine reife Frucht wiegt. Es fühlte sich gut. Auch als sie sein Glied umschloss, war ihr das angenehm. Sie spürte das Blut darin pochen, während sich das Ding langsam aufrichtete und versteifte.

Er streifte ihre Hand ab und schlug die Decke zurück. Lange betrachtete er Gretes nackten Körper. Dann setzte er sich auf die Bettkante und fuhr mit der rechten Hand beginnend am Fuß über ihr Bein, weiter über ihre Hüfte und den Bauch bis zu den Brüsten. Grete lag unbeweglich da.

»Soll ich dich lecken oder fingern?«, fragte der Fremde. Sie wusste nicht genau, was er meinte, und machte ein zustimmendes Geräusch. Er nährte sich ihrem Bauchnabel mit dem Mund und rutschte langsam Richtung Südpol und tat, was noch nie ein Mann mit ihr getan hatte. Sie spürte eine lange Welle von ihren Fußspitzen nach oben rollen, die sich dann in einer schäumenden Brandung ergoss.

Nie hatte sie so etwas erlebt, und unwillkürlich brach sie in Tränen aus. Er lag nun neben ihr auf dem Bauch, umfasste ihren Körper und küsste ihre Augen, ihre Lippen, ihr Kinn. Dann ließ sie ihn ein. Beim zweiten Mal ließ er sie aufsteigen und quer durchs Land reiten. Beim dritten Mal brachte er sie auf Hände und Knie und trieb es mit ihr, so wie es der Rüde mit der Hündin tut, nur viel langsamer und länger. Beim vierten Mal, als vor dem Fenster schon das Morgenlicht aufstieg, zeigte er ihr wie zwei Löffel miteinander Sex haben. Und beim fünften Mal saß er auf der Bettkante und sie auf seinem Schoß. Sie bewegten sich kaum und sahen sich in die Augen.

»Wie heißt du eigentlich?«, fragte sie zwischendurch.

»Helmut«, antwortete er, »und du?«

Sie musste kurz seufzen, weil er so tief in ihr war. »Margarete, aber alle nennen mich Grete.«

Als sie wenig später zur Toilette ging, sah sie seinen Hund in der Diele. Helmut hatte seinen Mantel zusammengefaltet, und Harrum lag da friedlich und sah nur kurz auf, als sie an ihm vorüberging. Sie duschte, und als sie zurückkam, stand Helmut voll bekleidet an der Haustür, den Hund an der Leine. Er drehte sich um und betrachtete noch einmal ihren nackten Leib.

»Es war schön mit dir. Ich werde dich nicht vergessen.« Wandte sich um und winkte ihr über die Schulter zu, wortlos öffnete er die Tür und ging hindurch. Grete würde Helmut nie wiedersehen.

Jutta war Gretes älteste Freundin, wenn auch nicht ihre beste. Sie hatten gemeinsam die Volksschule im Ort besucht und vier Jahre bei Fräulein Krämer das Nötigste gelernt, also das, was eine Dorflehrerin in einer Klasse mit dreiundvierzig Kindern verschiedener Jahrgänge zu vermitteln in der Lage war. Lesen, Schreiben und Rechnen hatten sie gelernt, Malen und Handarbeit. Gretes Lieblingsfach war Heimatkunde, während Juttas Stunde einmal die Woche schlug, wenn das stattfand, was Turnen hieß, aber selbst im Winter draußen durchgeführt wurde und meistens aus Völkerball oder anderen Mannschaftssportarten bestand.

Dass Jutta überhaupt diese Dorfschule besuchte, lag nur daran, dass sie schon als Sechsjährige alle Versuche der Eltern abgeblockt hatte, sie auf irgendeine Eliteschule zu schicken, womöglich in ein Internat. Denn Direktor Schwerer, Juttas Vater, war Inhaber einer Landmaschinenfabrik, die er in den Dreißigerjahren mit seinem Kompagnon aufgebaut und nach dem Krieg allein weitergeführt hatte, als Paul Bernstein, der Mitgründer nicht aus dem Exil in den USA zurückkehrte.

Die Schwerers waren wohlhabend, wenn auch nicht

reich. Am Rande des Werksgeländes hatte der Firmenchef kurz vor dem Weltkrieg einen hochmodernen Bungalow bauen lassen, ein ungewöhnliches Haus, das architektonisch nicht in die Zeit passte und das ihm auch auf die eine oder andere Art Schikanen der Machthaber eintrug.

Die war er gewohnt, denn im Monat der Machtübernahme ein Unternehmen mit einem jüdischen Teilhaber zu gründen, verstanden die neuen Herrscher als Affront. Nun war Paul aber ein begnadeter Ingenieur, der eine ganze Reihe von Erfindungen machte, die allesamt den Stand der Technik bei den Landmaschinen auf ein neues Niveau hoben und die Bauern im ganzen Reich dazu ermächtigte, mehr anzubauen, mehr zu pflanzen und vor allem mehr zu ernten, und das zu geringeren Kosten.

So stand die Schwerer & Co. KG unter dem besonderen Schutz des zuständigen Ministeriums. Auch die erzwungene Arisierung nahmen die beiden hin und trickstten die Judenhasser doch aus, indem Herbert Schwerer, weil er und Paul Böses ahnten, eine Tochterfirma in den USA gegründet hatten, die auf den Namen Bernstein lief.

Mit Hilfe ihres kreativen Buchhalters gelang es, ziemlich genau die Hälfte des Firmenkapitals nach Amerika zu transferieren, womit die Existenz der Bernsteins, Vater, Mutter und fünf Töchter, gesichert war. So lange es ging, trafen sich die Partner, die auch Freunde waren, regelmäßig in der Schweiz, um sich auszutauschen und Geschäftsentscheidungen zu treffen. Und trotzdem blieb Paul nach dem Weltkrieg in seiner neuen Heimat, verfiel mit nur sechzig Jahren innerhalb kürzester Zeit der Demenz, sodass ein Kontakt zwischen ihm und Herbert nicht mehr zustande kam, obwohl sie beide über neunzig Jahre alt wurden; Herbert bis zum Schluss geistig wach, aber körperlich schwer angeschlagen.

Nun hatte Auguste ihrem Herbert nur diese eine Tochter geboren, sodass er, der immer davon geträumt hatte, Patriarch eines Imperiums zu werden, davon ausging, Jutta würde die Firma übernehmen und seine Nachfolgerin werden. Darauf wollte er sie vorbereiten, deswegen sollte sie die besten Schulen besuchen, um dann an renommierten Universitäten sowohl das Ingenieurwesen als auch Betriebswirtschaft zu studieren, anschließend für eine Zeit in den USA, am liebsten natürlich in Pauls Unternehmen, zu arbeiten und vielleicht auch bei anderen ausländischen Firmen Erfahrungen zu sammeln.

Jutta aber war ein Landkind, das nach der Mutter kam, einer herzensguten Bauerntochter mit geringer Bildung, aber mit allen praktischen Fähigkeiten ausgestattet, eine patente Frau, die kein Problem damit hatte, einen Stab an Hausangestellten zu befehligen und nebenbei das gesellschaftliche Leben von Direktor Schwerer und Gattin zu organisieren.

»So eine Schwangerschaft ist auch bloß eine Infektion. Die Frau lässt mehr oder weniger freiwillig die Erreger in sich rein, und ein Tumor wächst in ihrem Bauch, den sie dann unter Schmerzen als Kind aus sich rauspressen muss«, sagte Dora.

Die hatte dreimal geboren, zwei Föten aber verloren. Und das dritte Baby war nur elf Tage alt geworden. Ihr Mann, der Erzeuger, der sie angesteckt hatte, verließ sie deswegen. Ihr zweiter Gatte brachte ihr den Zynismus bei, der sie bis dahin am Leben hielt. Nicht dass Dora depressiv war; im Gegenteil: Die meisten Menschen, die sie nicht so gut kannten, hielten sie für lebensfroh, für fröhlich und lustig. Selbst als dieser Mann, der ihr über die Klippen hinweggeholfen hatte, starb, fiel sie nicht ins Dunkle.

Stattdessen war Dora immer diejenige, die ihre Freundinnen aufheiterte, die immer wusste, wo was los war und vor allem Jutta und Grete animierte, mitzukommen, mitzufeiern, sich zu amüsieren. Besonderes Vergnügen macht es ihr, die sie nun schon seit Langem nur noch Sex mit Frauen hatte, Männer hinzuhalten, die sie anmachten, die versuchten, mit ihr zu flirten, die sie rumkriegen wollten. Da konnte sie lange sehr charmant sein, um den Bewerber zuletzt mit maximaler Brutalität abfahren zu lassen. Zum Beispiel damals als die neue Riesendisco mitten auf den Äckern jenseits der Stadt eröffnet worden war, eine Halle mit der Ausstrahlung eines Schweinemastbetriebs, deren Parkplatzflächen für drei, vier Fußballfelder gereicht hätten.

Grete tanzte gern, aber hatte es weder mit der üblichen Zappelei unter der blitzenden Discokugel noch mit dem Vier-mal-vier-Fox, den das Landvolk gern zu den primitiven Rhythmen der Siebzigerjahremusik auf die eiserne Tanzfläche legte. Nur wenn ein DJ sogenannte Oldies auflegte, also die großen Hits der Rock ›n‹ Roll- und Beatmusikzeit, machte sie gern mit. Auch wenn es nicht selten vorkam, dass nur Jutta und Dora und ein paar Frauen ihres Alters sich ebenfalls zu diesen Sounds bewegen wollten. Gleichaltrige Männer standen in der Regel mit Bierflaschen in der Hand am Rand der Tanzfläche oder hockten mit Longdrinks am Tresen.

Da war dann einmal einer, der war jünger als sie, hatte aber den Schwung drauf, den es braucht, zu Songs von den Beatles und den Stones abzurocken. Ein schmaler Typ im schwarzen Anzug, der ihm mindestens eine Nummer zu groß war, weißes Hemd darunter, krawattenlos, sehr lange schwarze Haare über dem gebräunten Gesicht. Der gefiel vor allem Jutta. Aber der Kerl hatte es auf Dora abgesehen und spielte den Kavalier, der immer allen drei Frauen Getränke spendierte und eine Sitzecke für sie freikämpfte.

Dora hatte die Anmache verstanden und sich freiwillig neben ihn auf den knallroten Plüsch gesetzt, zugelassen, dass er sie mehr oder weniger unabsichtlich berührte. Hatte sich kokett ins Haar gefasst, ihm gezielt in die Augen geschaut, um dann verschämt den Blick zu senken. Der Mann war entzündet, das erkannten Grete und Jutta, und wussten, was kommen würde.

Natürlich bot er frühmorgens an, sie nachhause zu fahren. Leider habe er einen kleinen englischen Roadster, in den leider, leider wirklich nur zwei Leute passten.

»Kein Problem«, sagte Jutta, die nie Alkohol trank, »Grete und ich müssen sowieso in die andere Richtung.«

Ein paar Tage später berichtete Dora, der Bursche habe nach kaum einem Kilometer einen Waldweg angesteuert. Sie habe sich küssen lassen und erklärt, so richtig würde sie es ungern im Auto treiben. Also seien sie ein Stück weit ins Gebüsch gegangen. Und als er seine Hose öffnete, habe sie ihm einen deftigen Tritt in die Eier verpasst, der ihn ausknockte. Dann habe sie ihm die Wagenschlüssel aus der Hand gerissen und sei zu seinem Sportwagen gerannt und damit fröhlich nachhause gefahren.

Selbstverständlich habe er mit allen Mitteln versucht, ihre Adresse zu erfahren, was ihm auch nach einer Woche gelang. Dann stand er vor ihrer Tür und verlangte die Autoschlüssel. Er sei nicht wirklich sauer gewesen, erzählte Dora, eher verlegen, weil es ihm wohl ziemlich peinlich war, so von einer Frau gelinkt worden zu sein. Sie habe ihn angestrahlt, die Schlüssel überreicht und gezeigt, wo sie sein Cabrio geparkt hatte. Der Mann tauchte nie wieder in der Megadisco zwischen den Rübenäckern auf.

Dora sprach von sich selbst als Feministin, wobei Grete nicht ganz genau wusste, was ihre Freundin damit meinte.

Überhaupt verwendete sie einen Jargon, der ihr, aber auch Jutta, fremd war.

»Männer wollen immer nur penetrieren«, hatte sie gesagt, und die beiden anderen hatten nicht gewagt nachzufragen.

Als die große Illustrierte eine Artikelserie über den Paragrafen 218 brachte und auf dem Titel eine ganze Reihe prominenter Frauen abgebildet waren, die sich dazu bekannten, abgetrieben zu haben, sagte Dora: »Ich hab auch schon eine Abtreibung hinter mir. Da war ich gerade siebzehn und hatte einen sehr viel älteren Freund, für den Sex nur richtiger Sex war, wenn er mich penetrieren konnte. Über Verhütung wusste ich nur, dass der Mann aufpassen muss, nicht in die Scheide abzuspritzen, aber ich wusste eigentlich nie, hat er oder hat er nicht? Einmal hat er, während ich gerade die fruchtbarsten Tage hatte. Zack, da war es passiert.«

Grete und Jutta sahen sich an. Aus Sicht von Dora, die aus der Hafenstadt im Norden kam, eine echte Städterin, waren sie ja bloß Landeier, aber dass Mädchen, die auf dem Land aufwachsen, von klein auf mehr über die Zusammenhänge von Sex und Schwangerschaft wussten, das war ihr nicht bewusst.

»Und dann?«, fragte Jutta.

»Dann hat er sich verpisst. Angeblich auf einem Schiff angeheuert und Heidewitzka. Zum Glück gab es in unserem Haus eine weise Frau, die wir Tante Ida nannten, eine aus dem Osten, eine, die vor allem Mädchen mochte, eine warmherzige Person, frei von Hysterie, einfach patent. Die sagte mir eines Tages auf den Kopf zu, dass ich schwanger sei. Im dritten Monat, nahm sie an.«

Jutta konnte nicht mitreden, sie war nie schwanger.

Aber Grete dachte an ihre eigenen Schwangerschaften. Obwohl erstgebärend war es ihr mit Annegret alles sehr leichtgefallen. Sie hatte sehr spät gemerkt, dass sie ein Kind von Gerd bekommen würde. Da war ihre Periode schon fast neun Wochen überfällig. Dr. Brenner, der Hausarzt, der gern und freiwillig Hausbesuche machte, auch wenn man ihn nicht gerufen hatte, weil er wusste, dass man ihn mit Naturalien belohnen würde, klärte sie auf. Im Beisein der Mutter, die alles ganz ruhig aufnahm.

Grete wurde es zu Beginn nicht übel, nur müde war sie, immer müde. Und dann wuchs der Bauch. Wie oft bei dünnen Frauen wölbte sich die Kugel streng nach vorne; wer sie noch im siebten, achten Monate von hinten sah, wäre nicht darauf gekommen, dass sie schwanger war.

Sie bekam Annegret zuhause. Als die Fruchtblase platzte, lief die Mutter rüber zu den Brockhoffs und rief die Hebamme an. Nach kaum anderthalb Stunden in den Wehen brachte sie ein gesundes Mädchen zur Welt.

Ganz so einfach war es bei den Zwillingen nicht, die sich im Mutterleib so gut entwickelt hatten, dass sie bei der Geburt jeweils beide beinahe so viel wogen wie ein einzelnes Baby. Dr. Brenner empfahl drei Wochen vor dem errechneten Termin einen Kaiserschnitt. Grete stimmte zu und wurde acht Tage später in das Krankenhaus der Nachbarstadt eingeliefert. Dass Antonia und Amalie voll entwickelt und lebensfähig waren, hatte man erwartet. Und wieder hatte Grete Glück, denn alles verheilte bestens, und die operierende Ärztin hatte ihr eine äußerst dezente Narbe verpasst.

»Tante Ida fragte mich, ob ich das Kind auch ohne Kerl bekommen wollte. Ich weinte«, fuhr Dora fort, »und wusste nicht, was ich antworten sollte. Ich hatte keine Vorstellung davon, wie ich als Siebzehnjährige allein mit einem Säugling klarkommen sollte. Mir war nicht einmal klar, ob ich überhaupt jemals ein Kind wollte. Also schüttelte ich unter Tränen den Kopf. Na dann, meinte Tante Ida, wird man es wohl wegmachen müssen. Sie erklärte mir alles und kümmerte sich. Eines Tages fuhren wir mit dem Zug in die nächstgrößere Stadt, dann mit dem Taxi weiter zu einer Adresse, die sie dem Fahrer genannt hatte. Wir mussten durch den Hintereingang einer Stadtvilla. Drinnen gab es einen richtigen Operationsraum, alles sauber, alles wie bei einem echten Arzt. Tante Ida streckte die 500 Mark vor, die der Doktor verlangte. Ich brauchte zwei Jahre, das Geld abzustottern.«

Grete dachte kurz darüber nach, dass eine solche Abtreibung eine Sünde sein, dass es die Kirche doch verboten hatte, ungeborenes Leben zu töten, beschloss aber, dieses Thema nicht anzusprechen. Für sie selbst wäre es nie und unter keinen Umständen in Frage gekommen, sich ein Kind wegmachen zu lassen. Warum auch? Es großzuziehen wäre einfach nur eine Lebensaufgabe mehr gewesen, eine, die sie allein und mit Hilfe der Verwandten, Freunde und Nachbarn sicher gemeistert hätte, so wie sie es ja auch hinbekommen hatte, Annegret und die Zwillinge zu anständigen Menschen zu machen.

Dora erzählte weiter: »Meine Mutter, alleinerziehend, weil sich mein Erzeuger davongemacht hatte, wusste wohl oder ahnte zumindest, dass ich schwanger gewesen war und den Fötus hatte abtreiben lassen, aber sprach das Thema nicht an. Mir ging es nicht gut nach der Aktion, aber sie kümmerte sich nicht um mich, ließ mich einfach in meinem Zimmer in Ruhe. Dafür kam Ida jeden Tag zwei Mal vorbei, um nach mir zu sehen. Immer brachte sie mir etwas mit: mal Süßigkeiten, dann eine Zeitschrift und vor allem Zigaretten. ›Nun zeig mal,‹ sagte sie und untersuchte mich. Mir tat das gut, aber mir fiel nicht auf, dass sie der Anblick meiner

Scheide erregte. Auch als ich längst wieder auf den Beinen war und arbeiten ging, besuchte sie mich ab und zu oder lud mich zu sich ein. Sie war die erste Frau, mit der ich Sex hatte.«

»Und die hat dich zur Feministin gemacht?«, fragte Jutta, und Grete schob nach: »Und zur Lesbe ...« Ein Wort, von dem sie nicht genau wusste, ob es eine Beleidigung war.

Dora lachte kurz auf: »Niemand macht dich zur Lesbe, um diesen Begriff mal zu verwenden. Du bist es einfach, und irgendwann wird dir klar, dass du schärfer auf Frauen bist als auf Männer — wenn du überhaupt einen Funken Lust mit einem Kerl mit Bett verspürst.«

Eine peinliche Pause entstand. »Und ihr? Beide so richtig schön heterosexuell?« Jutta und Grete reagierten nicht.

»Wisst ihr überhaupt, wie schön so eine Vulva ist?« Wieder ein Wort, das Grete nicht kannte.

»Habt ihr euch denn wenigstens mal eure eigene Möse im Spiegel angeguckt?«, Jutta schaute betreten zur Seite.

Grete aber reagierte schlagfertig: »Ich muss auch nicht wissen, wie mein Poloch aussieht ...«

Dora verdrehte die Augen und dachte vermutlich: Bauerntrampel, beide.

Ob Dora je versucht hatte, Sex mit Jutta zu haben, erfuhr sie nicht. Grete nahm aber an, dass Jutta es nicht einmal zugelassen hätte, dass Dora nackt zu ihr ins Bett gekommen wäre. Im Grunde war die Fabrikantentochter zutiefst prüde. Und vielleicht litt sie sogar darunter, dass es sie immer und überall so sehr nach einem Mann verlangte und sie sich von jedem Typen verführen ließ, auch wenn von vornherein klar war, dass er ihr nicht guttun würde. Einen entsprechenden Ruf hatte sie in der Stadt. Dorthin war sie gezogen, nachdem die Firma des Vaters den Bach hinunter gegangen war.

Der Niedergang begann mit dem Unfalltod der Mutter, der ihrem Vater das Herz brach. Jutta kümmerte sich um ihn und führte den Haushalt weiter. Aber Direktor Schwerer hatte seinen Kompass verloren und traf in rascher Folge Entscheidungen, die fatale Folgen für sein Unternehmen hatten. Um gegen die Konkurrenz aus Fernost anzukommen, hatte er die Preise für seine Maschinen senken müssen, und die sinkenden Umsätze hatte er durch die Verwendung schlechterer Bauteile und Leistungsdruck auf seine Angestellten aufzufangen versucht. Aber selbst die treuesten Kunden, vor allem die Großbauern im ganzen Bundesland probierten die Exportmaschinen aus und waren zufrieden. Wohingegen die Beschwerden über Qualitätsmängel der Schwerer-Mähdrescher, Vollernter, Pflüge, Eggen und Pflanzmaschinen sich häuften und immer öfter Garantieleistungen erbracht werden mussten, die den Gewinn immer mehr schmälerten, bis die Firma zum ersten Mal nach der Wiedereröffnung nach dem Weltkrieg Verluste schrieb.

Juttas Vater schlug das auf die Gesundheit, und er, der nie in seinem Leben ernsthaft krank gewesen war, ein starker und selbstbewusster Mann, sah sich gezwungen, eine letzte richtige Entscheidung zu treffen. Also nahm er das Angebot eines ausländischen Konzerns an und verkaufte seine Landmaschinenfabrik und vor allem den immer noch wertvollen Markennamen. Mit dem Kaufpreis konnte er jedoch nur die aufgelaufenen Verbindlichkeiten begleichen, und so blieben ihm und seiner Tochter als zukünftiger Erbin nur die Direktorenvilla auf dem Werksgelände. Aber beide wollten da nicht wohnen, wo sie jeden Tag seinen Misserfolg hätten sehen müssen. Also vermieteten sie Juttas Elternhaus an den Europachef des Konzerns und zogen gemeinsam in die Stadt.

Herbert Schwerer überlebte den Umzug noch um viele Jahre, bis er mit dreiundneunzig einfach einschlief und nicht wieder aufwachte. Jutta aber fand trotz ihres schon recht hohen Alters von zweiundzwanzig Jahren eine Lehrstelle als Fremdsprachenkorrespondentin bei einer Import-Export-Firma, die sie nach drei Jahren erfolgreich abschloss. Ihr Ehrgeiz und ihr Fleiß hatten dazu geführt, dass sie neben den obligatorischen Sprachen Englisch und Französisch auch Spanisch und Italienisch erlernt hatte und in allen fünf Sprachen Stenografie und Schreibmaschine beherrschte. Die Welt stand ihr offen, und Jutta wäre gern ins Ausland gegangen, hätte also am liebsten genau das getan, was sie den Eltern ein paar Jahre zuvor verweigert hatte.

»Ich wolle ja immer weg«, erzählte sie ihren Freundinnen einmal, »aber ich hatte einfach zu viel Angst. Also belog ich mich selbst und sagte mir: Mach erst noch dies und das, aber dann ...«

So kam sie nie über die Stadt, keine vierzig Kilometer entfernt von ihrem Heimatort, hinaus. Weil sich bei ihrer einzigen Fernreise nach Mallorca herausstellte, dass sie unter fürchterlicher Flugangst litt, sah sie nie New York, Paris, London, Rom oder Madrid, all die Städte, die sie gern kennengelernt hätte, in denen sie so gern ihre Sprachkenntnisse in Gesprächen mit Einheimischen ausprobiert hätte. Und wie zum Ausgleich verschmähte sie Männer aus der Gegend und überhaupt deutschsprechende Männer, verliebte sich aber in jeden Kerl, mit dem sie sich auf Englisch, Französisch, Spanisch oder Italienisch unterhalten konnte.

Als die Nachbarn fast alle noch da waren, also wenige Wochen nachdem der Krieg offiziell nicht mehr zu leugnen war, veränderte sich das Wetter deutlich. Natürlich merkte Grete als erfahrene Gärtnerin das genau so schnell wie die Landwirte.

Es war im November, als es immer mehr Tage gab, an denen warme Winde aus Südwest aufzogen, die Temperaturen auf zwanzig Grad oder höher stiegen und die Luft durch einen feinen Staub rötlich gefärbt war. Im Oktober hatte es beinahe gar nicht geregnet, aber der folgende Monat war nicht nur trocken, sondern für die Jahreszeit viel zu heiß. Am Geburtstag der Zwillinge kletterte das Thermometer auf sechsundzwanzig Grad, obwohl sich über dem Land eine dichte Wolkendecke gebildet hatte. Die Nachbarn diskutierten darüber, aber der alte Brockhoff sagte bloß: »Dat Wedder is as dat is.«

Auf dieser Meinung beharrte er auch, als am zweiten Dezember der Regen kam. Ein warmer, sanfter Niederschlag, der durchgehend bis Mitte Januar fiel und jede Weihnachtsstimmung zunichtemachte. Dann wurde es innerhalb von vierundzwanzig Stunden bitterkalt, und die Pfützen und überschwemmten Äcker und Weiden froren zu Eis. Niemand hatte angesichts der ungewöhnlichen Wärme daran gedacht, die Wasserleitungen winterfest zu machen, und so platzen in vielen Häusern die Leitungen. Die Menschen mussten ohne fließendes Wasser auskommen. Grete hatte den alten Kohleofen in der Waschküche in Gang gebracht und schmolz große Eisbrocken in einem alten Bottich zu Wasser.

Sie hatte den Brockhoffs einen Gefallen tun und mit Bellgo ein bisschen spazierengehen wollen, in den Wald, denn der Hund liebte die Bäume. Dort konnte sie ihn ableinen, und er schnüffelte so lange an den Stämmen, die er dann je nachdem markierte, bis sie ihn wieder an die Leine nahm, um nachhause zu gehen.

Plötzlich sah sie acht, zehn Meter entfernt, zwei Baumreihen weiter, eine Gestalt im Gebüsch, die ihr den Rücken zuwandte und offensichtlich pinkelte. Wenn es ein Mensch ist, dachte sie, dann wiegt der sicher vier Zentner. Es war ein Mann, der jetzt die letzten Tropfen abschüttelte, den Hosenstall schloss und sich umdrehte, um zurück auf den Pfad zu gelangen, der vom asphaltierten Fahrweg, der durch den Wald zum Lanferhof führte, abzweigte und sich durch den Busch schlängelte bis er am alten Kotten, den alle nur das Mordhaus nannten, endete.

»Erschrecken Sie nicht!«, rief der Mann und näherte sich.

Nicht Grete erschrak, sondern Bellgo, der ein merkwürdiges Geräusch von sich gab und im Unterholz verschwand.

»Was machen Sie hier?«, fragte sie mit leichter Empörung.

Das menschliche Gebirge verneigte sich leicht. »Verzeihen Sie, aber ich wohne seit Neustem hier.«

»Wo?«

»In jenem alten Kotten dort hinten.«

»Im Mordhaus?« Der Mann wirkte irritiert. »So nennen wir die Hütte. Da hat mal ein Kerl ein junges Mädchen umgebracht.«

»Das müssen Sie mir genauer erzählen. Darf ich Sie auf einen Kaffee einladen?«

Unter normalen Umständen hätte Grete ohne Dank abgesagt, aber irgendetwas an diesem Fremden zog sie an.

Außerdem nahm sie aus den Augenwinkeln wahr, dass Bellgo schon in Richtung Kotten vorgelaufen war, und weil sie ohnehin hinterher musste, nickte sie kurz und folgte dem schweren Mann, der eine schlammfarbene Hose mit Hosenträgern über einem ehemals schwarzen Hemd trug, sowie eine olivgrüne Baseball-Kappe.

Am Platz vor dem Haus angekommen ließ sich Bellgo mit Käse anlocken und legte so die Angst vor dem Giganten ab.

»Mir steht allerdings nur löslicher Kaffee zur Verfügung«, sagte der Mann. Und: »Nehmen Sie Milch und Zucker?« Grete antwortete nicht und ließ sich überraschen.

Mit schweren Schritten betrat er das Haus mit dem einen großen Raum, hantierte drinnen ein bisschen herum. Irgendwer hatte drei der berüchtigten weißen Plastikstühle und einen passenden Tisch zum Kotten gebracht, die weder zum Bau noch zum Wald noch zu irgendetwas passten.

»Nehmen Sie doch schon einmal Platz«, sagte der Mann durch die geöffnete Tür. Und jetzt wusste Grete, was sie anzog – seine Stimme. Kenner des menschlichen Gesangs hätten diese als Bassbariton eingeordnet, eine Stimmlage, die beruhigend wirkt, die Sicherheit ausstrahlt, aber manchmal ins Dämonische kippt. Außerdem faszinierte sie dieses völlig reine Hochdeutsch, das er sprach, frei von jedem Anflug irgendeines Dialekts oder irgendeiner regionalen Färbung.

Später stellte er sich vor: »Gero von Winden, mein Name. Sie werden vielleicht von mir gehört haben ...«

Grete schüttelte den Kopf. Der Kunststoffstuhl, auf dem er Platz genommen hatte, stöhnte bei jeder seiner kleinen Bewegungen leise auf.

»Ich bin das, was man einen Schriftsteller nennt, wobei

ich die Berufsbezeichnung Dichter bevorzuge.«

Er nippte an seinem Kaffeebecher. »Und mit wem habe ich das Vergnügen?«

Grete zeigte in eine unbestimmte Richtung und sagte: »Frau Hanke, ich wohne da hinten.« Schweigend tranken sie ihren Kaffee.

»Wissen Sie«, setzte von Winden ungefragt fort, »ich arbeite gerade an meinem neuen Roman, und das Projekt befindet sich in einer entscheidenden Phase. Die wollte ich gern möglichst ungestört verbringen, und das geht in der Großstadt, wo mich Hinz und Kunz kennen oder erkennen, nicht. Ich bin ja auch nun wirklich nicht zu übersehen.« Er lachte schallend, sodass Grete meinte, der Waldboden habe begonnen zu vibrieren.

»Also kam mir der Hinweis meines Verlegers, der wohl hier aus der Gegend stammt, auf dieses versteckte Häuschen ganz recht. Meinen Agenten kostete es einige Telefonate herauszufinden, wem es gehört und ob man es mieten könne. Voila, seit acht Tagen wohne ich hier in Ruhe und Frieden. Sie, liebe Frau Hanke, sind die erste Einheimische, wenn ich so sagen darf, der ich seitdem begegnet bin.«

»Gehen Sie nie einkaufen?«

»Das ist nicht nötig, mein Agent hat dafür gesorgt, dass ich mit allen nötigen Vorräten für vier Wochen ausgestattet bin. Man hat sogar einen Tiefkühlschrank angeliefert.«

Sie bewunderte seinen massiven Schädel mit kurzrasierten Stoppeln, die allerdings unterschiedlich lang waren. Und merkte erst jetzt, dass seine tief im Wangenfett vergrabenen dunklen Augen jeder ihrer Bewegungen folgte.

»Ich muss dann wieder, Herr Winden, freut mich, Sie getroffen zu haben.«

»Von Winden, aber nennen Sie mich einfach Gero. Darf ich nach Ihrem Vornamen fragen?«

Sie senkte den Blick wie ein kleines Mädchen: »Margarete, aber alle nennen mich Grete.«

»Wie hübsch!«, rief er aus und klatschte in die fetten, erstaunlich langen und schmalen Hände, die sie unbestimmt an einen Horrorfilm erinnerten, den sie vor Jahren gesehen hatte.

»Beehren Sie mich bald wieder, Grete. Es würde mich sehr freuen.«

In der Nacht träumte sie vom Dichter, der sie auf Händen durch den Wald trug, beide nackt, dann auf einer Lichtung ablegte. Sie sah seinen Penis, der in Länge und Dicke bestens zum Rest seines Körpers passte.

Vier Tage später zog es sie in den Wald, dieses Mal ohne Bellgo. Den Traum hatte sie verdrängt, viel mehr war es das Mordhaus, das sie in Gedanken beschäftigt hatte, eine Erinnerung an ihre Jugend, an die Zeit mit Gerd, an ihr erstes Mal. Die Tatsache, dass nun dort jemand wohnte, ließ es sie sicher genug erscheinen, hinzugehen und ihrem eigenen Erleben nachzuspüren. Und wenn der Dichter eines ausgestrahlt hatte, dann Sicherheit.

Sie hatte einen Eintopf vorgekocht, ein Geschenk, eine fürsorgliche Geste, damit der arme, einsame Mann etwas Ordentliches zu essen bekam und sich nicht nur von Büchsen und Tiefgekühltem ernähren musste.

Schon einige Meter vor der Lichtung hörte sie ein lautes Klappern, die Geräusche, die eine mechanische Schreibmaschine macht, wenn jemand besonders intensiv in die Tasten schlägt. Sie näherte sich der offenstehenden Tür und sah Gero von Winden am hölzernen Küchentisch sitzen, ganz konzentriert auf die Maschine, auf seine Gedanken, auf die Worte, die er aufschreiben musste. Selbst als Grete den Raum schon betreten hatte, nahm er sie nicht wahr. Links neben der Schreibmaschine lag ein Stapel weißes Papier, rechts davon ein wilder Haufen beschriebener Seiten, darauf ein aufgeschlagenes Notizbuch. Sie räusperte sich, und er schrak auf.

»Grete! Sie! Einen Moment bitte ...« Und tippte ohne sie anzusehen weiter.

Später saßen sie übereck am Tisch. Sie hatte den mitgebrachten Eintopf erwärmt, und der Schriftsteller löffelte systematisch, den Blick fest auf den Teller gerichtet. Drei Portionen, von denen sie zwei eigentlich als Vorrat gedacht hatte, vertilgte der massige Mensch in kürzester Zeit, genauso auf das Essen konzentriert wie zuvor auf das Schreiben.

»Ich bin Ihnen so dankbar!«, rief er schließlich aus. »Trinken Sie Wein?« Grete verneinte. »Bier habe ich leider nicht da, aber ich könnte ihnen einen Tee kochen und mit Rum verfeinern.«

Sie lachte. »Einen kleinen Schluck Wein würde ich probieren.«

So wie er geschrieben und gegessen hatte, trank Gero auch: gierig, schnell und systematisch.

»Nun erzählen Sie schon. Was hat es mit diesem Haus auf sich?«

Er zündete sich ein Zigarillo an und achtete darauf, ihr nicht den Rauch ins Gesicht zu blasen. Grete war keine gute Erzählerin. Sie wortkarg zu nennen, wäre eine Untertreibung. Also schilderte sie kurz, knapp und präzise, was sich die Leute über den Kotten erzählten und welche

Fakten zu der Mordtat bekannt waren.

Der Autor hing an ihren Lippen. Und dann fiel ihr die Geschichte ein, wie ihr Gerd umgekommen war, und erzählte auch diese. Und von Johann Grundmann, der seinen rechten Arm verloren hatte, weil er damit in den Dreschkasten geraten war. Vom ewigen Postboten Willi, der angeblich mit jeder der Witwen in seinem Amtsgebiet ein Verhältnis hatte. Von Fritz, der im Sumpfloch untergegangen war. Wie Röschen Prieter der Schande entgehen wollte und sich im Moor umgebracht hatte.

Dann hatte ihr Gegenüber sein Zigarillo aufgeraucht und die erste Flasche Rotwein geleert. »Wunderbar« murmelte er, »ganz wunderbar. Mehr davon!!«

»Mehr weiß ich nicht«, gab Grete zurück. Sie nahm einen zweiten Schluck.

»Und, kommen Sie voran mit dem Roman?«

Gero wiegte den Schädel und schloss dabei die Augen. »Nicht so recht. Wollen Sie hören, was ich geschrieben habe?«

Schon als ganz kleines Kind hatte Grete es geliebt, wenn ihr jemand etwas vorlas. Sie erinnerte ich an Tante Margot, die gar nicht ihre Tante war, aber damals bei ihnen lebte. Die hatte ihr Märchen vorgelesen, Stunde um Stunde. Welche Märchen sie gehört hatte und was sie bedeuteten, daran erinnerte sie sich nicht. Und wenn Frau Grundmann ihrem fast blinden Großvater die Zeitung vorlas, dann saß sie gern dabei und lauschte.

Es waren die Stimmen, die im Monolog etwas vortrugen, die sie faszinierten. Und diese Stimme des dicken Mannes, die war schon tief in ihr Herz gedrungen, die wollte sie immer wieder hören. Grete nickt.

Gero von Winden griff nach dem Stapel mit den beschriebenen Seiten und zog willkürlich ein paar davon heraus. Er begann zu lesen, und nach kaum einem Blatt war Grete so gefangen von seinem Bariton, dass die Worte an ihr vorbeiflogen, ohne dass sie deren Sinn hätte erschließen können. Wochen danach wunderte sie sich sehr, dass sie ganze Passagen des Textes auswendig konnte. Die Geschichte, eine Art Romanze, die in einer Katastrophe endete, langweilte sie.

Jeden zweiten Tag kochte sie nun für den Dichter und brachte ihm das Essen ins Mordhaus. Wenn ihr etwas einfiel, erzählte sie ihm von Ereignissen rund ums Moor, vom abgestürzten Bomber, von der ewigen Glut, von den Fremdarbeitern der Moorzentrale und von den Hochzeiten, die im Gasthaus Maschen gefeiert worden waren. Und er revanchierte sich mit langen Passagen aus seinem werdenden Werk.

An einem warmen Sonntagnachmittag im Juni schnitt sie ein Dutzend Stücke vom frischgebackenen Streuselkuchen und machte sich auf den Weg in den Wald. Zu ihrer Überraschung saß der Dichter draußen vor dem Haus, barfuß und mit bis zum Gürtel offenen Hemd, ein Glas Rotwein in der Hand. »Die Sonne, die Sonne…«, sagte er zur Begrüßung, und Grete hörte heraus, dass es nicht die erste Flasche war, die er an diesem Tag geleert hatte.

»Sie tippen ja gar nicht.«

»Ich habe die Arbeit abgebrochen.«

Ein Blick ins Haus bestätigte dies. Der improvisierte Schreibtisch war leer, die Schreibmaschine in ihrem Koffer verstaut, die Papierstapel waren verschwunden. »Warum?«, fragte sie.

»Weil mein Text, verzeihen Sie den Ausdruck, Scheiße

war, gequirlte Kacke, Mist, Bullshit, ein lauer Seich, banal, langweilig. Ich habe das Manuskript gestern hier«, er zeigte auf eine erloschene Feuerstelle, »verbrannt. Und meine Notizen gleich dazu.« Von Winden leerte das Glas auf einen Sitz und schenkte nach. »Ich muss ganz von Neuem beginnen, einen anderen Roman aufschreiben.«

»Sie wollten doch was aus den Geschichten machen, die ich Ihnen erzählt habe.«

Er unterdrückte einen Schluckauf und nickte. »Genau. Ich werde über eine Frau schreiben, die am Moor geboren und aufgewachsen ist und immer dortgeblieben ist. Eine wunderschöne Frau, eine liebenswerte und herzliche Person, wenn auch mit geringer Bildung, die über die Jahre dreimal Witwe wird und vier Töchter zur Welt bringt. Ihren Garten zu bestellen, geht ihr über alles, und jeden Sonntag geht sie in die Kirche und an die Gräber ihrer Ehemänner. Dann kommt ein Krieg übers Land, und die Verwandten, Nachbarn und Freunde kommen um oder flüchten. Ihre Töchter sind ebenfalls tot oder verschollen. Sie aber bleibt. Lebt weiter, ganz allein, lebt immer weiter weit über ihren neunzigsten Geburtstag hinweg.« Er beugte sich vor und sagte Grete ins Gesicht: »Und in diesen Roman werde ich die Geschichten einbauen, die Sie mit in den vergangenen Wochen erzählt haben.«

Zwei Wochen später sagte er eines Tages: »Es ist Zeit, Abschied zu nehmen, liebe Grete. Morgen wird mein Agent hier mit einer Limousine erscheinen und mich abholen. Aus dem geplanten Roman ist, wie Sie wissen, nichts geworden. Dafür habe ich wunderschöne Stunden hier im Kotten und davor mit Ihnen verbracht, und ich schätze mich sehr glücklich, Sie kennengelernt zu haben. Erlauben Sie, dass ich Sie umarme?«

Er hatte sich erhoben und die Arme ausgebreitet. Sie stand auf und ließ sich in diese Arme auf diesen schweren Körper fallen.

»Auf Wiedersehen, Herr von Winden. Alles Gute noch.«

»Ach«, gab er zurück, »bleiben Sie doch bitte bei meinem Vornamen.«

Ein gutes Jahr später brachte Willy ein Päckchen. Neugierig wie er war, wartete er ab, bis Grete das Einwickelpapier abgerissen hatte.

»Och«, sagte er, »bloß ein Buch.« Und zog leicht enttäuscht weiter.

Da hielt sie den neuen Roman des berühmten Bestsellerautors Gero von Winden in den Händen. *Alles überleben* lautete der Titel. Als sie den Band aufblätterte, fand sie auf dem Vorsatzblatt die Widmung:

»Für meine liebe Grete, ohne deren Inspiration dieses Buch nicht hätte entstehen können.« Sie musste schlucken und fand dann zwischen den Seiten einen handgeschriebenen Brief:

Liebe Grete,

die Tage mit Ihnen am Rand des Moores zählen zu den intensivsten meines Lebens, und ich hatte einige intensive Momente in den Jahren, die mir bisher geschenkt wurden. Sie haben mich fasziniert auf eine Weise, die mir völlig unbekannt war. Und um ein Haar hätte ich mich bodenlos in Sie verliebt. Ich konnte diesen Irrsinn gerade noch abwenden. Es wäre eine Amour fou geworden, eine närrische Verliebtheit ohne Aussichten auf einen glücklichen Verlauf. Es sind ja nicht nur die Umstände. Wie alt werden Sie sein? 35, 36? Ich habe Sie nie nach Ihrem Alter gefragt — die vielen Jahre, die uns trennen, denn ich bin im vergangenen Dezember nun schon 69 geworden. Es ist auch diese unmögliche Paarung, diese The-beauty-and-the-beast-Konstellation. Wie sollte sich eine schöne, schlanke Frau auch in einen dicken Kerl wie mich verlieben?

Ich war übrigens nicht immer so fett. Es gab einen Bruch in meinem Leben, ein Katastrophenjahr, dem ich nicht unbeschadet entkommen bin. In meiner Jugend war ich ein sportlicher Typ, ja, ein manischer Wettkämpfer: Handball, Eishockey, Sportarten, bei denen man sich körperlich durchsetzen muss, bei denen man Schmerzen erleidet. Als ich dafür zu alt war, stieg ich auf Badminton um. Das ist ein Sport, bei dem man den Gegner psychisch zu vernichten sucht. Ich stand fünf Tage die Woche auf dem Court. Und im Winter ging ich täglich Schlittschuhlaufen. Zeit genug hatte ich, denn es war mir weder gelungen, ein Studium durchzuhalten, noch eine Berufsausbildung abzuschließen.

Es war Isabella — sie heißt in Wahrheit anders —, die mich ernährte. Wir kannten uns aus Kindertagen und wurden mit zwanzig ein Paar. Sie war, ist und bleibt die schönste Frau, der ich je begegnet bin, liebe Grete, nehmen Sie mir diese Huldigung nicht übel. Das war auch anderen Männern aufgefallen. Nicht nur, dass Kerle zuhauf um sie buhlten, mit Mitte zwanzig wurde sie für den Film entdeckt. Ja, sie ist bis heute eine der bekanntesten deutschen Schauspielerinnen, deshalb nenne ich ihren wahren Namen nicht; Sie würden sie vermutlich kennen.

Und je schneller es mit ihrer Karriere voranging, desto unglücklicher wurde ich. Alles, was ich wollte, und dass seitdem ich sprechen und schreiben konnte, war, Schriftsteller zu werden. Ich schrieb und schrieb, aber kein Verlag wollte meine Texte veröffentlichen. Ich kompensierte den Misserfolg durch Sport. Außerdem engagierte mich Isabelle ganz offiziell als ihren persönlichen Assistenten. Ich war ihr Chauffeur, ihr Manager, ihr Bodyguard, ihr Psychotherapeut, ihr bester Freund, ihr Liebhaber. Langsam verschwand ich neben ihr, denn die persönlichen Assistenten von Prominenten haben unsichtbar zu sein.

In jenem Jahr begannen meine Depressionen, gespeist aus der Frustration, aus gekränkter Eitelkeit, ich war dauerhaft wütend. Und das ist keine gute Voraussetzung für das Badmintonspiel. Ich trat bei einem Turnier an, in meiner Altersklasse nicht ganz ohne Siegchancen, und traf auf einen ehemaligen deutschen Meister. Ich will Sie nicht mit Details langweilen, aber im entscheidenden Satz geschah es. Er spielte einen perfekten Lob in die hinterste linke Ecke meines Feldes. Ich erlief den Ball und wollte stoppen, um den Rückschlag auszuführen. Dabei kam ich nicht mit der Fußsohle auf, sondern dem Außenrist. Kurz und ungut: Bei dieser Aktion habe ich mein rechtes Knie zerstört. ›Unhappy triad‹ nennen Orthopäden es, wenn alle Bänder gerissen sind.

Sechs Wochen lang konnte ich Isa nicht betreuen und auch nicht begleiten. Sie hatte damals ihr erstes Engagement in Hollywood. Von ihrer Millionengage hatten wir uns eine Traumwohnung in Wien gekauft, einer Stadt, die sie liebt und die ich verabscheue. Dort lag ich nun oder schlurfte an Krücken durch die weiten, leeren Räume. Ich begann zu trinken. Und zu fressen. Sie kehrte zurück, sah mich, erkannte meinen Zustand und war angewidert. Zwei Monate später reichte sie die Scheidung ein. Außerdem hatte sie einen neuen persönlichen Assistenten. Der war ihr Chauffeur, ihr Manager, ihr Bodyguard, ihr Psychotherapeut, ihr bester Freund, ihr Liebhaber.

Ich soff und fraß weiter. Und wenn nicht eines Tages, ich konnte wieder halbwegs gehen, die Nachricht des Verlages eingetroffen wäre, man würde meinen Roman gern publizieren, wer weiß, vielleicht hätte ich mich zu Tode gesoffen und gefressen. In all den Jahren danach habe ich immer wieder versucht, meinen alten Körper wiederzugewinnen, abzunehmen und schlank zu bleiben, aber weil mir alle Sportarten, die mir zusagten, verboten waren, habe ich es nicht geschafft. Das alles ist jetzt gut zwanzig Jahre und sieben Bestseller her. Jeder Roman war ein Kampf, der mich an den Rand einer Psychose geführt hat, und vor jedem neuen Buch hatte ich eine Heidenangst.

Wissen Sie, meine liebste Grete, ich kann gar nicht genug dafür danken, dass Sie mir zugehört haben in diesem einsamen Kotten, dass sie mir Geschichten erzählt haben, danach fiel mir das Schreiben unerwartet leicht. Es ist mir eine Ehre, Ihnen diesen Roman zu widmen. Ihnen als kluger Frau wird klar sein, dass sich unser gemeinsames Erlebnis nicht wird wiederholen lassen. Ich schlage also vor und bitte Sie herzlich darum, dass wir uns einfach nie wiedersehen. Und, bitte, antworten Sie nicht auf diesen Brief. Behalten Sie mich einfach so im Herzen, wie ich Sie im Herzen halte.

Mit den allerherzlichsten Grüßen

Ihr Gero

Grete war verwirrt und beschloss, die Geschichte mit Gero nicht weiter zu verfolgen, einfach nicht mehr daran zu denken. Also stellte sie das Buch im Wohnzimmerschrank neben die Bibel und die Bände des Buchclubs, die sie selbst nie gelesen hatte.

Ein paar Monate zuvor war die Stromversorgung endgültig zusammengebrochen. Margarete war sich zunächst nicht sicher, ob sie nicht auch ohne elektrisches Licht auskommen würde; kochen könnte sie auch auf dem Kohlenherd in der Waschküche, und Torf zum Verfeuern gab es ja genug.

Am meisten fehlte ihr aber das Radio, das mangels Batterien nur noch an der Steckdose funktioniert hatte. Auch der Durchlauferhitzer im Badezimmer würde ihr fehlen. Da fiel ihr ein, dass es auf dem Brockhoff-Hof ein benzinbetriebenes Notstromaggregat gab, das noch aus der Zeit nach dem Weltkrieg stammte. Es gelang ihr, das Gerät ins Haus zu schaffen und dank einer beiliegenden, bebilderten Anleitung am Hauptsicherungskasten anzuschließen.

Und dann nahm sie das Rad und zwei Kanister, die sie ebenfalls bei den Nachbarn gefunden hatte, und fuhr zur nächstgelegenen Tankstelle, ein paar Kilometer außerhalb des Ortes. Schon von weitem erkannte sie die Zerstörung; durchziehende Soldaten hatten Feuer gelegt, drei verkohlte Leichen lagen vor den Trümmern. Die Zapfsäulen waren umgestürzt, und sie wusste nicht, ob es irgendwo einen Tank mit Kraftstoff gab und wie sie an dessen Inhalt kommen sollte. Da trat ein Mann im Overall aus dem Schatten der ausgebrannten Tankstelle.

»Sie brauchen Sprit? Kein Problem.« Er nahm Grete die beiden Kanister ab und ging um die Ecke. Sie folgte ihm.

»Der Tank ist noch ganz voll. Gut zweitausend Liter.« Ohne weiteres öffnete er einen Deckel, steckte den Rüssel einer Handpumpe hinein und befüllte die Behälter.

»Können Sie beim nächsten Mal auch selbst. Ich mach mich spätestens übermorgen davon. Alles vergiftet hier.«

Da erst sah sie den Ausschlag in seinem Gesicht und an seinen Händen.

»Brauchen Sie denn etwas?«, fragte Grete. »Ich kann Ihnen Gemüse und Eier bringen und auch Brot.«

Der Mann schüttelte den Kopf. »Hab den Laden geplündert.« Er zeigte zum Ort hinüber. »War nicht mehr viel da. Aber wird reichen für meine Wanderung.«

»Wo wollen sie denn hin?« Er drehte sich halb um und zeigte nach Westen: »Ans Meer.«

Sie sah ihn noch einmal an: »Danke. Und alles Gute für Sie.«

Der Tankwart hatte die Hände in die Taschen seines Overalls gesteckt und nickte: »Kein Ding.«

Grete wuchtete die schweren Kanister auf den Anhänger und fuhr nachhause. Es gelang ihr, das Notstromaggregat zu betanken und zu starten. Sie beschloss, sparsam mit dem Benzin zu sein. Die beiden Behälter, die ihr der Flüchtende befüllt hatte, reichten für zwei Wochen.

Inzwischen waren alle UKW-Sender verstummt, die Mittelwelle gab es schon lange nicht mehr, aber ein paar stark rauschende Kurzwellensender bekam sie noch rein. Einer von denen brachte einmal am Tag um drei Uhr nachmittags Nachrichten in deutscher Sprache, gesprochen von einer Frau, die vermutlich gar kein Deutsch konnte, sodass die von ihr verlesenen Meldungen nur schwer zu verstehen waren.

Zuletzt hieß es, der Frieden stünde unmittelbar bevor. Es folgte eine Warnung, verschiedene Gebiete in Westeuropa nicht zu betreten, sie seien vergiftet oder radioaktiv verseucht. In der Liste wurde auch die ganze Region zwischen der Großstadt im Westen, der Hafenstadt im Norden, dem Mittelgebirge im Süden und dem großen Moorsee genannt. Margarete dachte keine Sekunde darüber nach zu fliehen. »Wenn ich den Krieg mit all dem Gift und Atom bis jetzt überstanden habe, werde ich auch den Frieden aushalten«, dachte sie.

Für ihre Kartenspielchen brauchte sie keinen elektrischen Strom, und einmal versuchte sie sogar, mit sich selbst Skat zu spielen. Denn von allen gemeinsamen Aktivitäten mit anderen fehlten ihr die Skatrunden am meisten. Irgendwann hatte sich herausgestellt, dass Pastor Bääsch ein begeisterter Skatspieler war, und so trafen sich Grete, Heini Schulte ten Brinke und ihr Schwiegervater regelmäßig im Pfarrhaus, um einen ordentlichen Pfennigskat zu dreschen.

Heini gewann beinahe jedes Mal, er reizte sein Blatt

selten aus, und wenn er das Spiel übernahm, dann war er unschlagbar, weil er einfach keine Fehler machte. Grete konnte gut mithalten, und der Seelsorger begleitete das Ablegen seiner Karte gern mit Zitaten aus der Bibel. Außerdem hatte er einen feinen Weinkeller, und Grete brachte immer einen Imbiss mit. Und wenn die Runde beendet war, saßen die vier oft noch beisammen und beredeten die Neuigkeiten aus dem Dorf.

Das fehlte ihr, aber auch nicht allzu sehr. Denn sie hatte ja zu tun, wie jeder Mensch, der einen Garten zu pflegen hat, immer genug zu tun hat. Umgraben und pflügen, säen und setzen, düngen und wässern, jäten und verziehen, das ganze Jahr hindurch auf jede Einzelheit achten, das Wetter beobachten, Entscheidungen darüber treffen, wann was getan werden muss. Und dann ernten und die Ernte einlagern, einfrieren oder einkochen. Wer seine eigene Nahrung anbaut, muss sich um die Haltbarkeit kümmern.

»Was nützt es, wenn ich fünf Zentner Kartoffeln grabe, und esse den Winter über nur zwanzig, dreißig Pfund«, hatte Grete einmal zu Emmi gesagt, die sich über die vielen Gläser eingeweckter Salzkartoffeln lustig gemacht hatte. Überhaupt über die gewaltigen Vorräte, die Grete jedes Jahr anlegte. Solange die Nachbarn und Freunde noch da waren, die selbst nichts anbauten, konnten sie sicher sein, bei ihr Lebensmittel zu bekommen, wenn sie die brauchten.

Bernd hatte einmal darüber gesprochen, dass nur zwei Triebe alles Tun der Menschen beherrschen: der Selbsterhaltungs- und der Arterhaltungstrieb. »Ist wie bei den Tieren«, hatte er angemerkt.

Das Problem sei, dass es der Mehrheit der Menschen nicht bewusst sei, wie sehr sie von diesen Urtrieben gesteuert sei, wie sehr sie glaubten, sie seien Herrscher über ihre

Entscheidungen, wo sie in Wahrheit doch so oft Dinge täten, von denen sie später nicht sagen konnten, warum sie dieses oder jenes getan hatten.

»Denk nur mal an die Liebe«, hatte Bernd gesagt, »Warum verliebt sich jemand in jemanden? Ob man will oder nicht, es sind die Hormone, die entscheiden. Genauer: Der Hormonspiegel, den eine oder einer hat, wenn sie oder er auf diesen anderen Menschen trifft. Wie die Hormone gerade stehen, hat etwas mit den Zyklen zu tun, in denen sich die Natur eines Menschen bewegt, und die sind so angelegt, damit das Überleben der Menschheit gesichert ist.«

Sie hatte sich dazu nicht geäußert, sah die Sache aber anders. Da sei doch, dachte sie, zunächst einmal der Selbsterhaltungstrieb, der dafür sorgt, dass ein Mensch sich Nahrung beschafft, Wasser natürlich auch, und dass er nach einer Behausung sucht, die ihn vor äußeren Gefahren schützt. Und weil der Mensch im Vergleich zu wilden Tieren ziemlich wehrlos sei, müsse er in einer Familie leben, in einem Stamm. Der schütze die Frauen mit den Neugeborenen, so wie es die Wolfsmutter mit ihren Welpen tut. So wird die Arterhaltung gleich mit erledigt. Vielleicht, dachte sie auch, gibt es ja einen weiteren Urtrieb, so etwas wie einen Familientrieb, der beides löst, die Selbsterhaltung und die Arterhaltung. In dieser These gab es, das fiel ihr selbst auf, keinen Platz für das, was die Leute Liebe nennen.

Acht Jahre nachdem Bernd nach Südamerika abgereist war, stellte Willy, der immer noch als örtlicher Brief- und Paketbote unterwegs war und Tag für Tag seine große Runde auf dem Rad abarbeitete, einen würfelförmigen Karton zu, in dem Grete eine Art Kaffeedose fand. Ein Brief lag dabei, ein Formular mit Wappen und Stempel, das war auf Englisch, und sie konnte es nicht lesen. Annegret hätte ihn übersetzen können, aber die war ja irgendwo auf der

Welt unterwegs, und sonst fiel ihr niemand ein, der Englisch konnte. Am folgenden Sonntag nahm sie das Schreiben mit in die Kirche.

»Natürlich kann ich Englisch lesen«, sagte Pastor Bääsch, dem sie den Brief nach dem Gottesdienst zeigte, und wirkte dabei ein wenig beleidigt, weil sie ihm diese Fremdsprache nicht zugetraut hatte.

»Es handelt sich um ein offizielles Dokument, ausgestellt in einem Ort namens Fairbanks. Warten Sie, dieses Fairbanks liegt meines Wissens in Alaska, gehört also zu den Vereinigten Staaten. Was war denn drin in der Dose?«

Grete hatte, nachdem sie das Paket ausgepackt hatte, den Deckel aufgedreht und fand nur ein, zwei händevoll Staub in der Dose. Auf die Idee, dass es sich um die Asche ihres verschwundenen Ehegatten handeln könnte, war sie nicht gekommen.

»Tja«, sagte der Pfarrer, »es handelt sich wohl um eine Urne, und die Urkunde ist der offizielle Totenschein des Bernhard Hanke, also ihres Mannes. Wenn ich es richtig verstehe, ist er an Heiligabend vor neun Jahren an irgendeiner Krankheit des Herzens verstorben. Wer hat Ihnen denn die Dose und das Schreiben geschickt?«, Sie wusste es nicht, denn weder auf dem Karton noch sonst wo war ein Absender angegeben.

Sie bedankte sich. Die Beisetzung der Urne fand in Anwesenheit von Tona und Melly im Garten unter dem Holunderbusch statt. Es dauerte beinahe ein Jahr und kostete sie ungezählte Behördengänge, bis der Tod von Bernd auch nach deutschem Recht bescheinigt wurde. So wurde sie zum zweiten Mal Witwe.

»Und jetzt?«, hatte Emmi ein paar Wochen später

gefragt, »Suchst du dir einen Neuen?«

Grete lachte. »Wer nimmt mich denn noch? Eine Witwe Anfang Vierzig mit zwei Kindern, die auf dem Land weitab vom Schuss wohnt.«

In den Jahren nach Bernds Verschwinden hatte sie nicht durchgehend enthaltsam gelebt. Dafür hatten schon ihre Unternehmungen mit Dora und vor allem Jutta gesorgt, die keine Gelegenheit ausließ, Kerle für ein, zwei Nächte zu finden.

Aber nach den Erfahrungen aus zwei Ehen war sie nicht sicher, ob sie außer fürs Bett überhaupt einen Mann bräuchte. Sie hatte sich ja in ihrem Leben als alleinerziehende Mutter bestens eingerichtet, litt keine finanzielle Not und war zufrieden. Und so ließ sie die Nachfrage der Nachbarin unbeantwortet.

Vor Jahren war sie einmal noch mit ihren Freundinnen in die Stadt gefahren, wo sie in einer Bar landeten, in der vor allem Mediziner verkehrten, denn Jutta hatte eine große Schwäche für Ärzte. Bald hatten sich die ersten Verehrer eingestellt, zwei forsche Burschen, die heftig mit Dora und Jutta flirteten, und ein stiller Typ, der Grete aber viel besser gefiel.

Nach der zweiten oder dritten Flasche Sekt, die das Sextett gemeinsam verzehrte, hatte der sich ihr zugeneigt und gesagt: »Sie gefallen mir. Sie gefallen mir sogar sehr.«

Sie konnte sich nicht erinnern, dass ihr je ein Mann Komplimente dieser Art gemacht hatte und wurde rot.

»Sie sollten als Mannequin arbeiten, sie sind nämlich wirklich attraktiv.«

In dieser Nacht hatte sich nichts ergeben, und die drei Frauen hatten sich gegen Mitternacht ohne weiteres von einem Taxi abholen und zum Übernachten in Juttas Wohnung bringen lassen. Aber die Schmeicheleien des Mediziners in der Bar wirkten nach. Nie zuvor hatte sich Grete mit ihrem Körper aus der Sicht eines Mannes auseinandergesetzt. Nie hatte sie irgendwelche Anstrengungen unternommen, besonders schön auszusehen. Und was die Kleidung anging, besaß sie nur ein feines Sommerkleid und ein schickes Kostüm, beides vor allem gedacht für den sonntäglichen Kirchgang. Ansonsten trug sie im Haus Kittelschürzen, draußen im Garten je nach der Jahreszeit Latzhosen oder Shorts.

Jutta hatte einmal gesagt: »Du bist genau der Typ, auf den alle Männer stehen. Nicht nur, weil du blond bist.«

Nun begann sie, beim Einkaufen im Dorfladen in Illustrierten zu blättern oder die eine oder andere Frauenzeitschrift zu kaufen.

»Ja«, fand sie, »eigentlich sehe ich genauso aus wie diese Frauen auf den Fotos, die immer so lässig herumstehen, um Kleider vorzuführen.«

Und begann heimlich damit, sich auf deren Art zu schminken, was sie zuvor nie getan hatte. Eines Tages fuhr sie in die Großstadt und fand im Kaufhaus modische Hosen und Blusen und andere Kleidungsstücke, die in etwa dem entsprachen, was sie in den Magazinen gesehen hatte. Außerdem begann sie ihr langes Haar offen zu tragen, in der Mitte gescheitelt.

Man sah ihr ihre dreiundvierzig Jahre nicht an, außer man achtete auf ihre Hände, denn die waren von der jahrelangen Gartenarbeit selbst zu Werkzeugen geworden und trugen die Spuren, die Werkzeuge nach jahrelangem Gebrauch tragen. Lange lackierte Nägel kamen in Mode, aber Grete schnitt ihre kurz, weil es so besser für die Arbeit war.

Wer sie nicht kannte, hielt sie eher für Mitte dreißig, auch wenn sie nicht im kurzen Rock und Bluse oder im Kleid erschien, sondern wie immer eine ihrer Kittelschürzen trug. Und weil sie inzwischen kaum noch mit Jutta und Dora ausging, fiel sie auch keinem Fotografen auf, der sie vielleicht als Mannequin rekrutiert hätte. Der Einzige in der Nachbarschaft, der ihre Veränderung überhaupt bemerkte, war Annes alter Freund Murat, immer noch unverheiratet, der sie regelmäßig besuchen kam und zum Nachmittagskaffee Baklava mitbrachte, die seine Mutter gebacken hatte.

Weiter gehörte es zu ihrem Jahreslauf, der Familie des Schwiegervaters bei der Landarbeit zu helfen, besonders zu Zeiten der Ernte. Wieder waren alle arbeitsfähigen Leute vom Hof zum Heumachen auf die Weiden am Moorsee gefahren. Der Tag war heiß und schwül, und es schien sicher, dass es Gewitter geben würde. Also sollte das ganze Heu schnell unter Dach und Fach gebracht werden. Alle verfügbaren Schlepper und Wagen, auch die der freundlichen Nachbarshöfe, wurden aufgeboten. Die Stimmung war hektisch, ja, beinahe gereizt.

Das Rad eines hochbeladenen Heuwagens war in einer Furche steckengeblieben. Vier, fünf Helfer, darunter Grete, versuchten, das Gefährt flottzumachen. Sie schoben und zogen und drückten, und dann kam das Rad frei, der Wagen schoss nach vorne. Grete bekam Übergewicht, machte ein paar hilflose Schritte und fiel rückwärts. Zu ihrem Unglück stand dort ein Heuwender, und die äußerste Zinke durchbohrte ihren rechten Oberschenkel. Sie steckte fest, und soweit sie sich erinnern konnte, schrie sie ohne Pause vor Schmerzen. Es floss kaum Blut, denn das Metallstücke hatte keine Ader verletzt.

Heini Schulte reagierte am schnellsten. Brachte den Werkzeugkasten heran und bearbeitete die Zinke mit der Eisensäge, bis Gretes Bein nicht mehr an die Maschine gefesselt war.

»Nicht anfassen!«, rief er, »Wir müssen sie so ins Krankenhaus bringen.«

Am asphaltierten Zufahrtsweg parkten die Autos der Helfer. Klaus, ein Knecht vom Lanferhof, war der erste, der die Tür seines Wagens öffnete. Man bugsierte Grete auf den Rücksitz des schwarzgelben Rallye-Kadetts. Heini enterte den Beifahrersitz, und dann raste Klaus los.

Später sagte der Oberarzt, die beiden Burschen hätten ihr Bein gerettet. »Nur eine Viertelstunde später, und wir hätten amputieren müssen.«

So aber hatten die Chirurgen in einer zweistündigen Operation den Stachel aus dem Bein entfernt, die Wunde innerlich und äußerlich gereinigt und desinfiziert und einen speziellen Verband angelegt, denn vernähen ließen sich die Ein- und Austrittsstellen nicht sofort. Drei Wochen blieb Grete in der Klinik, es war die langweiligste Zeit ihres Lebens.

Aber dann war das Bein wiederhergestellt, und sie durfte nach Hause, sich wieder um ihren Garten kümmern und der täglichen Routine nachgehen. Auf der Vorder- und der Rückseite des Oberschenkels blieben markante Narben sichtbar.

»Spanisch wäre gut«, sagte Anne nach ihrer Rückkehr zur Mutter. Grete hatte sich sehr gefreut, dass die Tochter wieder da war und sich ganz selbstverständlich am Haushalt beteiligte und sich um ihre jüngeren Schwestern kümmerte.

»Und, mein Kind, hast du Pläne?«, fragte sie in

regelmäßigen Abständen und immer in der Hoffnung, dass Anne nicht antworten würde, sie würde demnächst in dieses oder jenes Land gehen. Am besten hätte ihr gefallen, die Tochter würde auf die Idee zurückkommen, die Höhere Handelsschule in der Stadt zu besuchen, um dort nach zwei Jahren einen ordentlichen Abschluss zu bekommen, mit der ihr dann die Welt tatsächlich offenstände. Grete spürte Annes Unruhe, etwas, dass Emmi Fernweh nannte, ein Gefühl, das ihr völlig fremd war.

Wieder ging Anne in der Stadt zur Schule, wieder bezog sie ein Zimmer bei Tante Ida und verbrachte die Wochenenden bei der Mutter und den kleinen Schwestern zuhause. Der Unterricht fiel ihr so leicht, dass sie nebenbei auf der Volkshochschule Italienisch lernte, denn diese Sprache wurde auf der Höheren Handelsschule nicht angeboten.

Wieder übernahm Opa Wilhelm seinen Anteil an den Kosten, während Anne dazu verdiente, indem sie freitags und samstags im Gasthof Maschen kellnerte. So vergingen drei gleichförmige Jahre, und immer, wenn sie im elterlichen Haus in ihrem Zimmer übernachtete, blätterte sie in dem Buch, das sie aus Peters Postkarten angefertigt hatte.

Zweimal fuhr sie mit dem Zug in die Hafenstadt im Norden und klapperte die Reedereien ab. Immer hieß es: Ja, Käpt'n Madsen sei auf diesem oder jenem Schiff gefahren, habe aber vor einiger Zeit gewechselt; bei welcher Reederei er gerade auf großer Fahrt sei, wisse man nicht. Dann hängte sie in der Seemannsmission und in den Kneipen, in denen sich die Matrosen und Offiziere trafen, Zettel mit ihrer Telefonnummer und der Bitte auf, es möge sie anrufen, wer etwas über den Aufenthalt von Kapitän Peter Madsen wisse.

Die letzte Karte von ihm traf im letzten März ihrer Schulzeit ein und war am Heiligabend des Vorjahres abgeschickt worden. Laut Bild auf der Vorderseite und Briefmarke hatte Peter sie auf den Osterinseln aufgegeben. Wie immer war die Botschaft lakonisch: »Liebste Anne, mir geht es gut. In Liebe, Dein Peter.«

Tante Jutta hatte Anne eine Stelle als Fremdsprachenkorrespondentin in einem öden Import-Export-Unternehmen verschafft. Immer noch wohnte sie bei der Witwe Walter und immer noch verbrachte sie die Wochenenden bei ihrer Familie. Und wenn es ihr allzu langweilig wurde, traf sie sich mit Murat, der sie wieder gern chauffierte. Mit ihm ging sie in die Disco zum Tanzen, mit ihm fuhr sie einfach so in der Gegend herum, und manchmal lud sie ihn ins Kino ein. Immer auf der Hut, der Jugendfreund könne die Nähe missverstehen und ihr einen Heiratsantrag machen.

Ein Jahr später kündigte sie ihre Anstellung und machte sich auf die Reise. Das Postkartenbuch sollte ihr Reiseführer werden. Grete war traurig, wusste aber, dass sie Annegret nicht würde aufhalten können. Als Anne mit einem Rucksack, mehr wollte sie nicht mitnehmen, auf dem Fahrweg stand und zum Abschied winkte, weinten die Zwillinge sehr. Grete aber schlug ein Kreuz und betete still zur Heiligen Jungfrau, sie möge ihre Tochter beschützen.

Anne hatte viele Männer in den Jahren ihrer langen Reise. Sie schlief mit Männern ihres Alters, mit jungen Kerlen, manche noch fast Kinder, und mit alten Herren. Mit Männern jeder Hautfarbe, mit tiefschwarzen Afrikanern, Weißen aus Europa und den Amerikas, Indern, Japanern, Indigenen verschiedener Ethnien und Männern aus Südostasien. Sie hatte Sex mit gutaussehenden, schlanken und sportlichen Burschen, aber auch mit fetten Typen. Es gab unter ihren Liebhabern Muskelmänner, die viel größer waren als sie, und sehr kleine Kerle, einmal auch einen

Kleinwüchsigen. An die meisten erinnerte sie sich nicht, und sie führte auch nicht Buch. Sie wählte ihre Partner meistens selbst aus, ließ sich aber auch hin und wieder verführen. Und in mehr als der Hälfte der Fälle war der Sex gut für sie.

Insgesamt sechsmal entging sie einer Vergewaltigung. Das eine Mal waren es gleich fünf Typen, mit denen sie zuvor schon ein paar Tage unterwegs war auf einem Roadtrip durch Südspanien, aber ihr gelang die Flucht. Und einen Vergewaltiger tötete sie in Notwehr. Das war irgendwo in Serbien, als sie an einem glühend heißen Tag am Rand der Straße Rast machte und im Schatten lagerte. Ein massiger Kerl, der eine Latzhose auf nacktem Leib trug, hatte mit seinem Pick-up neben ihrer Harley angehalten und war auf sie zugekommen, ein Berg von einem Mann, der plötzlich vor ihr stand, ganz nah, sodass ihre ausgestreckten Beine zwischen seinen lagen und ihr keine Möglichkeit zur Flucht blieb.

Er hatte den Hosenstall geöffnet und ihr diesen stinkenden Wurm ins Gesicht gehalten. Sein Gesicht hatte sie nie gesehen. Damals war sie bewaffnet mit einer kleinen Schusswaffe, die ihr Luc geschenkt hatte, und die sie unter der linken Achsel trug. Sie schoss ihm aus nächster Nähe zweimal ins Geschlechtsteil. Der Mann fiel über sie, stöhnend, und irgendwie gelang es ihr, unter diesem Fleischhaufen hervorzukriechen. Dann schoss sie ihm noch dreimal in den Rücken. Er wurde still. Sie war blutverschmiert und wusste, dass sie so in keinem Motel erscheinen dürfte und machte sich auf die Suche nach Wasser in der wüstenartigen Landschaft. Erst nach Stunden stieß sie auf einen Fluss, wo sie sich und ihre Kleidung wusch.

Da war Annegret gerade dreißig Jahre alt. Ja, sie hatte auch für Geld mit Männern geschlafen, bisweilen auch nur, um ein Dach über dem Kopf zu haben. Ernste Beziehungen ging sie nie ein, nur mit Luc war sie länger zusammen. Sie war Lucs Geliebte, sein Mädchen, und alle Kleinkriminellen in Marseille respektierten das. Mehr noch: Sie wurde Akteurin im Rahmen seiner geschäftlichen Aktivitäten, sie organisierte, sie recherchierte und wenn es nötig war, sorgte sie für sein Alibi. Aber Liebe war es nicht, was die beiden verband. Dafür war der Sex mit ihm immer großartig, und wenn sich Anne an einen ihrer Liebhaber erinnerte, dann an Luc.

Er war es auch, der an ihr bewunderte, dass sie vor nichts und niemanden Angst hatte und sich wehren konnte, und zwar physisch. Nach dem jähen Ende ihrer Karriere als Kunstturnerin war Anne auf ein Dojo in der Stadt aufmerksam geworden und belegte dort einen Jiu-Jitsu-Kurs. Auch wenn sie die japanische Kampfkunst zunächst aus rein sportlicher Sicht sah, erkannte sie schon zu Beginn ihrer Reise, wie wertvoll es sein würde, körperlichen Angriffen, vor allem von Männern, etwas entgegensetzen zu können. So betrieb sie die verschiedenen Methoden der Selbstverteidigung auf einigen Stationen ihres Lebens.

Auf Okinawa lernte sie Karate, in Niigata studierte sie Aikido. Ein Jahr lang befasste sie sich in Hongkong mit Kung-Fu. In Busan stieß sie auf Taekwondo, blieb ein Jahr und erlernte die koreanische Sprache. Auf Borneo stieß sie auf Kuntao, in Brasilien nahm sie an Capoeira-Demonstrationen teil.

Schon in ihrer Zeit in Paris hatte sie Phong getroffen, einen hübschen, gleichaltrigen Vietnamesen, der dieselbe Klasse in der Sprachenschule besuchte wie sie. Er war der erste Junge, mit dem sie in Paris schlief, ein stiller Typ, langsam in seinen Bewegungen, der erst im Bett sein wahres Temperament zeigte. Sie bewunderte seine glatte, fast völlig haarlose Haut. Und Phong war Kampfsportler wie sie und machte sie auf Viêt Võ Dao aufmerksam.

Viele Jahre später verschlug es sie nach Vietnam, wo sie drei Jahre blieb und die dortige Kampfkunst bei den bekanntesten Meistern erlernte und so weit vervollkommnete, dass man sie bat zu bleiben und Lehrerin zu werden. Aber immer, wenn der Wunsch an sie herangetragen wurde, an einem Ort für längere Zeit zu bleiben und dort Verantwortung zu übernehmen, zog Anne weiter, jedes Mal.

An einem Tag, an dem das Wetter sich nicht entscheiden konnte, ob es noch Spätsommer oder schon Frühherbst sein sollte, schnitt Grete im Garten Kohlköpfe, Weißkohl, Rotkohl und Spitzkohl. Seit Tagen trug der Himmel grau, eine feste Wolkendecke hielt sich bei der herrschenden Windstille. Der Dauerregen hatte am Vortag aufgehört, sodass sie die Tour trocken absolvieren würde. Sie lud den Kohl auf den Fahrradhänger, weil sie ihn auf dem Lanferhof gegen Fleisch tauschen wollte.

Ohne darüber nachzudenken, nahm sie nicht die gerade Strecke bis zum Gehölz und darüber hinaus zu den Landfers, sondern schlug die entgegengesetzte Richtung ein, bog an der Landstraße auf den Radweg ab und fuhr an der Torfkolonie vorbei bis zum zweiten asphaltierten Damm, der wie mit dem Lineal gezogen das Moor an seiner schmalsten Stelle durchquerte. Hier und da hatten sich Pfützen gebildet, und über den Sumpflöchern standen kleine, schwarze Seen.

Grete fuhr, gebremst durch die Last im Hänger, recht langsam, als sie plötzlich einen starken Windstoß in ihrem Rücken spürte und einen intensiven Geruch wie von einem Komposthaufen wahrnahm. Und dann sah sie, wie eine unförmige Masse aus dem Himmel fiel und neben einem der morastigen Tümpel landete. Es schien ihr, als wüchsen Tentakel aus dem Haufen und als habe er am oberen Ende zwei leuchtende Punkte, beinahe wie Augen.

Und wenn sie an den Behem geglaubt hätte, hätte sie denken können, das Moorungeheuer sei ihr erschienen. Sie hielt an. Die Erscheinung war verschwunden, aber im Sumpfloch brodelte es. Grete ahnte, dass es bald Krieg geben würde, beschloss aber, mit niemandem über dieses merkwürdige Erlebnis zu sprechen.

Nie war sie Peter so dicht auf den Fersen wie in Seattle. Im Diner am Rande des Hafengebiets sah sie einen Mann, der auf fast groteske Weise dem Klischee eines Seemanns entsprach. Er trug ein klassisches Peajacket, wie es schon die Matrosen und Unteroffiziere der Königlich Preußischen Marine getragen hatten, dazu eine speckige Prinz-Heinrich-Mütze, mitten im korrekt gestutzten, weißen Vollbart steckte eine Tabakspfeife. Anne war klar, dass dieser Kerl Deutscher sein musste, also sprach sie ihn an.

Der Seemann stellte sich als John Neumann vor und sagte: »Na klar kenn ich den Madsen. Bin sogar schon mit ihm gefahren. Muss sieben, acht Jahre her sein. Damals auf einem der letzten großen Stückgutfrachter. Sind ein paar Mal zwischen Kapstadt und Piräus hin und her gefahren. Fährt ja jetzt nur noch reiche Leute herum.«

Wann er Käpt'n Madsen denn zuletzt gesehen hätte, fragte Anne. Er sog ein paar Mal an der Pfeife und blies kleine Rauchwölkchen in die Luft.

»Na, vor einer Woche, da ist er mit dieser Luxusyacht abgelegt, weiß nicht mehr, wie die heißt. Gehört einem der neuen Millionäre hier aus Seattle. Sollte wohl zuerst nach Honolulu gehen, dann die Westküste runter bis nach

Galapagos und weiter.«

Überhaupt war sie in den ersten sieben Jahren ihrer Suche nur dreimal auf Menschen getroffen, die Peter Madsen kannten. Aber nie hatte irgendwer sagen können, auf welchem Schiff er gerade führe und von welchem Hafen aus er welches Ziel ansteuerte. Unter einer Yacht stellte Anne sich ein besonders großes und schönes Segelboot vor, wurde aber eines Besseren belehrt, als John sie in den Bereich des Hafens führte, der den privaten Kreuzfahrtschiffen vorbehalten war. Da lagen glänzend weiße Boote von vierzig Metern Länge und mehr, hochseetüchtige Motorboote auf denen, so der Seemann, eine Crew von mindestens fünfzehn Männern arbeitete.

»Dazu natürlich Stewards, Köche und was reiche Leute sonst noch so an Personal brauchen, um sich wohlzufühlen.« Er spuckte aus, und sie konnte seine milde Verachtung gegenüber dieser Sorte Eigner spüren.

»Da hat der Madsen wohl das große Los gezogen. Gemütlicher als im Frachtdienst sind solche Reisen allemal, und er muss sich mit weniger Paxen rumschlagen.«

Ohne zu zögern fuhr sie zum Flughafen, wo sie ein One-Way-Ticket für einen Flug nach Honolulu kaufte, der drei Stunden später starten würde. Vorher hatte sie ihren Koffer in einem Schließfach verstaut; sie würde ihn nie dort abholen. Alles, was sie brauchte, passte in ihren bewährten Rucksack, mit dem sie nun schon seit zehn Jahren unterwegs war.

Elf Stunden später erreichte sie Hawaii und ließ sich sofort mit einem Taxi zum Hafen bringen. In der Hafenmeisterei erfuhr sie, dass die MS Windows vor kaum zwei Stunden abgelegt habe. Sie war zu spät. Immerhin wusste sie nun, welchen Namen das Schiff trug. Eine

Vorstellung, wie sie nach Ecuador kommen sollte, hatte sie nicht.

Aber für Anne war Honolulu noch nicht die Endstation. Sie hatte sich immer noch in den Kopf gesetzt, ihren Peter zu treffen, obwohl ihr zunehmend weniger klar war, wozu das gut sein sollte. Nach allem, was ihr der alte Seemann in Seattle erzählt hatte, sollte die MS Windows die Südsee ansteuern, also sicher auch die Fidschi-Inseln. Also kaufte sie von ihrem letzten Geld einen Flugschein nach Suva.

Sie fand einen Job als Kellnerin. Aber Peter und das von ihm geführte Schiff kam nicht. Und so ging es über mehr als ein halbes Jahr weiter: Nauru, Tuvalu, Kiribati, Samoa, Tonga und dann Neuseeland. Immer blieb sie ein paar Wochen. Manchmal verdiente sie ein wenig Geld, manchmal ließ sie sich von einem Mann aushalten. Manchmal schlief sie am Strand und hungerte, manchmal kam sie bei fröhlichen Menschen unter, manchmal konnte sie sich ein Zimmer in einem Gästehaus leisten.

Um ihrer Mutter die größten Sorgen zu nehmen, schickte sie Postkarten, und einmal leistete sie sich von Auckland aus ein Telefongespräch – sie hatte Geld für gerade einmal drei Minuten und konnte kaum mehr sagen als »Mir geht es gut.«

Aber es ging ihr gar nicht gut. Das unstete, prekäre Leben hatte an ihr gezehrt, sie hatte stark abgenommen und litt unter Migräne.

Am Tag vor Ostern heuerte sie auf der MS Shackleton II an, einem ehemaligen Forschungsschiff, das man zu einer Art Cruiseliner umgebaut hatte, um so wohlhabende Touristen die Umrundung der Antarktis zu ermöglichen.

Für die maximal hundert Passagiere sorgte eine Crew von fünfzig Personen, weitere sechzig Mann bildeten das nautische Team unter Kapitän Hollister Postlethwaite, der – wie sich herausstellte – einen gewissen Peter Madsen vor Jahren als ersten Offizier an Bord einer Ostseefähre unter sich gehabt hatte.

Anne war an einem sommerlichen Apriltag zum Hafen spaziert, natürlich auf der Suche nach Peter, hatte bei der Seemannsmission vorbeigeschaut und dort am Schwarzen Brett das Heuerangebot gefunden. Die Shackleton suchte eine Küchen- und Servicehilfe mit guten Sprachkenntnissen in Englisch, Deutsch, Französisch und Spanisch. Am Ostermontag legte das Schiff ab, Kurs Süd.

So zufällig sie diesen Job gefunden hatte, so sehr hoffte sie doch darauf, spätestens auf der Rückreise in irgendeinem südamerikanischen, westafrikanischen, kanarischen oder europäischen Hafen zufällig auf das Schiff zu treffen, auf dem Peter gerade fuhr, so gering die Wahrscheinlichkeit auch war. Aber weder auf den Falkland-Inseln, noch in Punta Arenas, weder in Bahia Blanca und Montevideo, noch in Santos fand sie irgendeine Spur von ihm.

An den sieben Seetagen bis Monrovia dachte Anne jeden Tag an ihn, in jeder Minute, in der sie nicht in ihren Dienst eingebunden war. Mit Juan, dem Chefkoch, kam sie gut zurecht, obwohl er offensichtlich Probleme damit hatte, eine Frau in seinem Team zu haben. Aber sie erwies sich einfach als fleißige und lernwillige Hilfskraft, und wenn sie während der Essenszeiten an einer der Kochstation vor den Augen der Paxe Steaks briet oder Garnelen oder auch nur Rührei, machte sie eine gute Figur. Und am zweiten Weihnachtstag lief die MS Shackleton II in Southampton ein. Anne ließ sich vom Purser die Heuer auszahlen und ging von Bord.

Die lange Reise hatte ihr gutgetan, vor allem das reichliche Essen und das durch Dienstpläne geregelte Leben.

Teil einer Mannschaft zu sein, auf Augenhöhe mit vielen Männern und nur einer anderen Frau zu arbeiten, hatte sie genossen; die Zeit auf dem Schiff hatte ihr eine neue Lebensperspektive eröffnet. Nicht dass sie darüber nachdachte, nur noch auf See zu leben und ihr Geld zu verdienen, aber genau die Erfahrung, nicht mehr allein und losgelöst von Kollegen und Freunden irgendwie durch die Welt zu wanken, hatte ihre Wirkung getan. Sie würde also nachhause fahren zu ihrer Mutter und dort in Ruhe darüber nachdenken, wie sie den Rest ihres Lebens gestalten sollte.

Grete hatte keine konkrete Vorstellung vom Krieg. Ihr fehlten die unmittelbaren Erlebnisse, denn obwohl sie zu Zeiten des Weltkriegs bereits gelebt hatte, war die ganze Sache an ihr spurlos vorbeigegangen. Im Schulunterricht hatte sie die Daten und Fakten auswendig gelernt, aber schnell wieder vergessen. Ja, sie kannte Bilder von ausgebombten Städten und Kolonnen Kriegsgefangener, die mit erhobenen Händen durch irgendeine Landschaft marschierten, und sie wusste natürlich davon, dass beinahe alle Söhne der Nachbarn und manche erwachsenen Männer auf im Krieg – wie es hieß – gefallen waren. Der Vater aber, der spät eingezogen worden war, bei der ersten – wie er es nannte – Feindberührung in britische Gefangenschaft geriet, wo es ihm vier Jahre lang sehr gut ging, wusste keine schlimmen Geschichten zu erzählen. Seine Kriegserlebnisse reduzierten sich auf mehr oder weniger fröhliche Anekdoten aus der Kriegsgefangenschaft.

Und danach gab es ja auch keinen Krieg mehr, jedenfalls nicht in der Nähe. Viel später, als sie gelegentlich die Nachrichten im Fernsehen verfolgte, sah sie dann Bilder aus Vietnam. Aber, was sollte es mit ihr zu tun haben, wenn Helikopter und Bomber über dichte Dschungellandschaften flogen und die Bäume und Pflanzen und nicht selten auch

Menschen in Brand setzten. Ihr Bild vom Krieg war seitdem das von dem kleinen nackten Mädchen mit der verbrannten Haut, das eine Landstraße entlang lief. Dieses vietnamesische Mädchen erinnerte sie immer an ihre Annegret, und ihre größte Sorge um ihre Tochter war es deshalb, sie können in einen Krieg geraten und verletzt oder getötet werden.

Ansonsten hatte sie keine Angst um Anne, denn sie hatte das Vertrauen, dass sich ihre Tochter selbst schützen und helfen könne, wenn es darauf ankäme. Genau wie sie sicher war, dass auch die Zwillinge gemeinsam jederzeit zurechtkämen. Und trotzdem wünschte sie sich, dass Annegret nach Hause käme, und wenn es nur deswegen wäre, um ihr bei den Problemen mit der kleinen Schwester beizustehen.

Einen Tag vor ihrem Geburtstag stand Anne vor der Tür. Grete hatte erwartet, die Tochter würde müde und erschöpft sein und vielleicht auch abgemagert, sodass sie von der Mutter aufgepäppelt werden müsste. Aber da stand eine braungebrannte, ausgesprochen gutaussehende junge Frau, die nicht nur deutliche Muskeln zeigte, sondern sogar ein kleines Bäuchlein angesetzt hatte. Sie fielen sich wortlos in die Arme.

Die Mutter hatte gekocht, und sie aßen gemeinsam.

»Ganz schön lange unterwegs«, stellte Grete fest, »danke für die Ansichtskarten. Da wussten wir wenigstens immer, wo du warst.«

Fragen stellte sie nicht, und Anne erzählte nur von ihrer Arbeit auf dem Schiff und wie gut ihr es an Bord gefallen habe.

»Ach, ja«, sagte Grete und ging ins Haus. »Peter hat dir

geschrieben.«

Anne öffnete den Umschlag und las leise für sich, was der Mann, den sie suchte, geschrieben hatte.

Liebe Anne,

habe mich ja nun wirklich lange Zeit nicht gemeldet. Es tut mir leid. Habe aber immer an dich gedacht. Egal, wohin mich mein Job auch gebracht hat. Ich habe den Dienst quittiert. Meine Zeit auf See ist endgültig vorbei. In Auckland am Karfreitag letztes Jahr habe ich abgemustert. Für immer. Bin zuletzt auf der Yacht eines Milliardärs gefahren, der sein Geld mit Computern gemacht hat. Die Heuer war gigantisch, von dem Geld kann ich ein paar Jahre leben.

Ich habe mich schon lange nach den Bergen gesehnt. Kush, ein Seemann, mit dem ich viele Jahre gefahren bin, hatte mich eingeladen. So kam ich nach Nepal. Lebte fast ein Jahr bei seiner Familie. Lernte Amita kennen und lieben.

Du weißt ja, dass ich einen amerikanischen Pass habe. Ich nahm sie mit in die USA und habe sie in Las Vegas geheiratet. Ja, tatsächlich Las Vegas. Seitdem sind wir in den Rocky Mountains unterwegs, auf der Suche nach einer gemeinsamen Heimat.

Wenn wir einen Ort und ein Haus für uns gefunden habe, melde ich mich wieder. Und dann würden wir uns freuen, wenn du uns besuchen würdest.

In Liebe, Dein Peter

Da wusste Anne, dass ihre Suche nach Peter ein Ende gefunden hatte und dass weitere Reisen sinnlos waren. Oder dass sie einen neuen Grund finden musste, wieder unterwegs zu sein. Sich in den Alltag in der Moorsiedlung abzupassen, fiel ihr nicht schwer. Aber ihr war auch bewusst, dass sie nicht den Rest ihres Lebens so wie ihre Mutter verbringen wollte.

Grete und Hardy

Eines Tages im Frühherbst, Grete hatte sich gerade von ihrem Mittagsschlaf erhoben, klingelte es an der Tür, was ungewöhnlich war, denn niemand aus der Nachbarschaft hatte je geschellt. Die Leute kamen einfach durch den Garten zur Hintertür herein, riefen nach ihr oder klopften an den Türrahmen. Grete ging also zur Klöntür, die im großen Tor eingelassen war und öffnete die obere Hälfte.

Da stand eine hochgewachsene, dürre Gestalt, in der Hand einen altmodischen Zylinderhut, die sich leicht verneigte: »Gott grüße Sie, ehrbare Dame, vor Ihnen steht ein solider Zimmerergeselle auf Reisen, der Arbeit sucht. Der Name ist Kranzow. Im Vorübergehen habe ich bemerkt, dass sich der Dachstuhl ihres Hauses in keinem guten Zustand befindet und wollte also anbieten, die notwendigen Reparaturen gegen Kost und Logis zu übernehmen, wie es bei uns Wandergesellen Brauch ist.«

Grete war sich nicht sicher, ob sie über diesen Spruch lachen sollte und betrachtete den Kerl genauer. Er schien ihres Alters zu sein, allerdings war sein Haar schon durch und durch ergraut. Bekleidet war er mit einer schwarzen Cordhose mit silbernen Knöpfen am Hosenstall, dazu ein blütenweißes Hemd unter einer ebenfalls schwarzen Weste samt silberner Uhrenkette. Am Knotenstock, auf den er sich stützte, hing ein Bündel, eingehüllt in ein graues Tuch mit roten Punkten.

Natürlich hatte sie schon davon gehört, dass Handwerker auf die Walz gingen und sich bei örtlichen Meistern ihres Metiers verdingten, um so ihr Fachwissen zu vertiefen und allgemein Erfahrungen zu sammeln. Alfred Meyers, der Sohn des Friedhofsgärtners, war nach seiner Steinmetzlehre auf Wanderschaft gegangen und auf den Tag genau nach drei Jahren heimgekehrt. Soweit sie sich erinnern konnte, war er ganz ähnlich gekleidet wie dieser Kranzow.

»Kann ich Ihnen erst mal einen Kaffee anbieten?«, lud sie den Mann ein.

»Da sag ich nicht Nein, gnädige Frau.«

Er setzte den Hut auf, und Grete ließ ihn ein. In der Diele musterte er das Balkenwerk mit fachmännischem Blick und murmelte etwas vor sich hin. Sie hatte Rosinenstuten gebacken und stellte ein Glas ihrer selbstgemachten Erdbeermarmelade dazu.

»Milch und Zucker?«

Er trank den Kaffee schwarz, schnitt sich einen ordentlichen Hieb vom süßen Brot, bestrich ihn dick mit Butter und trug eine daumendicke Schicht von der Konfitüre auf. »Paradiesisch«, brummte er und trank den ersten Pott Kaffee beinahe auf einen Sitz aus.

»Wissen Sie, es ist durchaus ungewöhnlich, dass ich an einem Haus läute, das keinem Handwerksmeister gehört. Aber bisweilen fällt mir eben auf, wenn jemand prinzipiell meiner Dienste bedarf. Und dann frage ich nach. Apropos: Darf ich Sie um das Baujahr dieses Hofes bitten?«

Grete kam aus dem Grinsen nicht heraus angesichts der gestelzten Sprache und des merkwürdigen Aussehens des Zimmerers. Denn während sein Haupthaar silbrig glänzte, zeigten sich seine langen Koteletten fein grau und weiß gemischt, Pfeffer und Salz nannte man so etwas wohl. Und von seiner Nase konnte sie den Blick kaum abwenden, ein langer Zinken mit scharfem Schnitt, der in einem von der Sonne verbrannten Knubbel endete. Vermutlich reichte der Schatten des Zylinders nicht aus, die ganze Nase vor dem Licht zu schützen. Ohne zu genau hinzusehen, versuchte sie seine Augenfarbe herauszufinden und entschied sich dann für Graugrün.

»Nach meinen Unterlagen wurde das Haus 1924 erbaut, ganz klassisch als Wohnhaus und Scheune unter einem Dach. Und wenn stimmt, was mein Schwiegervater erzählt, dann haben die Männer alles mit eigenen Händen gebaut, den Dachstuhl gezimmert, die Wände gemauert, Schindeln aufgelegt, Fenster und Türen eingesetzt, was so zu tun war. Elektrischen Strom hat irgendwann kurz vor dem Weltkrieg der Meister Brünn gelegt, fließendes Wasser haben wir erst seit den Fünfzigerjahren. Noch Fragen?«

Hardy hatte die zweite Portion Stuten mit Marmelade verdrückt, den zweiten Pott Kaffee getrunken und schickte sich an, ein drittes Mal nachzunehmen. »Ich möchte keine Panik verbreiten, aber die Balken im Dachstuhl wirken nicht mehr besonders tragfähig. Das mag daran liegen, dass die Bauarbeiter damals Holz verwendet haben, das entweder nicht geeignet oder nicht genug abgelagert war. Dann passiert so etwas.«

Ihr gefiel der Fremde in seiner Ernsthaftigkeit und mit seiner höflichen Art. Dass er großen Appetit an den Tag legte, fand sie ebenfalls sympathisch.

»Wie lange sind Sie schon auf Wanderschaft?«

Er blickte auf und sah ihr kurz genau in die Augen. »Wenn ich nun sagen würde, schon immer, würden Sie mir das nicht glauben. Tatsache ist, dass ich keine Familie hatte und habe und mir nicht bekannt ist, dass es irgendwo noch nahe oder ferne Verwandte gibt. Ich bin vogelfrei, und das bereits seit meinem zweiundzwanzigsten Lebensjahr. Aber ich will Sie nicht mit meiner Lebensgeschichte langweilen.«

Er war aufgestanden: »Verzeihung, dürfte ich Ihre Toilette benutzen?« Wann hatte sie zum letzten Mal jemanden das Wort Toilette benutzen gehört? Klo hieß es, bei den Kerlen gern auch Scheißhaus. Als er zurückkam, sagte er: »Eine gute Idee, die Sanitärräume jenseits der Diele anzuordnen. Ein schönes Badezimmer haben Sie.«

Grete hatte nachgedacht. »Also, von mir aus können Sie ein paar Tage bleiben. Über die Dachreparatur denke ich nach. Wollen Sie duschen oder ein Bad nehmen?«

»Das wäre paradiesisch, gnädige Frau.«

»Nennen Sie mich Grete, das machen alle so, und hier in der Gegend duzt man sich.«

Er reichte ihr die Hand, sah sie wieder ohne Scheu direkt an, deutete eine Verbeugung an und sagte: »Hardy, so nennen mich alle, die mich kennen und mögen.«

»Oh«, dachte Grete, »hoffentlich nicht noch ein Gerhard oder Bernhard.«

»Aber in meiner Geburtsurkunde steht Eberhard August Gustav, allesamt Namen meiner männlichen Vorfahren. Von hinten nach vorne: Vater, Großvater, Urgroßvater.« Da war sie beruhigt.

Er verbrachte eine Stunde in der Badewanne, und Grete hörte ihn singen. Bariton, dachte sie, so nennt man diese Stimmlage wohl. Manche Lieder kamen ihr bekannt vor, aber in Sachen Musik war ihr Gedächtnis ausgesprochen schlecht. In der Zwischenzeit hatte sie das Bett in Annes Zimmer für ihn gemacht.

Hardy stand noch früher auf als sie. Schon um halb sechs hörte sie ihn in der Küche mit Geschirr hantieren, und als sie im Nachthemd in der Tür stand, sah sie einen gedeckten Tisch. Der Kaffee duftete, er hatte das Brot geschnitten und einen Teller mit Wurst und Käse angerichtet. Sogar eine Blume im Wasserglas hatte er an ihren Platz gestellt.

Er selbst war schon ausgehfähig angekleidet, lächelte sie an und sagte: »Frau Grete, ich wünsche dir einen gesegneten Appetit. Ich habe bereits gefrühstückt und mache mich jetzt auf den Weg ins Dorf. Und wenn du jetzt Ja sagst, dann komme ich heute Mittag wieder.«

Und sie sagte Ja.

Hardy war Kommunist. Als er zum ersten Mal sagte »Ich bin Kommunist.«, war Grete erschrocken, beinahe schockiert. Obwohl sie keine genaue Vorstellung davon hatte, was Kommunismus bedeutete und was Kommunisten Schlimmes taten.

Politik hatte sie nie interessiert. »Betrifft mich nicht«, war ihre Aussage, wenn in ihrer Gegenwart über Politiker und Wahlen gesprochen wurde. Das entsprach nach vielen Jahren auch ihrer Lebenserfahrung, denn so gut wie nie hatten wechselnde Regierungen, neue oder geänderte Gesetze und deren Folgen wirklich Auswirkungen auf ihren Alltag. Deshalb war sie auch nie zu einer Wahl gegangen.

Überhaupt hatte sie mit dem Staat wenig zu tun gehabt. Ihren ersten Personalausweis hatte sie sich nur ausstellen lassen, weil er für die Hochzeit mit Gerd gebraucht wurde. Den hatte sie nie verlängern lassen. Wozu auch? Als sie Bernd heiratete, war der Ausweis noch gültig, danach hatte sie nie wieder einen gebraucht.

Die meisten Gesetze betrafen sie nicht, nicht einmal Steuern hatte sie je zahlen müssen. Im Bekleidungsgeschäft Meirink hatte sie damals schwarzgearbeitet und sich ihren Verdienst jeden Samstag bar auszahlen lassen. Sie war nie krankenversichert und hatte nie in die Rentenkasse eingezahlt.

Um die Grundsteuer für das Haus und die Abgaben an die Gemeinde hatte sich immer Elfriede Brockhoff gekümmert, ein Bankkonto besaß sie nicht. Und einen Führerschein hatte sie auch nie gemacht. Über die jeweilige Regierung konnte sie nichts Schlechtes sagen, Gutes aber auch nicht, weil sie sich für die Nachrichten im Radio nicht interessierte. Also hielt sie sich aus den Gesprächen heraus, wenn in irgendeinem Kreis über Politik debattiert wurde.

Das mit den Kommunisten war ein Reflex, der auf ihre Schulbildung in den Dreißigerjahren, auf die Propaganda vor und mehr noch nach dem Weltkrieg entstanden war, als man ihr und ihren Mitbürgern eintrichterte, wie schlimm es würde, käme der Russe. Denn der Russe, der war kommunistisch. Über Jahrzehnte wurden Wahrheiten und Lügen über das Verhalten der Russen im Osten verbreitet, ohne dass gleichzeitig erzählt wurde, wie deutsche Soldaten zwischen Ostpreußen und der Wolga gehaust hatten. Landser waren keine Kommunisten, die wollten nicht allen Menschen alles wegnehmen.

Am schlimmsten aber war aus Gretes Sicht, dass der Kommunismus den christlichen Glauben und die Kirche abschaffen wollten. Das hatte schon der alte Pastor Baumann von der Kanzel herab gepredigt, und auch sein Nachfolger Bääsch verbreitete diese Angst, wenn auch deutlich subtiler.

Da hatte Hardy viel Aufklärungsarbeit zu leisten, was ihm aber leichtfiel, weil er aus einer kommunistischen Arbeiterdynastie stammte, mit den Ideen von Marx und Engels, aber auch Lenin und Stalin seit Kindesbeinen imprägniert war.

In der Familie gab es vor und nach dem Weltkrieg politische Opfer der Kommunistenverfolgung. Onkel Fred gehörte in Stettin zu den ersten, die von der Gestapo geholt und in eines der ersten Konzentrationslager überhaupt gesteckt wurde, das die Nazis auf dem Gelände der Vulcan-Werft eingerichtet hatten. Er verschwand für immer. Die Ehe mit Tante Lisbeth wurde zwangsweise aufgehoben, und man legte ihr nahe, einen Parteigenossen zu heiraten, was sie auch tat. Das reichte dem Regime nicht; ebenfalls auf amtliche Anordnung wurden die Geburtsurkunden ihrer drei Söhne auf den Namen des Stiefvaters geändert. Man wollte alle Spuren des Alfred Egon Kranzow für immer tilgen.

Nach dem Weltkrieg war es dann Tante Käthchen, eine Aktivistin des kommunistischen Widerstands, geschult und ausgebildet in Moskau, die an den Folgen des Antikommunismus zugrunde ging. Natürlich war sie gleich nach der Gründung des Staates der kommunistischen Partei beigetreten und hatte sich aktiv am Aufbau beteiligt. Als sie nach dem KPD-Verbot im Jahr 1956 im Untergrund weiter für die kommunistischen Ziele arbeitete, wurde sie verhaftet. Da war sie bereits über sechzig.

Hardy kannte Tante Käthchen gut. Oft besuchten die Eltern sie, die in einer winzigen Souterrainwohnung im Ruhrgebiet lebte, und immer in ihrem Lederohrensessel saß und rauchte, links und rechts je einen Beistelltisch. Sein Vater spottete oft, »Die Käthe, die raucht beidhändig, und wenn sie mal keine qualmende Kippe in der Nähe hat, wird sie eingehen wie eine Primel.«

Man hielt Käthe Lippmanns zwölf Wochen in Untersuchungshaft fest. Das gab ihr den Rest, und sie starb exakt siebenundzwanzig Tage nach ihrer Entlassung und entging so dem Prozess, der sie erwartete. Tante Käthchen war nie verheiratet und hatte keine Kinder, es hieß, mit Männern habe sie privat wenig anzufangen gewusst, und auch bei ihrer kommunistischen Untergrundarbeit habe sie lieber mit Genossinnen kooperiert.

Und dann war da noch Holger, Hardys Cousin, ein heller Kopf mit gutem Humor, der zu feiern verstand, ein Mädchenschwarm, der gleich bei ihrer Gründung der DKP beitrat, weil es sich für einen Nachfahren des Fred Kranzow so gehörte, und der auf lokaler Ebene Parteiarbeit leistete. Der hatte Lehrer werden wollen, absolvierte sein Studium für das Lehramt in Deutsch und Geschichte mit Höchstgeschwindigkeit und Spitzennoten und zählte auch als Referendar zu den Besten seines Jahrgangs. Leider fiel er durch die Gewissensprüfung, bei der angehende Beamte zu bekennen hatten, dass sie auf dem Boden des Grundgesetzes standen, was man aber DKP-Mitgliedern generell nicht glaubte, sodass Holger vom Berufsverbot betroffen war und nie Lehrer werden durfte.

Hardy selbst ging einen anderen Weg. Weil er während des Weltkriegs so gut wie keine Schulbildung hatte genießen können, blieb ihm wenig anderes übrig, als sich nach dem Ende der achten Klasse nach einer Lehre umzuschauen. Er wäre gerne Maurer geworden wie sein Onkel Fred oder Ofensetzer wie sein Vater, ein Beruf, der kaum noch gebraucht wurde, aber Arbeiter wollte er werden, das stand für ihn fest. Und dann sah er eines Tages im heißen Sommer des Jahres 1953 draußen vor der Stadt, wo die neue Siedlung mit Einfamilienhäusern gebaut wurde, Männer in langen schwarzen Hosen mit freien Oberkörpern, aber breitkrempigen Hüten auf dem Kopf einen Dachstuhl aufrichten und war beeindruckt.

Der Zimmereibetrieb Grünzig nahm ihn als einen von drei Lehrlingen auf, und er begann mit seinem fünfzehnten Lebensjahr hart zu arbeiten. Der Inhaber war grundsätzlich freundlich, hatte aber cholerische Ausfälle, vor allem, wenn es um die Lohnabrechnungen ging. Mehr als einmal bekam Hardy mit, wie sich einer der Gesellen bitter darüber beklagte, dass sein Lohnzettel nicht stimmen konnte. Dann begann Grünzig zu brüllen, man wolle ihn wohl in die Pleite treiben, und sie seien alles Schmarotzer.

Normalerweise hatten die Stifte, so nannten sie damals die Auszubildenden, in Gegenwart der Gesellen und schon gar bei Anwesenheit der beiden Meister oder des Chefs den Mund nicht aufzumachen. Aber als Hardy einmal in einer Pause im Bauwagen, wo die Männer die Bildzeitung lasen, Stullen aßen und Bier tranken, mitbekam, wie die Gesellen über den Inhaber schimpften, warf er nur das Wort Gewerkschaft in die Runde. Man ignorierte ihn, aber am übernächsten Tag zitierte ihn Grünzig zu sich und beschimpfte ihn wüst als Kommunisten, der seine Leute aufstachelte. Jemand hatte ihn angeschwärzt, und der Chef gab ihm unmissverständlich zu verstehen, dass, käme dergleichen noch einmal vor, er Hardy rausschmeißen würde, und zwar achtkantig.

»Aber, du hast doch eine Lehre ordnungsgemäß beendet«, warf Grete ein.

»Ja«, sagte Hardy, »drei Jahre lang mit zusammengebissenen Zähnen.«

Und als er mit gerade einmal sechszehn Jahren der KPD beigetreten war, drohte ihm dasselbe wie seiner Tante Käthe. Also trat er kurz vor dem Verbot wieder aus, und beschloss, die Finger von der Politik zu lassen. Und wenn er sich hätte politisch betätigen wollen, in welche Partei hätte er eintreten sollen? Die Sozialdemokraten hasste man in der Familie Kranzow beinahe noch mehr als die Konservativen, denn — so sprach Hardy es an — »Die Sozen sind Verräter, waren Verräter und werden immer Verräter bleiben.«

»Und dann bist du wirklich freiwillig in die Ostzone gegangen?«

Über diesen Punkt im Lebensweg ihres Geliebten kam

Grete nicht hinweg.

»Na ja, das war doch der Arbeiter-und-Bauern-Staat, da wollte die Partei den Sozialismus aufbauen. Da wurde ich gebraucht.«

Ihr gefiel diese Haltung, also, dahin zu gehen, wo man gebraucht wird. Wenn man, dachte Grete, genau da gebraucht wird, wo man ist, dann muss man auch nicht weggehen.

»Du bist dauernd irgendwo hin gegangen. Immer dorthin, wo man dich gebraucht hat?«

Hardy lachte kurz auf. »Nein, ich bin immer von da weggegangen, wo ich nicht gebraucht wurde. Oder: nicht mehr.«

Auf eine unbestimmte Weise tat er ihr leid, denn er war heimatlos, und sie wünschte sich nichts mehr, als dass er bei ihr seine Heimat finden würde.

Das stand für sie schon nach kaum zwei Wochen fest. Hardy hatte sich eine stabile Leiter bei den Brockhoffs ausgeliehen, war in der Diele ins Gebälk gestiegen, hatte hier und da gehämmert und mit einem Bohrer Holzproben entnommen. Auch in den offenen Dachboden über dem Wohnbereich war er gekrochen, und an einem stürmischen Tag war er von außen aufs Dach geklettert, bis zum First hochgestiegen, um dort ein paar Dachpfannen abzuheben und den Hauptbalken zu untersuchen.

»Tut mir leid es sagen zu müssen, aber der Dachstuhl ist wirklich marode. Da helfen keine Flickarbeiten. Der muss komplett neu aufgebaut werden. Sonst bricht er eines Tages in nicht allzu ferner Zukunft über dir zusammen.« Grete war schockiert.

»Wir machen das schon«, sagte er, »ich muss nur ein-,

zweimal telefonieren.«

Und ehe sie sich's recht versah, standen ein Lastwagen und ein Kleinbus im Hof. Vier Kerle, alle gekleidet wie Hardy, hatten ein Zelt im Garten aufgeschlagen und anschließend einen Haufen Balken verschiedener Länge und Stärke abgeladen. Dann hatte der Lkw gewendet und war davongefahren.

»Und wer bezahlt das jetzt alles?«, fragte Grete ihn.

»Ach, Gretchen«, diesen Namen hatte er ihr inzwischen verpasst, »Geld ist nicht alles. Leben ist wichtiger. Du musst nicht mehr tun, als meine Genossen zwei, drei Wochen, höchstens ordentlich zu bekochen und ihnen erlauben, sich in deiner Waschküche nach getaner Arbeit zu reinigen. Und, ja, regelmäßiger Nachschub an Bier wäre auch nicht schlecht.«

Die Nachbarn staunten nicht schlecht, mit welcher Geschwindigkeit die Zimmererbrigade ans Werk ging. An einem Freitag hatten sie begonnen, am Samstagabend war das Dach vollständig abgedeckt und am Montag gegen Mittag begannen die Handwerker damit, die alten Balken sorgfältig abzubauen und die Räume darunter mit einer Folie gegen möglichen Niederschlag zu schützen. Am Dienstag holte der Lkw-Fahrer das Altholz und brachte eine elektrische Kreissäge, Arbeitsböcke und eine große Kiste mit Werkzeug und sonstigem Material.

Genau eine Woche später stand der neue Dachstuhl, und die Kollegen machten sich daran, das Holz zu imprägnieren. Hardy hatte inzwischen zwei Dachdeckergesellen organisiert. Genau einen Tag bevor zum ersten Mal in diesem Jahr Schnee fiel, strahlte das Dach auf neuen Balken und mit säuberlich gereinigten Dachpfannen.

Zur Feier des Tages hatte Grete bei Lanfers ordentlich

Rindfleisch geholt und einen mächtigen Kessel Gulasch über offenem Feuer gekocht. Draußen auf der Terrasse stand ein Turm Bierkästen, und Emmi hatte ein paar Pullen Schluck aus dem Dorf mitgebracht.

Natürlich waren die Nachbarn eingeladen, nicht nur die Grundmanns und die Brockhoffs, sondern auch die anderen Leute, mit denen Grete sich gut verstand, und sogar Murat war erschienen und unterhielt sich angeregt mit einem der Wandergesellen, der es auf der Walz bis in die Türkei geschafft hatte und von diesem Land schwärmte. Weit nach Mitternacht trafen Grete und Hardy am verlöschenden Feuer aufeinander.

»Ich weiß nicht, wie ich dir danken soll…«

»Sag einfach: Danke, Hardy!« Gegen ihre Gewohnheit hatte sie einen Krug Bier in der Hand.

Er prostete ihr zu, und sie fragte »Und du gehst jetzt wieder?«

Ihr erschien es, als dauerte es Stunden, bis er antwortete.

»Nicht meine Entscheidung«, flüsterte er dann, und sie sah im Schein der Flammen, dass er Tränen in den Augen hatte.

»Sag einfach: Kann ich bleiben, Gretchen?«

Und er sagte »Kann ich bleiben, Gretchen?«

Sie nickte, der Krug fiel ihr aus der Hand, und dann hing sie an ihm, er umfasste und drückte sie, und dann näherten sich ihre Gesichter einander an. Über dem Feuer auf der Terrasse am Haus vor dem Garten küssten sie sich zum ersten Mal sehr lang.

Die beiden wurden schnell zu einem guten Team. Wenn

es etwas gab, was sie zusammen arbeiten konnten, dann arbeiteten sie zusammen. Und wenn jeder besser allein erledigen konnte, was zu tun war, dann gingen sie ihrer Wege. Hatte einer schlechte Laune, ließ ihn der andere in Ruhe. Waren beide fröhlich und glücklich, redeten sie nicht viel, sondern waren sich einfach nah.

Hardy, der, genau wie Grete, nie in seinem Leben ein Auto besessen hatte, schaffte einen alten Geländewagen an, ein japanisches Modell, und sie mieteten einen Standplatz auf dem Wochenmarkt in der Stadt. Jeden Freitag verkauften sie dort Obst, Gemüse und Eier. Er hatte einen größeren Hühnerstall gebaut, sie hatte ein passendes Außengehegen angelegt und sich bei Schulte ten Brinke gleich acht neue Legehennen und einen jungen Hahn besorgt, sodass sie die Produktion deutlich ausbauen konnte. Außerdem hatte sie den halben Garten von Emmi Grundmann übernommen, die nie besonders interessiert daran war, mehr als Rasenflächen pflegen zu müssen.

Also standen sie freitags noch früher auf als sonst, um gegen sechs den Wagen zu beladen, damit sie pünktlich um sieben ihren Stand eröffnen konnten. Es zeigte sich rasch, dass er der bessere Verkäufer war, sodass sich Grete um die Organisation und die Kasse kümmerte, denn mit Geld konnte Hardy nicht besonders gut umgehen.

Irgendwann hatte er ein Schild gemalt, mit dem er sich als vielseitiger Handwerker anbot, und nach wenigen Wochen fragten zunehmend Städter nach, ob er dieses oder jenes bauen, reparieren oder installieren könne und was es koste. Hardy war rasch gut im Geschäft. Dass er die Aufträge schnell, problemlos und günstig abarbeitete, sprach sich herum. Die Einnahmen investierte er in eine Werkstatt, die er in Bernhards ehemaligem Fotostudio einrichtete und mit den besten Maschinen ausrüstete, die für die vielfältigen

Aufgaben nötig war. Außerdem lagerte er dort das Werkzeug ein, dass er bei den Kunden vor Ort brauchte.

Manchmal dachte Grete, ob Eberhard die Liebe ihres Lebens sei. Aber dann stellte sie fest, dass sie eigentlich nie in ihn verliebt war, dass er sie nie wirklich angezogen hatte, dass sie ihn einfach gern mochte und dass es schön war, mit ihm zusammen ein Paar zu bilden. Sie hatte auch nicht das Gefühl, dass es ihm wesentlich anders mit ihr ging. Und auf Beziehungsgespräche hatten sie ohnehin beide keine Lust. Weil es so war, wie es war, spielte Sex auch keine große Rolle in ihrem Zusammensein. Sie konnte nicht einmal genau an das erste Mal erinnern, obwohl sie noch genau den Moment beschreiben konnte, als er zum ersten Mal mit ihr in ihrem Bett schlief — nach einigen Wochen erst, als die Nachbarn schon raunten, die Margarete, die habe endlich einen Neuen.

In der Moorsiedlung hatte man ihn auf Anhieb akzeptiert, weil die Leute sahen, was er für Grete tat, und weil er freundlich im Kontakt war und wusste, sich den Gewohnheiten anzupassen.

Wilhelm meinte nur: »Schaad, dat he keen Schatt spelen kann.«

Wenn sich die Skatrunde bei Maschen traf, saß Hardy still im Hintergrund und trank sein Bier.

Ohne dass er es hätte begründen können, war er aber Pastor Bääsch suspekt, der von sich sagte, er könne einen Heiden auf zehn Kilometer Entfernung riechen. Aber bei der Hochzeit von Ernst Prieter, dem jüngsten Bruder der unglücklichen Rosmarie, mit der neuen Lehrerin, einem Fräulein Krämer, die wie Bääsch aus dem Rheinland stammte, trafen sie an der Theke im Festsaal aufeinander und tranken mit einigen Gläsern Schluck Brüderschaft. Und dass, obwohl Hardy dem Geistlichen klar gesagt hatte, er sei Kommunist und Atheist, und daran würde sich auch nichts ändern.

Die Verbrüderung führte zu der merkwürdigen Situation, dass Grete den Pastor siezte, während Hardy den lebenslustigen Rheinländer einfach mit »Moin, Heribert!«, begrüßte.

Sie lagen gern beieinander. Aber daran hatte Grete sich erst gewöhnen müssen. Gerd hatte sich nach dem Beischlaf immer sofort auf die eine Seite der Matratze gedreht, sie auf die andere. Und Bernd schlief ohnehin nicht gern mit ihr im alten, wuchtigen Ehebett, dass noch von Opa Fritz stammte und das Hardy verabscheute. Er hatte vorgeschlagen, ein schmaleres, modernes Bett anzuschaffen und auch gleich den gewaltigen Kleiderschrank aus dem kleinen Schlafzimmer zu entfernen.

Also kauften sie von den ersten Einnahmen ihres Marktstandes neue Möbel. Im Einrichtungshaus Kuiper in der Stadt fanden sie ein modernes Bett, nur einsachtzig breit, und Hardy baute selbst einen Kleiderschrank, der ausreichend Platz bot. Außerdem bestand er darauf, eine große Bettdecke anstelle der schweren Plumeaus zu kaufen.

»Wir müssen doch unter einer Decke stecken, Gretchen«, sagte er. Auch das war für sie neu, aber nach wenigen Nächten mochte sie es, ihn neben sich zu spüren. Zumal er aus Prinzip nackt schlief.

Über ihr altmodisches Nachthemd hatte er sich schon in den ersten Wochen lustig gemacht. »Siehst aus wie ein Gespenst«, foppte er sie.

Sie ließ es weg im neuen Bett, und ihr gefiel auch das.

Als er das Ehebett und den Schrank zerlegte, sagte er:

»Gutes Holz, das nehm ich auf Lager. Irgendwann wird es noch zu etwas nütze sein.«

Überhaupt war er ständig bemüht, das Haus zu modernisieren, es angenehmer zu machen. Die Feuchtigkeit aus dem Moor und den Gräben war schon vor langem in die Wände gezogen und hatte für einen Geruch gesorgt, den kaum ertragen konnte, wer nicht in dieser Landschaft geboren war.

Zuerst hatte er einen ganzen Sommer lang die Außenwände saniert, den alten, grauen Rauputz abgeschlagen, zum Fahrweg hin freundliche Klinker in unauffälligem Beige angebracht. Vor die Rückwand, die dem Wetter am meisten ausgesetzt war, hatte er eine zusätzliche Wand aus Backsteinen gesetzt und die Zwischenräume mit Dämmmaterial verfüllt. Vor dem folgenden Winter hatte er dann mit Hilfe alter Kollegen, die extra für diese Aktion angereist waren, eine moderne Zentralheizung installiert mit Heizkörpern in allen Räumen. Den alten Ölofen warf er auf den Müll, die Kohleherde in der Küche und in der Waschküche hatte er auf Gretes Bitte nicht angerührt.

Wieder bewirtete sie die fleißigen Helfer, und wieder waren es schöne Wochen mit einer Bande fröhlicher Handwerker, die ihre Zelte im Garten aufgeschlagen hatten und sich am leckeren Essen, das ihnen Grete in großen Portionen servierte, erfreuten und enorme Mengen an Bier vertilgten.

Und dann machte sich Hardy an den Ausbau des Dachbodens.

»Wozu soll das gut sein?«, fragte sie, »Wer soll da wohnen?«

Aber er war nicht aufzuhalten und hatte offensichtlich große Freude daran, eine hölzerne Wendeltreppe zu zimmern, oben Zwischenwände einzuziehen und Dachfenster einzubauen.

»So«, sagte er nach Abschluss dieser Arbeiten, »wer auch immer mal oben wohnen wird, kann sich die Räume nach eigenem Gusto gestalten. Hauptsache, fließendes Wasser, Strom und Heizung sind schon drin.« Grete hatte auch deshalb eingelenkt, weil sie insgeheim darauf hoffte, Anne würde eines Tages heimkommen und bleiben wollen.

Wenn sie zu Bett gingen und noch nicht müde genug zum Einschlafen waren, lagen sie oft beide auf dem Rücken nebeneinander und redeten. Irgendwann hatte sie damit begonnen, in dieser Lage seinen Penis in die Hand zu nehmen, weil sich das gut anfühlte. Nicht immer führte das dazu, dass er erregt wurde und sie Sex miteinander hatten, wo die körperliche Liebe in ihrer Beziehung ohnehin keine große Rolle spielte. Hardy war ein sorgfältiger, zärtlicher Liebhaber, der sich immer Mühe gab, sie zuerst zum Orgasmus zu bringen, bevor er an der eigenen Befriedigung arbeitete. Im zweiten oder dritten Sommer seiner Anwesenheit fanden sie Freude daran, es draußen auf der Terrasse oder im Garten hinter dem Schuppen miteinander zu treiben, und Grete war sich sicher, dass ihre gemeinsame Tochter im Freien gezeugt wurde.

Erst nachdem Angela ins Heim gekommen war, begann ihr gemeinsames Leben in ruhigen Bahnen zu verlaufen. Mittlerweile boten sie ihr Gemüse, ihre Kartoffeln und Eier, sowie das Obst nicht mehr nur auf dem Wochenmarkt in der Stadt an, sondern öffneten jeden Samstag einen Stand auf dem Rathausmarkt der Bischofsstadt. Außerdem belieferten sie gut ein Dutzend Gastwirtschaften in der Umgebung. Nicht nur mit ihren eigenen Erzeugnissen, sondern auch mit Fleisch vom Lanferhof, sowie Milchprodukten vom Hof der Maßmanns. Finanzielle Sorgen hatten sie mit zunehmendem

Geschäftserfolg nicht mehr, zumal Hardy als Zimmermann und Tischler gut ausgelastet war.

Eines Abends hatte Hardy unbedingt eine Dokumentation über das Nazi-Regime im Fernsehen anschauen wollen, und seine Gretel saß mit auf dem Sofa und strickte. Dabei sah sie ab und zu auf.

»Warum haben die Nazis eigentlich die Juden umgebracht, Hardy?«, fragte sie ihn.

»Habt ihr das nicht in der Schule gehabt?« Sie schüttelte den Kopf.

War sie doch noch zu NS-Zeiten in die Volksschule gegangen und hatte sie die Jahre bis zum Abschluss der achten Klasse im Notunterricht verbracht, der von wechselnden Fräuleins gegeben wurde, die über den Krieg und das davor nicht sprechen wollten.

»Waren ja nicht nur die Nazis«, murmelte er, »außer alle Deutschen waren Nazis.«

Sie legte das Strickzeug beiseite. »Aber, warum haben sie die KZs gebaut und da die Juden vergast?«

Hardy stellte den Fernsehton stumm und wandte sich ihr zu. »Die Nazis haben eine Idee gebraucht, etwas, auf das sie das Volk einstimmen konnten. Da war ihnen der tief in den Köpfen sitzende Antisemitismus gerade recht. Der Jude, sagten sie, ist an allem Unglück schuld.«

»Also, hier bei uns gab es keine Juden ...«

»Bist du sicher? Sind da nicht vor oder im Krieg irgendwann Familien aus dem Dorf einfach verschwunden?«

Grete dachte nach. »Nein, nicht verschwunden. Die Blums, die das kleine Kaufhaus führten, da, wo jetzt der Kleidungs-Discounter drin ist, die sind doch nach Amerika ausgewandert.«

»Und was wurde aus dem Kaufhaus? Wer hat das übernommen?«

Sie lachte kurz auf. »Na, der Dieckmann, dieser Idiot – das sagte mein Vater immer, denn der Jochen Dieckmann, der war sein Erzfeind. Dumm wie Bohnenstroh, sagte mein Vater immer, gäbe es die Nazis nicht, würde der irgendwo Steine klopfen.«

»Aha, kann es sein, dass der Dieckmann der führende NS-Mann im Dorf war? Dass man die Blums vertrieben hat? Dass das Kaufhaus, so nannten sie das, arisiert wurde? Und dass der Dieckmann es für eine Reichsmark kaufen konnte?«

»Das weiß ich nicht.« Damit war das Gespräch beendet, denn Grete bestand darauf, dass auf eine Tiersendung im dritten Programm umgeschaltet wurde.

So verlief ihr gemeinsames Leben über einige Jahre in gleichbleibendem Rhythmus. Grete bestellte den Garten, und Hardy übte seinen Beruf aus. Sie sprachen nicht viel, und wenn, dann erzählte er von früher oder kommentierte das Weltgeschehen, wie er es aus der Zeitung und den Fernsehnachrichten kannte. Nur nach den Besuchen bei Angela, meistens schon auf der Rückfahrt vom Heim, redeten sie von der Zukunft, was aus dem Kind, das nun auch schon fast erwachsen war, werden sollte.

Aber dann begann Grete zu bemerken, dass Hardy unruhig wurde. Sie spürte seine Unzufriedenheit, und immer öfter kam es zum Streit zwischen den beiden, fast immer um Nichtigkeiten. Und einmal, als es wieder um Angela ging, sagte er im Zorn: »Wir hätten uns viel erspart, wenn sie nicht geboren wäre.«

Grete war verletzt, denn wie bei ihren anderen drei

Töchtern betrachtet sie auch das gemeinsame Kind mit ihm als Geschenk der Liebe und nicht als Problem, dass es zu lösen galt. Vier Tage redete sie kein Wort mit ihm. An einem friedlichen Sonntagnachmittag, an dem beide den milden Vorfrühlingstag draußen auf der Terrasse genossen, sagte sie: »Es ist wie es ist. Angela ist unsere Tochter, ganz gleich, was mit ihr ist. Und wäre sie nicht behindert, würde unser Leben nicht anders verlaufen.«

Tage später lag sie in der Wanne im Badezimmer, das Hardy eingebaut hatte, und dachte an nichts. Da stand er plötzlich in der Tür, gekleidet wie damals, als er zum ersten Mal an ihrer Tür erschienen war. In der schwarzen Manchester-Hose, dem blütenweißen Oberhemd und der mit goldenen Knöpfen und Ketten geschmückten Weste, den breitkrempigen Hut auf dem Kopf.

»Wo hast du denn das ausgegraben?«

»War auf dem Dachboden. Musste mal sehen, ob es die alten Klamotten noch gibt, ob sie mir noch passen. Nur meinen alten Wanderstock habe ich nicht gefunden.«

»Steht dir immer noch«, sagte sie nüchtern.

»War die Zeit meines Lebens damals auf der Walz«, bemerkte er.

»Besser als jetzt?«

Hardy antwortete nicht. Aber von diesem Zeitpunkt an trug er wieder die Kluft, wenn er bei seinen Auftraggebern arbeitete.

Und ein halbes Jahr später war er fort. Einen Brief hatte er ihr hinterlassen, er habe weggehen müssen, er müsse noch einmal unterwegs sein, solange es noch ginge, solange er noch gesund und stark genug sei. Er werde sich melden.

Grete weinte einen ganzen Tag lang. Lag im Bett und

konnte sich kaum rühren. »Es kann doch nicht sein«, dachte sie, »dass Männer immer verschwinden.« Wenn ein Mann doch ein so gutes, friedliches Leben führt, dann könne er doch bleiben, dann müsse er doch nichts ändern. Aber dann kehrte sie in ihren gewohnten Tagesablauf zurück, hielt den Garten in Schuss und kümmerte sich um die Hühner. Weil sie Emmi Grundmanns Sohn Tommy überreden konnte, fuhr er jeden Samstag gegen kleines Geld mit ihr auf den Wochenmarkt in der Stadt. Und so spielte sich auch das ein.

Hardy schickte ihr Postkarten von jeder Station seiner Wanderschaft. Er war zunächst mit dem Zug nach Oberbayern gereist und hatte Arbeit in Wolfratshausen gefunden. Nach drei Wochen weiter nach Regensburg. Dann Plauen, Pirna und Finsterwalde. Im Herbst kamen seine Nachrichten aus Dänemark, und zu Weihnachten schickte er ihr ein Paket mit einem italienischen Kuchen aus Bologna. Dann blieben seine Karten aus, und Grete machte sich Sorgen, es könne mit Hardy so sein wie damals mit Bernd, der sich irgendwann einfach nicht gemeldet hatte.

Auf den Tag genau ein Jahr und drei Monate nach seinem Verschwinden stand er wieder vor der Tür. Wie fünfundzwanzig Jahre zuvor. Er hatte geklingelt, und sie hatte geöffnet. »Gott zum Gruße, ehrbare Frau, es war mir ein Bedürfnis, meine letzte Reise hier bei ihnen zu beenden, um fortan für den Rest meines Lebens bei ihnen zu bleiben.«

Am 1. Juni des Jahres, in dem Deutschland im Finale der Fußballweltmeisterschaft gegen Brasilien verlieren würde, stieg Eberhard aufs Dach, weil er eine Satellitenschüssel montieren wollte. Nicht dass er sich sonderlich für das Ballspiel an sich und das Spektakel drumherum interessiert hätte, aber er hätte gern die Partien mit deutscher Beteiligung gesehen, auch wenn die – das Turnier fand in

Japan und Korea – Live-Übertragungen zu ungewöhnlichen Zeiten gesendet wurden.

Überhaupt sah er im Gegensatz zu Grete sehr gern fern. Die besaß zwar einen uralten Kasten, einen der ersten Farbfernseher, den ihr Wilhelm vor Jahren geschenkt hatte, hatte den aber nur sehr selten eingeschaltet. Ihr Medium war der Rundfunk. Immer, wenn sie sich im Haus aufhielt, spielte das Radio, und wenn sie gerade beim Kärtchenspielen saß und die Zeit für die Nachrichten gekommen war, unterbrach sie die Partie, stellte den Apparat lauter und konzentrierte sich auf die Meldungen. Für Hardy war dagegen ein Tag ohne Tagesschau ein vergeudeter Tag. Punkt acht Uhr abends ging er in die Stube, knipste den Fernseher an und verfolgte die Nachrichtensendung.

Er hatte sogar eine Programmzeitschrift abonniert, um keines der politischen Magazine und ihn interessierende Dokumentarfilme über ferne Länder zu verpassen. Unterhaltungsshows mied er, bei langen Spielfilmen schlief er ein. Sportübertragungen dagegen verfolgte er gern, ohne dass er irgendeine Sportart bevorzugte oder gar Anhänger irgendeines Fußballvereins zu sein.

»Da müsste ich doch eine Heimatstadt haben, dass ich Fan eines bestimmten Clubs wäre«, hatte er Heini geantwortet, als der bei einer Skatrunde im Trikot des Vereins aus der Hafenstadt aufkreuzte und damit auftrumpfen wollte, dass dieser Club wieder deutscher Meister geworden war.

Über Jahre aber haderte er mit der schlechten Qualität und den vielen Bildausfällen. Manchmal stieg er auf den Dachboden, um an der Antenne herumzufummeln; einmal tauschte er das komplette Kabel von oben bis in die Stube aus, aber die Maßnahmen wirkten immer nur eine kurze Zeit.

Hardy war allen technischen Neuerungen gegenüber aufgeschlossen und hatte schon früh einen Computer angeschafft und, als es ging, einen Internetanschluss angelegt. Das war nun gar nichts für Grete; sie verstand das alles nicht, und sie wollte es auch gar nicht verstehen. Immerhin gewöhnte sie sich daran, ihn ab und an zu bitten, ihr eine Information aus dem weltweiten Netz zu beschaffen, was er gern tat.

Manchmal verbrachte Hardy halbe Nächte im Internet, weil er sich für vieles in der Welt interessierte und er fasziniert davon war, dass er auf diesem Wege an unverfälschte Quellen gelangte, dass er Dokumente lesen konnte, die man sonst nicht einmal in einer Bibliothek fand, und dass er sich so politisch auf dem Laufenden halten konnte. Außerdem bezog er eine Zeitung, von der Grete noch nie gehört hatte, in der es nicht einmal ein Kreuzworträtsel gab, denn das war das Einzige, was sie an Zeitschriften und Zeitungen wirklich interessierte.

Er aber sprach gern über die aktuellen Ereignisse und die große Politik und wurde nicht müde, ihr seine Erkenntnisse und Ansichten zu präsentieren.

»Es wird Krieg geben«, sagte er eines Tages, »ist nicht mehr zu verhindern.« Denn, so erklärte er, der Kapitalismus sei am Ende, mehr Wachstum sei kaum möglich, aber solch ein Krieg mit seinen Zerstörungen, der gäbe den Besitzenden die Chance, beim Wiederaufbau gigantische Profite zu machen.

»Das ist das Einzige, was die interessiert, diese Investoren, die so reich sind, dass sie nicht einmal wissen, wie reich sie sind.«

Und überhaupt passiere, was passiere, nicht einfach so, sondern sei die notwendige Folge der Geschichte, die immer weiterlaufe.

»Das fing schon vor gut tausend Jahren an. Vorher gehörte das Land niemandem und allen. Nur in den Städten existierte so etwas wie Grundbesitz, aber auf dem Land, da bearbeiteten die Menschen den Boden gemeinsam und teilten die Erträge nachbarschaftlich.«

»Was meinst du, warum die Brockhoffs einen Riesenhof und jede Menge Land haben und deine Familie nicht? Das ist kein Zufall, das ist nicht gottgewollt, das haben der Adel und der Klerus im Mittelalter so eingerichtet. Sie haben den Bauern das Land gestohlen und es dann Leuten, die ihnen zu Willen waren, verpachtet. Am liebsten natürlich anderen Adligen oder Klöstern. Die mussten dann von der Ernte oft die Hälfte oder mehr abgeben und später ordentlich Gold für das Privileg geben, den Boden bewirtschaften zu dürfen. Manche spielten das Spiel mit, andere aus verschiedenen Gründen nicht. Das wurden die Landlosen, die Tagelöhner, die kaum mehr waren als Sklaven. Vorbei war es mit der Gemeinwirtschaft. Bis auf den heutigen Tag. Es ist eine gigantische Ungerechtigkeit!!«

Grete hörte geduldig zu und fand, dass er vermutlich Recht hatte. Aber ihr fiel auch nicht ein, wie die Dinge anders geordnet werden könnten. Und außerdem hatte ihr Großvater ja gezeigt, dass auch ein Tagelöhner es zu ein wenig Wohlstand bringen konnte, wenn er nur brav und fleißig war und einen gütigen Großgrundbesitzer fand, der ihn versorgte und schützte.

Jedenfalls war Hardy eines Tages in die Großstadt gefahren und hatte eine Satellitenschüssel samt Empfangsgerät beschafft. Dazu einen riesigen Fernseher, den sie kaum zu zweit ins Haus tragen konnte, so schwer war der Apparat. An diesem Samstag stieg er mitsamt der Schüssel auf den Dachboden. Er baute die Antenne ab und nutzte einen speziellen Ziegel, durch den eine Stange geführt wurde für den Befestigungsarm der Satellitenschüssel, den er an einem Dachbalken fest verschraubte. Nun wollte er die konkave Antenne montieren, also musste er von außen aufs Dach.

Er bekam das Ding kaum durch die Luke und hatte große Schwierigkeiten es zu lagern, während er selbst hinauskletterte. Beim Versuch, die Schüssel an ihrem Mast zu befestigen, kam er ins Rutschen und stürzte ab. Aus gut sechs Metern Höhe schlug er mit dem Rücken zuerst auf den betonierten Vorplatz. Die Satellitenschüssel kam hinterher und traf sein rechtes Bein.

Grete arbeitete gerade hinten im Garten und bekam nichts davon mit. Hardy war bewusstlos und lag beinahe eine Stunde bewegungslos auf dem harten Grund. Sie fand ihn nur, weil sie ihn um Hilfe mit dem Zaun bitten wollte.

Zum ersten Mal überhaupt landete ein Helikopter auf der Weise jenseits des Fahrwegs. Man brachte ihn in die Unfallklinik der Großstadt. Grete wurde beim Besteigen des Hubschraubers fast ohnmächtig vor Angst. Angst um ihren Mann und Angst vor dem Fliegen.

Die Diagnose ergab, dass Hardy sich vier Rückenwirbel und das Bein gebrochen hatte. Außerdem war beim Aufprall der linke Lungenflügel kollabiert. Er war ins Koma gefallen, verbrachte drei Wochen auf der Intensivstation und wurde erst im September wieder entlassen.

An dem Tag als er aus dem Koma erwacht war und wieder flüssig sprechen konnte, erzählte er Grete einen Traum:

Ich lag in diesem Bett und schwebte über dem Moor. Dann begann sich der Erdball unter mir zu drehen. Landschaften zogen durch, Flüsse,

Meere, Eisberge, Städte, Wüsten, Gebirge, Seen, Äcker und Weiden, und irgendwann stand die Erde wieder still. Ich sank abwärts, als wäre das Bett ein Helikopter. Ich war wieder da, gelandet auf dem Damm gleich am Hauptkanal. Das Wetter war herrlich, die Sonne schien, niedliche Wolken am Himmel, eine frische Brise. Irgendwer hatte mir meine Kluft angezogen, und ich schwang die Beine über die Bettkante. Ich fühlte mich gesund und frisch.

Dann sah ich Menschen auf mich zukommen. Schöne, friedliche Menschen, manche in wehenden Gewändern, anderen in Overalls wie man sie in Werkstätten trägt. Sie lächelten mir zu, aber sprachen mich nicht an. Ein älterer Mann mit wallendem Bart machte eine einladende Geste. War ich gestorben und nun als Engel im Himmel angekommen? Nein, denn die ganze Umgebung wirkte sehr irdisch. Ich war nur sicher, dass seit meinem Unfall Jahrzehnte, vielleicht Jahrhunderte vergangen waren.

Und dann stand ich vor unserem, vor deinem Haus. Ich fragte meinen Führer, wem das Haus denn nun gehöre. Er lachte leise: ›Niemandem, kein Mensch besitzt Land, und die Häuser gehören allen.‹ Ich erfuhr, dass unser Haus nun das Kinderhaus war, dass also dort die Kinder der Gemeinde lebten in einer Mischung aus Schule und Wohnheim, betreut von freundlichen Männern und Frauen. Dann lernte ich von dem alten Mann, der sich als Paul vorstellte, dass sie sich die Survivoren nannten, also die Überlebenden, und mir wurde klar, dass es in meiner Abwesenheit eine Katastrophe gegeben haben musste.

Da fiel mir auf, dass alle Erwachsenen, Jugendlichen und Kinder den Menschen ähnelten, die hier lebten, also uns und unseren Nachbarn. Ein junger Mann von vielleicht fünfundzwanzig Jahren stellte sich als Ururenkel von Wilhelm Brockhoff vor. An seiner Seite eine ausgesprochen hübsche Frau, die nach eigenem Bekunden Nachfahrin der Grundmanns war. Man lud mich ins Gemeinschaftshaus auf den Brockhoff'schen Hof ein. Paul nahm sich die Zeit, mir alles zu erklären. Wobei er den genauen Ablauf der Geschichte nicht kannte.

Die Survivoren, so Paul, hätten jedes Privateigentum abgeschafft, die Religionen gleich mit. Sie würden in autonomen Gemeinden leben, verteilt übers ganze Land. Die Böden würden gemeinschaftlich beackert. Geld gebe es auch nicht mehr, jeder bekäme, was er brauche — nicht mehr, aber auch nicht weniger. Man habe auch all die ehemaligen Infrastrukturen dezentralisiert, jede Gemeinde erzeuge ihren eigenen Strom und betreibe ein eigenes Kommunikationsnetz, das über Knotenpunkte mit andere verbunden sei. Auf Benzin- und Dieselmotoren habe man schon vor beinahe hundert Jahren verzichtet. Für Fahrten über große Strecken habe man Elektroautos, ansonsten bewege man sich zu Fuß oder auf dem Fahrrad.

Mir wurde klar, dass ich doch gestorben und im Paradies gelandet war.

Grete sah, wie ihm die Tränen die Wangen hinab liefen.

Aber dann lächelte er und sagt: »Bin wieder da, Gretchen. Nicht mehr derselbe, aber immer noch deiner.«

Seine gute Stimmung hielt nicht lange an. Zwar hatte man die Knochenbrüche heilen können, aber das Bein war steif geblieben und die Verletzungen an der Wirbelsäule hatten zu Lähmungserscheinungen geführt, sodass er mit dem rechten Arm und der rechten Hand kaum noch eine Tätigkeit ausüben konnte.

Immerhin blieb Hardy mobil, konnte mit Gehhilfen und später einem Rollator kurze Strecken ohne fremde Hilfe bewältigen. Er war auch in der Lage, sich selbstständig zu waschen und ohne Gretes Hilfe zu essen. Mehr aber auch nicht. Und weil sie nicht Autofahren konnte, war er weitestgehend ans Haus gefesselt. Die Medikamente, ohne die er kaum existieren konnten, führten zu Schlafstörungen und nach einigen Wochen zu schweren Depressionen, die sich darin äußerten, dass er morgens nicht aufstehen wollte und kaum ein Wort mit Grete sprach.

Im Herbst, zwei Jahre nach seinem Unfall, riss ein Sturm die Schindeln von der Scheune. Er humpelte in die Küche und schrie sie an: »Ich muss da rauf! Ich muss das in Ordnung bringen!!«

Grete versuchte ihn zu beruhigen. Und da schlug er sie zum ersten Mal mit der Krücke. Von diesem Augenblick an wurde er böse und unberechenbar. Er begann mit Gegenständen nach ihr zu werfen, so wie es ihrer beider Tochter einst getan hatte. Man verschrieb ihm Beruhigungsmittel, die sie ihm heimlich verabreichte.

Schließlich verschlimmerte sich seine Lähmung, und Hardy konnte das Bett nicht mehr verlassen. Mehrmals ließ Grete ihn mit einem Krankentransporter in die Klinik in der Stadt bringen, aber die Ärzte gaben zu, dass sie nichts mehr für tun könnten.

Wenn er sprach, dann redete er nur noch davon, dass er selbst seinem Elend ein Ende machen würde, wenn er nur könnte. An einem freundlichen Sonntag, beinahe genau vier Jahre nach dem Unfall, erlöste sie ihn. Er trank das Gift, das die Zwillinge ihr angerührt hatten, mit großer Erleichterung. Bei der Beerdigung nannte Pastor Bääsch ihn einen guten Menschen und einen guten Freund.

Über Angela

Grete hatte nicht mehr damit gerechnet, noch einmal schwanger zu werden. Sie war nun 44 und wähnte sich bereits in den Wechseljahren. Ihre Periode war im vergangenen Jahr unregelmäßig gekommen und zwischendurch drei Monate ausgeblieben. Als sie dies um den Jahreswechsel herum erneut feststellte, machte sie sich keine Gedanken.

Auch darüber, dass sie vom üppigen Weihnachtsessen, das sie zusammen mit Hardy gekocht hatte, und an das noch üppigere Mahl bei den alten Brockhoffs kaum etwas hatte anrühren können, weil ihr dauernd übel war, bereitete ihr keine Sorgen. Aber Anfang März war nicht mehr zu übersehen, dass sich ihr Bauch rundete, und Hardy war der Erste, der die Frage stellte: »Kann es sein, Gretchen, dass du schwanger bist?«

Nun hatte die Menstruation in Gretes Leben nie eine besondere Rolle gespielt, nie hatte sie irgendwelche Probleme damit. Beim ersten Mal, sie war gerade dreizehn geworden, ging sie einfach zur Mutter und sagte: »Mama, ich blute.«

»Wo denn?« Sie zeigte auf ihre nackten Oberschenkel.

»Ach so, das…«, sagte die Mutter bloß. »Frag mal die Hilde, ob sie Binden für dich hat. Die soll dir sagen, wie du das machst.« Und nach einer Pause: »Das wirst du jetzt regelmäßig haben.«

Grete war weder schockiert, noch war ihr die Sache peinlich. Sie hatte von ihren älteren Schwestern davon gehört, dass man als Mädchen seine Tage kriegt, wie sie das nannten. Damit war das Thema für sie erledigt, und nur wenn sie wegen ihrer Periode partout keine Lust auf Sex hatte, erwähnte sie es gegenüber ihren Männern.

Und weil sie nie Regelschmerzen hatte und auch die Schwangerschaften problemlos verlaufen waren, hatte sie ihr Leben lang nie einen Gynäkologen aufgesucht.

»Du musst zum Arzt«, meinte Hardy aber jetzt, »nachgucken lassen, ob alles in Ordnung ist. In deinem Alter…«

Der Verweis auf ihr Alter ärgerte sie ein bisschen, aber dann fand sie, dass ihr Mann Recht hatte, rief Jutta an und fragte, ob diese einen Frauenarzt empfehlen können. Die Freundin gab ihr Name und Telefonnummer ihrer Gynäkologin, bei der sie schon über zwanzig Jahre Patientin war, und Grete machte einen Termin aus. Hardy begleitete sie in die Stadt, wollte aber die Praxis und das Wartezimmer nicht betreten, das sei nichts für einen Mann.

Die Ärztin war überraschend jung dafür, dass sie ihre Praxis bereits seit mehr als zwanzig Jahren führte, und der Verweis auf Gretes Freundin Jutta brach das Eis.

»Dann wollen wir mal«, sagte Dr. Brenner, aber ihre neue Patientin wusste nicht so recht, was sie tun sollte.

»Muss gestehen, dass ich zum ersten Mal in meinem Leben bei einem Frauenarzt bin«, gab sie zu.

»Oh«, antwortete Frau Doktor, »das hatte ich auch noch nicht, eine Frau in Ihrem Alter …«

Auf dem Stuhl mit gespreizten Beinen liegend, die Hacken in den Haltern, der Unterhose entledigt und das Kleid hochgeschoben, empfand Grete die Situation als unangenehm. Nicht dass sie sich für ihren nackten Unterleib schämte, aber sie fühlte sich gefesselt. Und eine Vorstellung von den Umständen einer solchen Untersuchung hatte sie nicht.

»Sie dürften die zwanzigste Schwangerschaftswoche bereits überschritten haben. Falls sie darüber nachgedacht haben, das Kind nicht zu bekommen.« Dr. Brenner machte eine Pause. »Dafür ist es jetzt zu spät. Soweit scheint bei ihnen alles in Ordnung zu sein. Ich würde empfehlen, baldmöglichst einen Kinderarzt oder eine Hebamme aufzusuchen, die sich mal den Fötus in ihrer Gebärmutter anschaut.«

Grete nickte und dachte nach, wie denn jemand sich ein Ungeborenes ansehen könnte. Als sie dann ein paar Tage später im städtischen Krankenhaus da lag, den nackten Bauch mit Vaseline bestrichen, und ein ziemlich junger Mann, der offensichtlich nicht aus der Gegend stammte und mit einem lustigen Akzent sprach, mit einer Art Telefonhörer auf ihr hin und her fuhr, den Blick fest auf einen Bildschirm gerichtet, war sie fasziniert. Mehr noch als der Arzt ihr einen Ausdruck dessen mitgab, was auf diesem Bildschirm zu sehen war.

»Stand jetzt«, hatte Dr. Pezeshkzade gesagt, »würde ich meinen wollen, sie werden ein Mädchen bekommen. In zwei, drei Wochen wissen wir mehr, Frau Kranzow.«

Ein Mädchen, wie konnte der das wissen, dachte Grete, nachdem sie sich gemeinsam mit Hardy lange das Foto angeschaut hatten. Gesund sehe der Fötus aus, hatte der Arzt angefügt, aber sie müsse sich im Klaren darüber sein, dass sie als Spätgebärende sich und ihrem zukünftigen Baby einige Risiken zumute.

Jutta und Dora hatten dazu keine Meinung, weil sie beide keine Kinder geboren hatten, aber Emmi wiegte bedenklich den Kopf, als sie von Gretes Schwangerschaft erfuhr: »Wenn das mal gut geht…«.

Auch ihr ehemaliger Schwiegervater, der sich natürlich

auf eine weitere Enkelin freute, meinte nur. »Na, dann, Machreth, wird schon werden.«

Aber, es wurde nicht. Zehn Tage vor dem berechneten Termin ging es Grete schlecht. Sie hatte Schmerzen im Bauch, die sich ganz anders anfühlten als Wehen. In der Nacht weckte sie Hardy, der sofort nach der Hebamme telefonierte, die eine Dreiviertelstunde später, es war gegen vier Uhr morgens, eintraf. Und sofort den Notarztwagen alarmierte. Die Geburt müsse eingeleitet werden, sagte die Hebamme, und legte ihr einen Wehentropf. Während die Wehen langsam anstiegen, traf der Notarzt ein und kümmerte sich um die werdende Mutter, die bereits hohes Fieber hatte.

Grete fantasierte. Sie sah sich über dem Moor schweben und ein Neugeborenes nach dem anderen aus sich herauspressen. Die fielen nach unten. Die ersten drei landeten sanft im trockenen Torf, aber das vierte stürzte in ein brodelndes Sumpfloch, und Grete meinte, die grellgelben Augen des Behem in der Tiefe zu erkennen. Und da endete der Traum.

Man hatte ihr eine Periduralanästhesie gelegt, sodass sie unterhalb des Bauchnabels nichts spürte. Dazu ein starkes Beruhigungsmittel, das dazu führte, dass sie alles hörte, was um sie herum gesprochen wurde, aber nichts davon verstand. Sie spürte, wie unten herum an ihr gezerrt und gedrückt wurde. Plötzlich war alles in ihr weich, sie wurde ruhig und schlief ein.

Der Fötus hatte sich während des Geburtsvorgangs gedreht und lag so ungünstig, dass er von selbst nicht geboren werden konnte, aber auch ein Kaiserschnitt nicht weitergeholfen hätte. Eine gute Stunde lang versuchte die Hebamme, das Kind zu drehen, was ihr nur teilweise gelang, sodass sie mit der Zange arbeiten musste und einen Dammschnitt ausführte. Als der Kopf des Mädchens erschien, war die Haut durchgehend blau.

Der Kinderarzt nahm später an, dass das Baby über mehr als zwanzig Minuten nicht ausreichend mit Sauerstoff versorgt worden war, und machte Grete und Hardy vorsichtig klar, dass ihr Neugeborenes mit an Sicherheit grenzender Wahrscheinlichkeit bleibende Schäden davongetragen hatte.

Die durch die Geburtszange ausgelöste Deformation des Schädels bildete sich erstaunlich schnell zurück. Nur das linke Auge würde wohl ein Leben lang halb geschlossen bleiben.

Sie nannten das Kind Angela Mathilde. Es trank gut und wuchs nach Plan. Es schien alles gut ausgegangen zu sein. Grete fiel nur auf, dass Angela im Vergleich zu ihren älteren Schwestern viel weniger schlief und Arme und Beine nie ganz ruhig hielt. Dass das Mädchen unter geistigen Beeinträchtigungen litt, wurde erst bei der U4 deutlich, denn Angela reagierte kaum auf akustische und optische Reize und war nicht in der Lage, einem bunten Gegenstand mit den Augen zu folgen.

Körperlich war alles in Ordnung bei ihrer jüngsten Tochter. Trotz der leicht verfrühten Geburt hatte sie knapp unter viertausend Gramm auf die Waage gebracht und war deutlich länger als Annegret oder die Zwillinge bei der Geburt. Und mit jedem Lebensmonat wurde klar, dass sie viel von ihrem Vater hatte, besonders was die Körperkräfte anging.

Aber an ihrem zweiten Geburtstag mussten die Eltern es akzeptieren: Ihre Tochter würde vermutlich nie sprechen lernen, würde nie in eine normale Schule gehen oder einen

Beruf ergreifen können. Die Verwandten, Freunde und Nachbarn bedauerten sie, aber Grete wies das Mitleid brüsk zurück: »Es ist mein Kind, es ist wie es ist. Was soll das Gejammer?«

Und als Jutta bei einem Besuch meinte, hätte Grete doch mal früher den Arzt gerufen oder wäre, besser noch, zur Geburt ins Krankenhaus gegangen, das antwortete ihre Freundin auf Platt: »Wenn de Hund nich schieten hätt, hätt he den Haas hatt.«

Und schnitt damit jede Diskussion zu diesem Schicksalsschlag ab. Zumal auch Hardy dieselbe Haltung einnahm wie sie. Er liebte sein kleines Mädchen, sein einziges Kind, seine Tochter und konnte kaum von ihr lassen. Nachdem Grete abgestillt hatte, riss er sich darum, Angela zu füttern. Natürlich wechselte er gern die Windeln, und ab dem Zeitpunkt, ab dem es möglich war, nahm er sie mit in die Badewanne, wo sie auf Papas Bauch im Wasser dümpelte und vor Vergnügen gluckste.

Die eigentlichen Probleme zeigten sich erst im Alter von ungefähr sechs Jahren. Grete und Hardy hatten beschlossen, Angela nicht in irgendeine Sonderschule zu schicken, sondern sich zuhause um sie zu kümmern. Das Mädchen war nun viel zu groß und kräftig für ihr Alter und kaum in der Lage, seine überbordende Energie zu zügeln. Und sie legte zunehmend aggressive Verhaltensweisen an den Tag. Das bekam eine der Katzen vom Brockhoff-Hof zu spüren, die ihr zu nahe kam, als sie gerade schlechte Laune hatte. Sie erwischte die Katze am Schwanz und schleuderte sie einmal im Halbkreis um sich herum, und am Ende zerschellte der Katzenkopf an der Hausecke.

Das geschah immer nur, wenn ihr Papa nicht in der Nähe war. Überhaupt war Hardy der einzige Mensch, der seine Angela beruhigen konnte. »Komm«, sagte er bloß, nahm sie in den Arm und wiegte sie hin und her, bis ihre Wut verflogen war. Außerdem war er der Einzige, den sie nie angriff oder verletzte.

Die Zwillinge, die nun schon in ihrem kleinen Häuschen wohnten und den Blumenladen betrieben, hielten sich fern, und wenn Grete sie sehen wollte, musste sie schon die kurze Strecke ins Dorf nehmen, um Tona und Melly zu besuchen.

Mit acht begann sie in diesem Zustand mit Gegenständen um sich zu werfen. Mit neun versuchte sie zum ersten Mal, den alten Brockhoff, ihren Opa, zu beißen. Und im heißen Juni ihres elften Lebensjahrs schlug sie ihrer Mutter einen Spatenstiel auf den Kopf. Grete ging ohnmächtig zu Boden, und wäre Hardy nicht zufällig hinzugekommen, wer weiß, ob Angela immer wieder zugeschlagen und ihrer Mutter einen ernsthaften Schaden zugefügt oder sie gar getötet hätte.

In ihrer Not wandte sie sich an Pastor Bääsch. Der hörte sich an, was Angela so anrichtete, wiegte bedenklich den Kopf und sagte dann: »Weißt du, liebe Jrete, dat Mädschen wird langsam jefährlich. Isch würde meinen wollen, sie wäre in einem Heim besser aufgehoben.«

Und besorgte ihr die Adresse einer entsprechenden, einem Nonnenkloster weit hinter dem Mittelgebirge angeschlossenen Einrichtung für Menschen mit geistiger Behinderung. Er habe da bereits angerufen, und die Schwestern würden auch derart junge Klienten wie Angela aufnehmen.

Hardy hatte keine Vorstellung von einem Kloster. Als überzeugter Atheist wollte er mit irgendwelchen Mönchen und Nonnen nichts zu tun haben. Grete überredete ihn, nicht nur sie und Angela zu chauffieren, sondern auch mit ins Heim zu kommen, um sich davon zu überzeugen, dass es seiner kleinen Geli dort gut gehen könnte. Also brachen sie an einem Samstagmorgen auf.

Angela fuhr gern in Papas klapprigen Geländewagen mit, am liebsten auf der Rückbank, auf der sie kniete, um aus dem Rückfenster schauen zu können. Aber nach einer Stunde wurde das Mädchen unruhig. So lange war sie noch nie im Auto gefahren. Sie begann zu weinen, und Hardy und Grete mussten eine Pause einlegen. Zum Glück war es nicht weit bis zur nächsten Raststätte, wo Hardy ihr ein Eis am Stiel kaufte, denn Eiscreme hatte sich als perfektes Beruhigungsmittel für Angela herausgestellt. Mit einer Eistüte in der Hand wurde sie von einem auf den anderen Augenblick zu einem sanften Wesen.

Das Heim entpuppte sich als moderner Zweckbau, der weit ab vom Haupthaus des Benediktinerinnenklosters mitten in einem düsteren Park mit uralten Bäumen lag und von einem hohen Gitterzaun umgeben war. Schwester Lioba, eine der Gruppenleiterinnen der Einrichtung, empfing sie am Eingang und begrüßte zuerst das Mädchen. Dann saßen sie in der Cafeteria, und Angela aß den servierten Kuchen beinahe allein auf. Die Nonne stellte eine Reihe Fragen zum Verhalten des Kindes und machte sich Notizen. Dann bot sie einen Rundgang an.

»Wo sind die ganzen Kinder?«, wollte Hardy wissen.

»Oh, einige sind beim Sport, andere machen Ausflüge mit ihren Betreuerinnen, und ein paar unserer Klienten werden sie gleich in der Werkstatt kennenlernen.«

Dass nicht nur die jungen Erwachsenen im Heim arbeiten mussten, sondern auch Kinder ab zwölf, überraschte Grete und Hardy.

»Wenn wir die Einnahmen aus unseren Werkstätten nicht hätten, könnten wir unsere Leistungen nicht derart günstig anbietet«, erklärte die Nonne und erzählte, dass die Einrichtung vor allem Aufträge rund um die Verarbeitung von Papier und Pappe annehme. Tatsächlich sahen sie durch ein Fenster zum Gang vier, fünf junge Leute in der vorgeschriebenen Arbeitskleidung, die Schachteln falteten.

Angela fühlte sich offensichtlich wohl an diesem Ort und hatte Spaß daran, Schwester Lioba mit den Fingerknöcheln auf die gestärkte Haube zu klopfen. Als Grete und Hardy sie verließen, lachte und winkte sie. Hardy aber ließ die Tränen fließen, und es war klar, dass er sich mit dieser Lösung für seine arme Geli niemals abfinden würde.

Grete sah die Sache wie immer pragmatisch: »Die Kleine wird dort sicher gut betreut, jedenfalls besser als wir es auf Dauer könnten. Außerdem können wir sie jedes Wochenende besuchen.«

Das taten die Eltern auch im ersten halben Jahr. Alles schien in Ordnung, jedenfalls wusste Schwester Lioba, die Gruppenleiter für die Kinder unter vierzehn, von Problemen nicht zu berichten. Und Angela machte immer einen ausgeglichenen Eindruck.

Allerdings behandelte sie schon nach wenigen Monaten ihre Mutter wie eine Fremde, während sie Hardy sofort erkannte und sich auf ihn stürzte. Grete kam mit dieser Zurückweisung nur schlecht zurecht, und so forderte sie ihren Mann immer seltener auf, die Tochter zu besuchen. Nach einem Jahr wollte sie gar nicht mehr mit, wenn er fuhr. Und irgendwann begnügte sie sich damit, die Monatsberichte zu lesen, die Schwester Lioba regelmäßig schickte.

Die waren selten länger als zwei Seiten und handschriftlich verfasst. Anfangs ging es hauptsächlich darum, ob und welche Fortschritte Angela gemacht hatte, aber bald fanden sich immer öfter Passagen in den Berichten, die Grete und Hardy beunruhigten.

»Angela hatte Rudi mit der Schaufel auf den Kopf geschlagen«, hieß es da, »Die Platzwunde war aber klein und musste nicht genäht werden.«

Oder: »Vor ein paar Tagen hat Angela versucht, die kleine Elke aus dem Fenster zu stoßen, wir konnten sie gerade noch daran hindern.«

Aber nicht alle Nachrichten waren schlecht: »In der Werkstatt ist Angela sehr lernwillig und fleißig. Außerdem hat sie sich endlich mit ein paar Gleichaltrigen aus ihrer Gruppe angefreundet. Besonders gern kuschelt sie mit Olaf.«

Dann kam Angelas dreizehnter Geburtstag, und die Eltern hatten die Erlaubnis eingeholt, sie im Heim abzuholen und den Nachmittag mit ihr zu verbringen. Das Mädchen freute sich sehr, den Vater zu sehen, und kletterte freudig ins Auto.

Hardy hatte ein Ausflugslokal gefunden, wo sie einkehrten. Angela war freundlich und friedlich, bekam aber Wutfalten zwischen den Augen, als Grete ihr den Kaffee wegnahm, den sie sich vom Vater genommen hatte.

»Lass die doch«, sagte Hardy und bestellte noch ein Kännchen. Kuchen musste er dreimal nachbestellen, so schnell aß seine Tochter die Stücke auf, und den Eisbecher leerte sie schnell mit systematischem Löffeln. Dann wollte sie sich auf seinen Schoß setzen, aber er wehrte ab, weil er das Gefühl hatte, die Leute würden es missverstehen, wenn eine junge Frau so intim mit ihm wäre.

Angela war nun schon größer als ihre Mutter und breiter und schwerer als sie es je in ihrem Leben war. Ihre Körperkräfte waren beängstigend. Aber als Schwester Lioba sie zum Gespräch bat, während eine Betreuerin das

Mädchen schon zurück zu ihrer Gruppe brachte, war das aggressive Verhalten nicht Thema.

»Wissen Sie, Herr und Frau Kranzow, Angela hat vor zwei Wochen zum ersten Mal ihre Periode bekommen. Mein Eindruck ist, dass die Sexualität bei ihr bereits eingesetzt hat. Beim Duschen manipuliert sie … Sie wissen schon. Und neulich hat sie nachts versucht, sich eine Flasche …«

Offensichtlich fiel es der Nonne schwer, über dieses Thema unbefangen zu sprechen. »Und dann ist da auch noch Olaf, ihr allerbester Freund aus der Jungengruppe. Der ist schon fünfzehn, und ich weiß von der Gruppenleiterin, dass er regelmäßig, nun, onaniert. Und mit Olaf verbringt Angela jede Minute, in der das möglich ist. Dann ziehen sie sich zurück, sodass man nicht genau mitbekommt, was sie tun.«

Grete hörte aufmerksam zu. »Und, was wollen Sie damit sagen, Schwester Lioba?«

Die Betreuerin schwieg eine Weile und fixierte eine Raumecke. »Nun, was wir hier um jeden Preis verhindern wollen und müssen, ist, dass eine unserer jungen Frauen schwanger wird.«

»Na, dann verteilen Sie doch die Pille!«, sagte Grete.

Die Nonne zog ein Gesicht: »Liebe Frau Kranzow, Sie wissen doch, wie unsere Kirche zur Empfängnisverhütung steht.« Sie machte eine Pause. »Außerdem wäre es beinahe unmöglich, für eine regelmäßige Einnahmen zu sorgen. Andere Methoden kommen für junge Leute wie unsere Klienten aus naheliegenden Gründen nicht in Frage.«

Hardy wurde ungeduldig: »Was wollen Sie uns also sagen?«

Schwester Lioba zögerte erneut. »In Fällen wie diesen,

in denen unsere jungen Menschen die Sexualität für sich entdecken und das jeweils andere Geschlecht, was Gottseidank in dieser Kombination nur selten vorkommt, raten wir zur...« Wieder ließ sie ein paar Sekunden verstreichen. »...Sterilisation.«

»Wollen Sie mir sagen, dass Sie nicht in der Lage sind zu verhindern, dass die von Ihnen betreuten Kinder Sex miteinander haben?«, Grete war aufgestanden.

Schwester Lioba machte eine beschwichtigende Geste. »Wäre es Ihnen lieber, wir würden unsere Betreuten in Einzelzellen halten, damit sie auf gar keinen Fall sexuellen Kontakt haben können?«

Hardy berührte Grete am Arm: »Lass gut sein, Gretchen, die Schwester hat Recht.«

»Sie müssten natürlich Ihre schriftliche Einwilligung geben, ich habe die Formulare schon einmal vorbereitet. Nehmen Sie die Papiere mit, reden Sie miteinander darüber, denken Sie nach und entscheiden Sie dann.«

Auf der Rückfahrt schwiegen Grete und Hardy und erst drei Tage später sprachen sie über diese Sache.

»Ich werde meine Zustimmung nicht geben«, erklärte sie.

»Musst du auch nicht einfach so. Hab mich schlau gemacht. Nach dem Betreuungsgesetz muss ein amtlich bestellter Sterilisationsberater eingesetzt werden, der das beurteilt«, gab Hardy zurück.

»Wir wissen doch gar nicht, was in Angela und ihrem Freund vorgeht. Ob sie sich lieben und ob sie sich vielleicht irgendwann ein Kind wünschen. Das sind doch keine Tiere, die einfach nur einem Trieb folgen.«

»Du hast so Recht, Gretchen, aber wenn wir es nicht

wollen, wird es nicht geschehen.«

Beide vermieden das Wort Sterilisation, und Grete schrieb einen Brief ans Heim, in dem sie erklärte, dieser Maßnahme niemals zuzustimmen.

Bei ihrem nächsten Besuch wurden sie nicht mehr von Schwester Lioba empfangen. Man habe ihr die Betreuung der Gruppe entzogen, erklärte die Oberin ohne Gründe dafür anzuführen. Außerdem wünsche man nicht mehr, dass Angela, ob mit oder ohne ihre Eltern, das Gelände verlassen. Das war das erste Mal, dass die Tochter auch den geliebten Papa nicht mehr erkannte. Schwester Katharina schrieb keine Monatsberichte. Ein paar Mal fuhr Hardy noch allein zum Kloster. Ohne je darüber zu sprechen, erkannten beide, dass sie Angela für immer verloren hatten.

Annes letzte Reise

Und dann stieß Anne in einer überregionalen Sonntagszeitung, auf ein Stellenangebot. Eine Firma WVM aus der Hauptstadt suchte einen Assistenten für den Geschäftsführer; als Einstellungsvoraussetzung waren Reisebereitschaft und die Kenntnis von mindestens drei Fremdsprachen angegeben.

Und obwohl der Posten ausdrücklich für männliche Bewerber ausgeschrieben war, verfasste Anne eine Bewerbung, schrieb einen vollkommen ehrlichen Lebenslauf und fertigte in der Stadt Kopien ihrer Zeugnisse an. Eine Woche später traf die Einladung zum Vorstellungsgespräch ein, beigelegt war eine Hin- und Rückfahrkarte für die erste Klasse in die Hauptstadt. Am Bahnhof wurde sie von einem Chauffeur im Livree empfangen, der ein Schild mit ihrem Namen in der Hand hielt.

Igor entpuppte sich als fröhlicher Kerl, der sie auf den Beifahrersitz der grauen Limousine holte und gleich begann, von sich und seinem Chef zu erzählen. Wilko van Minten, so der Name, sei ständig auf Achse, überall auf der Welt und höchstens alle sechs Wochen vor Ort, ein eigenartiger Typ, aber seinen Angestellten gegenüber jederzeit fair und großzügig.

Ob es denn bisher schon einen Assistenten gegeben habe, fragte Anne, und Igor lachte: »Im Gegenteil! Bisher waren es immer Frauen auf diesem Posten. Und nun hat der Chef die Nase voll davon, dass die jungen Dinger über kurz oder lang versuchen, ihn unter die Haube zu kriegen.« Sie lachte mit und sagte: »Davor muss er bei mir keine Angst haben.«

Dass die Firma WVM nur aus dem Chef und seinem

Chauffeur bestand, überraschte Anne einigermaßen. »Was ist das denn für ein Geschäft?«, fragte sie den Chauffeur. »Keine Ahnung. Darüber hat er mit mir noch nie gesprochen. Irgendwas mit Geld, mit Kapital, mit Investitionen.«

Das Büro befand sich in einem hochmodernen Geschäftshochhaus mitten in der City auf der siebzehnten Etage. Igor führte sie in ein Büro ungewöhnlicher Ausmaße mit zwei Fensterfronten und einer Terrasse auf der einen Seite.

»Warten Sie kurz, der Chef kommt sicher gleich.« Anne trat ans Fenster und genoss den Ausblick auf die Stadt. Bis in den Ostteil konnte man sehen, und der Fernsehturm mit der Kugel unterhalb der Spitze stand mitten in ihrem Sichtfeld.

Wilko van Minten war auf eine nahezu groteske Art unattraktiv. Sein Kopf und selbst das Gesicht erinnerten Anne an ein Kalb. Zumal der Mann weißhäutig war wie ein Albino und seine Wimpern hell wie die eines jungen Rindes. Offensichtlich wollte ihr möglicher Arbeitgeber freundlich sein, aber es fiel ihr schwer, seine Grimasse als Lächeln zu deuten. Der Kopf saß halslos auf einem Oberkörper mit erschreckend schmalen Schultern, der zu den Hüften hin immer breiter wurde.

»Er ist eine Birne mit Kalbskopf«, dachte Anne. Dann reichte er ihr die rechte Hand, und sie erschrak vor einer Pranke in der Größe einer kleinen Bratpfanne. »Der muss irrsinnig reich sein«, schoss es ihr durch den Kopf, »dass seine Assistentinnen ihn alle als Ehegatten einfangen wollten.«

»Frau Hanke? Angenehm, van Minten«, begrüßte er sie, und Anne war überrascht, wie angenehm seine Stimme im

Gegensatz zu seinem Körperbau war. Ein wenig erinnerte sie der Klang an einen Jungen, auf den der Stimmbruch nur gering gewirkt hatte, und überlegte, ob der Mann vielleicht auch so schön singen konnte. Seine wasserhellen Augen fixierten sie, und ihr fiel sofort auf, dass er nie sichtbar zwinkerte oder nur in den Momenten, in denen sie gerade nicht hinsah.

»Nehmen Sie bitte Platz«, sagte er und wies auf eine Couch mitten im Raum. »Was darf ich Ihnen als Drink anbieten? Whisky? Oder doch lieber einen Kaffee? Wasser? Wein? Cola? Limonade? Einen Saft?«

So lernte sie gleich seine Angewohnheit kennen, alle Möglichkeiten, die ihm in einer Situation in den Kopf kamen, sofort in voller Länge an die Gesprächspartner weiterzugeben.

»Ein Tee wäre schön«, gab Anne zurück, und er lachte glockenhell und glucksend.

»Sie gefallen mir, Sie gefallen mir schon jetzt.« Nachdem er sich beruhigt hatte: »Was darf es denn sein? Ceylon? Assam? English Breakfest Tea? Friesischer Tee? Jasmintee? Japanisch? Chinesisch? Pfefferminze? Kamille? Früchte?« Da mussten sie beide lachen.

Ihr zukünftiger Chef trat an seinen gläsernen Schreibtisch, drückte eine Taste und bestellte den gewünschten schwarzen Tee mit Sahne und Zucker, den Igor nach der angemessenen Zeit brachte.

»Mir hat gefallen, dass Sie sich beworben haben, obwohl ich ausdrücklich nach einem Mann gesucht habe. Wie sind Sie darauf verfallen?«

Wilko van Minten hatte den Besucherstuhl über den schneeweißen Teppichboden in ihre Nähe gezogen und saß nun breitbeinig vor ihr.

»Ich fand ihre anderen Einstellungsvoraussetzungen spannend – wie für mich verfasst.« Er nickte etliche Mal und hielt die Augen halbgeschlossen, sodass Anne fürchtete, er könnte eingeschlafen sein. »Mmmh, ja, dann will ich Ihnen mal erzählen, was ich so treibe.«

Seine Dienstleistung, begann er, nenne sich gemeinhin Vermögensverwaltung. »Um der Wahrheit die Ehre zu geben: Ich verwalte im Wesentlichen das Vermögen meiner Familie.« Seine Aufgabe sei es, das Vermögen eines Klienten, also auch der Familie van Minten zu sichern und zu mehren. »Wissen Sie, ein Großteil der Arbeit besteht darin, Wertpapiere zu kaufen oder abzustoßen. Man könnte mich auch einen Spekulanten nennen.«

Wieder gluckste er vor kaum unterdrücktem Lachen. »Das kann jeder Idiot, wenn er genug Kapital zur Verfügung hat und sich in Geduld üben kann. Und weil das so langweilig ist, lass ich diesen Job andere Leute machen, Banker zum Beispiel.«

Anne hatte nicht die geringste Ahnung, wovon er sprach, denn für alles, was unter den Begriff Wirtschaft fiel, hatte sie sich nie interessiert, und das Fach Betriebswirtschaftslehre war auf der Höheren Handelsschule mit dem Prädikat Ausreichend spurlos an ihr vorüber gegangen.

»Ich sehe, das langweilt Sie. Und ich sage: zu Recht!«, fuhr er fort. »Spannend ist meine Tätigkeit als Investor. Ich suche überall auf der Welt nach Unternehmen und Projekten, die mir gefallen, die ich interessant und nützlich finde, die zu unterstützen mir ein Anliegen ist. Und dahin fließt dann das Geld meiner Klienten, also auch das der Familie van Minten.«

»Weil ich aber ein kontaktfreudiger Mensch bin, der sich gern auf seine eigene Wahrnehmung verlässt, habe ich es mir zur Gewohnheit gemacht, die Unternehmen und Projekte jeweils vor Ort höchstpersönlich zu besichtigen. Außerdem bin ich schon immer gern gereist. Stellen Sie sich vor: Von den sechs Kontinenten dieser schönen Erde habe ich bereits fünf bereist! Da staunen Sie, oder?« Er warf sich in seinem Stuhl zurück und wedelte mit den viel zu kurzen Armen mit den viel zu großen Händen.

»Na ja«, antwortete Anne, »da staune ich nicht, da sage ich einfach: Willkommen im Club!!« Wilko van Minten erstarrte mitten in der Bewegung und starrte sie aus wässrigen Augen an. »Sie sind…«, begann er. »Ja, außer auf das antarktische Eis habe ich auf jeden Kontinent schon einen Fuß gesetzt, und dem Südpol bin ich an Bord eines Forschungsschiffes schon ziemlich nahegekommen.«

Ihr zukünftiger Chef war sichtlich beeindruckt. »Reisefreudig sind sie als auch…«, murmelte er. »Wissen Sie was, liebe Frau Hanke, wenn Sie mögen, versuchen wir es einfach miteinander.« Sie besiegelten den Anstellungsvertrag per Handschlag, und Igor war ihr Zeuge.

»Ach, Kind«, sagte Grete, »da bist du ja wieder dauernd unterwegs. Und ziehst auch noch weg von uns. Hast du dir das gut überlegt?«

Und wusste, dass sich Anne die ganze Sache sehr gut überlegt hatte. Als sie hörte, was die WVM GmbH ihr als Gehalt zahlen würde, nickte sie nur und sagte: »Fürstlich.« Und wusste, dass sie an der Entscheidung ihrer Tochter ohnehin nichts würden ändern können.

Anne lebte sich schnell ein. Sie hatte den blauen Fiat zuhause gelassen und sich ein gebrauchtes Peugeot-Cabriolet gekauft. Dann fand sie auch noch überraschend schnell ein topmodernes Appartement in einer Neubausiedlung der geteilten Stadt. Die Kosten konnte sie problemlos durch den Vorschuss, den van Minten ihr gewährt hatte, finanzieren. Das Geld reichte dann auch noch für eine vollständig neue Garderobe. So war sie für die erste Reise gut gerüstet.

Die führte sie und ihren Chef nach Singapur. Wilko van Minten flog interkontinental grundsätzlich erster Klasse, und Anne war auf dem langen Flug begeistert vom Luxus und Komfort an Bord einer solchen Maschine.

Kurz vor der Landung sprach sie der Chef an: »Wir haben es hier mit einem Sonderfall zu tun. In Singapur verhandle ich immer mit einem Haufen älterer Chinesen, sehr konservative Männer, die es nicht gerne sehen, wenn eine Frau mit am Tisch sitzt. Sie werden also eine einfache Sekretärin spielen und im Hintergrund Notizen machen. Als Dolmetscherin brauche ich sie bei denen sowieso nicht – deren Englisch ist noch schlechter als meins.« Selbst in den arabischen Ländern wurde sie von seinen Geschäftspartnern eher akzeptiert, sofern sie die Kleidungsvorschriften einhielt.

Zurück in der Hauptstadt bestand ihre Hauptaufgabe darin, aus dem unterwegs gesammelten Material und den Notizen ein Dossier für Wilko van Minten anzufertigen, eine Tätigkeit, die ihr sehr gefiel. Und als Organisationschefin der kleinen Firma war sie natürlich auch dafür verantwortlich, die Reisen vorzubereiten, Flüge und Hotelzimmer zu buchen und Informationen über die Leute zusammenzutragen, mit denen ihr Chef sprechen würde. Um den Kleinkram kümmerte sich Igor Ox, der seine Augen immer offen hatte, sodass weder van Minten noch Anne ihn auf fehlendes Kopierpapier, auf leere Kaffeebehälter und ähnlich banale Dinge aufmerksam machen mussten.

Egal, wohin sie eine Tour führte, sie übernachteten grundsätzlich in Einzelzimmern, und Anne hatte ohnehin den Eindruck, dass Wilko van Minten kein Interesse an ihr als Frau, ja, vielleicht grundsätzlich an Frauen hatte. Als sie mehrere Termine in Fairfax County, dem Hightech-Zentrum in der Nähe von Washington D.C. hatten, kam es zu einem Buchungsfehler. Alle Einzelzimmer waren vergeben, und so entschied er, eine Suite mit zwei separaten Schlafzimmern anzumieten. Die hatte allerdings nur ein Bad, und so kam es, dass er am Abend von seiner Seite aus dort eintrat, während Anne nach dem Duschen nackt vor dem Spiegel stand. »Oh, Verzeihung«, sagte Wilko, nicht ohne einen genaueren Blick auf sie zu werfen.

Später trafen sie sich auf einen Gute-Nacht-Drink an der Bar. Ein Pianist verteilte sanfte Musik, die Bartender waren diskret, aber aufmerksam, der Raum kaum zu einem Viertel gefüllt.

»Äh«, stotterte er mit dem Whiskyglas in der Hand, »ich möchte kurz auf unseren, sagen wir, Zusammenstoß vorhin kommen.« Er nahm einen Schluck. Anne hatte sich ihm zugewandt.

»Also, liebe Anne, Sie sind eine attraktive Frau, keine Frage, aber einfach überhaupt nicht mein Typ. So, jetzt ist es raus.« Sie lachte kurz auf: »Da bin ich aber beruhigt.« Dann bot er ihr das Du an, und sie nahm es an.

Über die Zeit entwickelte sich so etwas wie eine Freundschaft zwischen den beiden. Anne mochte den hässlichen, tapsigen Kerl und machte es sich zur Aufgabe, ihn wenigstens in Sache Mode auf den neuesten Stand zu bringen. Bis dahin hatte er eine Vorliebe für einen Stil, den er selbst für irgendwie britisch hielt, trug aber Anzüge und Hemden von der Stange, die ihm grundsätzlich nicht passten.

Anne überredete ihn, es mit Maßkonfektion zu

versuchen und auf flottere Schnitte zu setzen. Sie fanden den passenden Schneider, der beim ersten Vermessen sein Entsetzen über den verbauten Mann kaum verhehlen konnte. Aber er war ein Meister seines Faches, und nachdem Wilko die ersten drei Anzüge anprobiert hatte, bestellte er gleich ein weiteres Dutzend in verschiedenen Stoffen und Farben.

Noch nach mehr als einem Jahr war sie sich nicht sicher, ob Wilko nicht vielleicht doch schwul war. Eine Spesenabrechnung belehrte sie eines Besseren. Dass ihr Chef sie nicht auf jede Reise mitnahm, war so abgesprochen. Aber weshalb er ausgerechnet die monatliche Reise nach London immer allein absolvierte, machte sie neugierig. Und als er wieder zum üblichen langen Wochenende in der britischen Hauptstadt geflogen war, sprach sie Igor an.

»Was macht der da?« Der Chauffeur grinste und druckste ein wenig herum. »Ach, egal, du wirst sowieso früher und später darauf kommen. Der Herr van Minten fährt zu seinem Vergnügen nach London. Mehr sage ich nicht.«

Dass Wilko immer im Bristol abstieg, einem eher der Mittelklasse zuzuordnendem Haus, hatte sie anhand der Belege schon gesehen. Nun aber fielen ihr die Quittungen eines Etablissements namens *Exquisite* auf, das sie bisher für ein Restaurant oder einen Pub oder eine Nachtbar gehalten hatte. Also wählte sie die Nummer auf einer der Rechnungen, die er eingereicht hatte. Eine bezaubernde, weibliche Altstimme meldete sich, und nach der ersten Antwort dieser Stimme war Anne sicher, dass es sich um ein Edelbordell handelte.

»Igor, fährt der Chef einmal im Monat in einen Puff?«, fragte sie den Kollegen. Der hob beide Hände und antwortete nur: »Dazu sag ich nichts.«

Von Wirtschaftsdingen verstand Grete gar nichts. Zumal sie schon Schwierigkeiten damit hatte, sich die Funktion eines Girokontos vorzustellen. Ein solches hatte ihr Maria Di Fabio, die Leiterin der Sparkassenzweigstelle im Dorf, vor ein paar Jahren aufzuschwatzen versucht. Es sei doch für sie viel einfacher, einen Geldbetrag von einem Konto auf ein anderes zu überweisen, anstatt mit Bargeld zur Post zu spazieren, um es dort einzuzahlen, damit es ein Geldbriefträger dem Empfänger aushändigt. »Aber«, hatte sie eingewendet, »dann existiert das Geld doch gar nicht. Wo sind dann die Scheine und die Münzen?« Immerhin hatte sie Maria dann doch ein Tagesgeldkonto für sie einrichten lassen, auf das sie immer dann etwas einzahlte, wenn etwas übrig war.

Überhaupt war ihr, wie vielen Menschen, die fest im Landleben verankert sind, selbst das Bargeld schon suspekt. Ihre Mutter hatte schon gewarnt: »Wenn wieder die Inflation kommt, ist das Geld nichts mehr wert.« Und der alte Brockhoff vertrat die Ansicht: »Blots elkeen, de Huus un Hoff hett, is würklich riek.« Dabei hortete ihr ehemaliger Schwiegervater, wie sie wusste, Banknoten bündelweise in einer Kiste in der Scheune.

Jedenfalls war Grete überzeugte Anhängerin des Tauschhandels. Je weniger Geld bewegt wird, dachte sie, desto besser können die Leute in einer Gegend miteinander Handel treiben. So wie sie Kartoffeln, Obst und Gemüse auf dem Lanferhof gegen Schweinefleisch tauschte, und Eier gegen Kaffee und Zucker im Dorfladen.

Die Frage, ob legal war, was ihr Chef tat, hatte sich Anne nie gestellt. Zumal sie auch nie verstanden hatte, was genau der Geschäftszweck der WVM GmbH war. Wenn Wilko ihr etwas erklärte, verstand sie wenig. Igor hatte gelegentlich geheimnisvolle Andeutungen gemacht. Als sie nach einem

Wochenende zuhause bei Grete ins Büro zurückkehrte, fand sie die Räume leer. Selbst die Firmenschilder an der Klingel, am Briefkasten und an der Eingangstür fehlten. Nur ein Bürostuhl fand sich noch, und auf dem lag ein an sie adressierter Umschlag. Von Wilko und Igor keine Spur.

Anne erinnerte sich kaum daran, wie dieser Tag weitergegangen war. Die Firma WVM GmbH hatte ihr in dem Schreiben fristlos gekündigt, ohne Begründung. Sie kaufte zwei Flaschen Wodka in einem Späti und betrank sich wie nie zuvor in ihrem Leben. Danach schlief sie zwei Tage und eine Nacht durch.

Das Peugeot-Cabrio verkaufte sie dem Gebrauchtwagenhändler an der Ausfallstraße weit unter Wert. Das Appartement kündigte sie. Die exklusiven und teuren Kleider, Röcke, Blusen, Hosen, Mäntel, Schuhe und Stiefel wurde sie für ein paar Hunderter in einem Second-Hand-Laden los. Eine Woche nach dem unerfreulichen Ereignis im Büro verließ sie die Hauptstadt so, wie sie gekommen war, mit kaum mehr als einer Reisetasche.

»War wohl nix mit dem reichen Mann?«, begrüßte Grete sie. »Komm erstmal rein. Ich setz gerade die Kartoffeln auf.«

Sie erwartete nicht, dass Anne ihr ausführlich Bericht erstatten würde, was sie auch nicht tat. »Es gab ein Problem«, sagte sie nur, und dass sie jetzt hierbleiben wolle, für eine Zeit zumindest. Grete nahm die Tochter in den Arm: »Natürlich, du bist doch hier zuhause.«

Sie half im Haushalt, sie wusch die Wäsche, sie kochte, sie machte in ihrem babyblauen Fiat 500, der auf sie gewartet hatte, Besorgungen. Und im Sommer arbeitete sie ganz selbstverständlich auf dem Feld mit. Anne war angekommen, und weil sie die Suche nach Peter beendet hatte, trieb sie auch nichts mehr hinaus in die Welt.

Doch kurz vor ihrem fünfzigsten Geburtstag war die Zeit gekommen. An einem Montag hob sie bei Maria di Fabio in der Sparkasse ihr ganzes Erspartes ab. Am Dienstag packte sie Rucksack und Reisetasche und versteckte sie in der Diele. Und am Mittwoch fuhr sie mit dem Fiat in die Großstadt, parkte das Auto am Bahnhof und bestieg einen Fernzug Richtung Süden. Am Donnerstagabend kam sie in Beziérs an.

Vier Wochen nach Kriegsbeginn wurde Annegret verhaftet und in ein Internierungslager irgendwo in den Vogesen verbracht. Sie hatte die Idee, spontan bei den Lacaresses vorbeizuschauen, ihren ehemaligen Au-pair-Eltern. Die besaßen ein Sommerhaus am Rand von Béziers, in dem sie vor über dreißig Jahren die warme Jahreszeit verbracht und sich um Eric, den Sohn der Familie, gekümmert hatte. Zuletzt hatte man sich gut zehn Jahre zuvor in Paris gesehen, damals war der Empfang herzlich, und Anne wurde eingeladen, ein paar Tage zu bleiben.

Dieses Mal begrüßten Monsieur und Madame Lacaresse das ehemalige Kindermädchen höflich, aber deutlich unterkühlt. Dass dies mit dem Krieg zu tun haben könnte, damit hatte Anne genauso wenig gerechnet wie mit der Anordnung der französischen Regierung, alle Deutschen im Land zu internieren. Man lud sie über Nacht ein. Am nächsten Morgen um sechs rissen vier Polizisten in Kampfmonturen die Tür des Gästezimmers auf, zogen sie, die immer nackt schlief, aus dem Bett und schleppten sie in diesem Zustand quer durchs Haus und in einen vergitterten Gefangenentransporter. Ihre ehemaligen Gasteltern hatten sie bei den Behörden angezeigt.

Auf dem Revier, man hatte sie in eine Wolldecke gewickelt, warf man sie in die Ausnüchterungszelle. Später brachte man ihren Rucksack mit der Kleidung und ihre

Papiere. Uhr, Schmuck, Traveller-Schecks und Bargeld fehlten. Gegen Mittag bekam sie einen Milchkaffee und ein trockenes Stück Baguette. Ihre Fragen blieben unbeantwortet. Mitten in der Nacht verfrachtete man sie wieder in einen Transporter, und gegen Mittag des folgenden Tages wurde sie im Internierungslager abgeliefert.

Dort nahm man ihr die Habseligkeiten und Papiere wieder weg. Sie bekam einen verwaschenen grünen Overall, der ihr mindestens zwei Nummer zu groß war, und eine Art graue Männerunterhose. Mit einem Permanentmarker malte ihr eine Beamtin eine achtstellige Nummer auf die Innenseite des rechten Unterarms. Man brachte sie in eine Baracke mit einem Dutzend Doppelstockbetten, in der zwischen diesen Betten vier Frauen auf dem Boden saßen.

»Hallo«, sagte sie, »ich heiße Anne und wurde gestern verhaftet. Und ihr?« Eine schwere Frau mit dicken braunen Haaren, die sie zu einer Art Dutt aufgesteckt hatte, stand auf und sagte: »Bin die Elke.« Eine außergewöhnlich kleine Gestalt mit spitzem Mausgesicht stellte sich als Michaela vor, die alte Dame, die auf dem Bett hockte, hieß Elisabeth. Und dann war da noch eine attraktive Schwarzhaarige, die verweint aussah: »Ich heiße Caterina, ich bin gar nicht deutsch, ich hab nur einen deutschen Mann. Sie dürfen mich hier nicht einsperren.«

Das Lager bestand aus drei durch Zäune voneinander abgeteilte Bereiche mit je einer langen Reihe Baracken, quer davor ein Zelt, das als gemeinsamer Speisesaal dient, und ein festes Haus für das Wachpersonal. In der mittleren Reihe waren die Familien mit Kindern untergebracht, rechts davon die Männer, links die Frauen. Das Essen, das morgens um sieben als Frühstück, mittags Schlag elf als Imbiss und abends um sieben als warme Mahlzeit serviert wurde, war reichlich, aber schlecht.

Tagsüber wurden die Internierten in regelmäßigen Abständen zum Verhör in den Keller des Wachhauses gebracht. In einem weiten Raum stand ein Schreibtisch, dahinter und an beiden Seiten saßen jeweils drei Beamte in offensichtlich kaum getragenen blauen Uniformen, die Tür wurde von zwei Soldaten in Kampfanzügen bewacht, und auf halbem Weg zwischen den Uniformierten und der jeweils befragten Person am anderen Ende des Kellers, nahm ein Dolmetscher oder eine Dolmetscherin Platz.

Das Ritual war jedes Mal gleich. »Sie sind …«, begann der Beamte hinter dem Schreibtisch in deutscher Sprache und fügte den Namen der Delinquentin hinzu. Der Rest des Verhörs lief dann auf Französisch ab. Anne, die diese Sprache so sehr liebte und flüssig und beinahe akzentfrei sprach, antwortete immer, bevor die Übersetzerin auch nur den Mund aufmachen konnte. Warum sie nach Frankreich gekommen sei, was sie im Land gehabt habe und was sie für den Feind habe ausspionieren sollen, lauteten die Standardfragen. Dies vier- bis fünfmal in der Woche.

Elke und Michaela nahmen die Sachen mit stoischer Gelassenheit. »Irgendwann ist es vorbei, dann kommen wir wieder raus«, sagte auch Elisabeth, die erzählte, dass ihr Mann und sie schon vor vierzig Jahren ein Haus im Languedoc gekauft hätten und vor fünfzehn Jahren ganz übergesiedelt seien. Ihr Mann sei vor zwei Jahren verstorben, und die französischen Nachbarn hätten sich liebevoll um sie gekümmert, sie sei ja eine von ihnen. »Kehrst du in dein Haus zurück, wenn das hier vorbei ist«, fragte Anne. »Wo soll ich sonst hin?«, antwortete Elisabeth.

Mit Caterina auf engem Raum zu hausen, erwies sich als anstrengend, denn die Italienerin wurde nicht müde zu jammern und zu klagen, verfiel in hysterische Anfälle, während derer sie weinte und kreischte und mit den Fäusten gegen die Tür der Baracke hämmert, obwohl die doch nicht verschlossen war. Denn die Gefangenen konnten sich zwischen dem Frühstück und bis exakt neun Uhr am Abend in ihrem jeweiligen Bereich frei bewegen.

Anne hielt es vier Wochen im Lager aus. Dann war ihr klar, dass sie fliehen müsste. Sie hatte sich ein wenig mit einer der Wachhabenden angefreundet, einer jungen Frau aus dem Norden, die es lustig fand, dass Anne ihre Sprache nicht nur fließend beherrschte, sondern sogar den Dialekt ihrer Heimat nachahmen konnte. Francine, so hieß die Beamtin, schenkte Anne Zigaretten, und manchmal standen beide am Zaun, rauchten gemeinsam Filterlose und unterhielten sich. Die beiden Frauen hatten in etwa die gleiche Statur, und so schmiedete Anne einen Plan.

Eines Tages beklagte sie sich bei Francine über die kratzende Unterwäsche, ob sie ihr nicht etwas Angenehmeres für die Haut mitbringen könne. Und tatsächlich drückte ihr die Wachfrau zwei Abende später zwei baumwollene, weiße Schlüpfer in die Hand. In der folgenden Woche versorgte sie Anne mit einem weichen Oberteil, dann einer ärmellosen Bluse. Mit der Lieferung einer Nagelschere zögerte sie eine Weile, aber weil Anne so dankbar war und jedes Geschenk mit Küssen belohnte, brachte sie ihr dann doch ein Nagelpflegeset.

Anne gelang es, aus dem hässlichen Overall halbwegs tragbare Shorts zu schneidern, die fast wie Hotpants wirkten, und in der Nacht auf den 15. Juli spazierte sie, die Marseillaise lauthals singend, in kurzen Hosen und mit einer ärmellosen Bluse bekleidet durchs Tor des Internierungslagers. Nach fünfzehn Kilometern querfeldein stieß sie auf die N83. Im Morgengrauen hielt ein Lastwagen an, und der Fahrer nahm sie mit bis in die Nähe von Lyon. Sie unterhielten sich prächtig, lachten viel und teilten sich den Proviant, zudem auch drei Literflaschen Rotwein zählten.

Natürlich hatte sie nicht die wahre Geschichte erzählt, sondern ein rührseliges Märchen von einer Haushälterin, deren Arbeitgeber sie rausgeworfen hätten, weil man ihr Diebstahl vorwarf, dabei war Madame nur eifersüchtig. Und nun sei sie auf dem Weg zu ihren Eltern, ohne ihre Habseligkeiten, ohne Geld, und wie sie weiter nach Pezenas kommen solle, wisse sie noch nicht. Luc, der fröhliche Fahrer, ein fetter Typ mit Glatze und einer feisten Lache, der nicht im Geringsten versucht hatte, sie anzumachen, drückte ihr 200 Franc in die Hand: »Gibst du mir irgendwann wieder ...«

Spätestens im Lager hatte Anne verstanden, dass Krieg herrschte, und ihre Sorge galt der Mutter und den Schwestern. Sie müsste nachhause, so viel war klar. Aber, ohne Pass würde sie in einem Land, in dem das Kriegsrecht galt und Deutsche interniert wurden, nicht weit kommen. Nur Luc oder einer aus seiner Bande in Marseille konnte ihr helfen. Dort war sie zuletzt zwölf Jahre zuvor auf ihrer langen Reise von Hafenstadt zu Hafenstadt gewesen.

Das Bistro, in dem sich die Bande traf, gab es noch, und sie fand es auf Anhieb. Der Wirt war noch derselbe, und er erkannte sie. Ja, sagte er, Luc, Michel und die anderen, die kämen immer noch her, eigentlich jeden Tag, sie könne ja warten. Es hatte sich abgekühlt. Anne fror in ihrer improvisierten Bekleidung. Sie bestellte Café creme und ein Omelette. Dann setzte der schwache Regen ein, den die Bewohner der Hafenstadt so hassten. Vince war der Erste, auch er erkannte Anne auf den ersten Blick. »Hey«, rief der schmale Kerl mit dem scharf ausrasierten Bärtchen, »wie geht's? Was machst du?«

Er setzte sich zu ihr und orderte Pastis. Dann kam Michel im durchnässten, viel zu dünnen Leinenhemd herein, und wenige Minuten später auch Luc. Eine heiße Affäre würde man das nennen, was die beiden vor Jahren hatten, sie galten in ihren Kreisen als Traumpaar, und kein Mann in der Stadt wagte es, Anne auch nur anzuschauen, denn Luc hatte ein aufbrausendes Temperament. Ganz selbstverständlich begrüßten sie sich mit einem langen Kuss auf den Mund, und genauso selbstverständlich setzte er sich neben sie. Dabei hätte er Grund genug gehabt, böse auf sie zu sein, denn ihre Geschichte hatte damit geendet, dass sie einfach abgehauen war.

Dass sie mit ihm würde schlafen müssen, um an einen neuen Pass zu kommen, war ihr bewusst. Nachdem sie ihre Geschichte erzählt hatte, kam Luc von selbst auf ihr Anliegen. »Kein Problem, mein Herz. Lass Fotos machen, gib sie mir, und Ende der Woche hast du einen schicken, französischen Pass.« Seine Geschäfte schienen gut zu laufen, denn inzwischen bewohnte er eine Dachterrassenwohnung unweit des alten Hafens, nicht besonders groß, aber von jemandem eingerichtet, der sich darauf verstand.

Anne verließ das Bett sechs Tage nur, um auf die Toilette zu gehen und ab und zu unter die Dusche. Außerdem saß sie, wenn Luc geschäftlich unterwegs war, gern auf der Terrasse, rauchte und trank Rosé. Er war einer der wenigen Liebhaber, der wirklich Spuren in ihrem Leben hinterlassen hatte, einer, der ihr gewachsen war, ein Skorpion wie sie, ein freier Mensch, der sich nahm, was er brauchte. Genau wie Anne. »Ich weiß, was du als Nächstes tust«, sagte Luc, als er ihr den Pass gab. »Du wirst nachhause zu deiner Mutter fahren. Richtig?« Anne nickte. Sie würde nun als Anne Marie Gaetti durchs Land reisen; ein typischer Witz ihres Freundes, denn dies war sein Nachname, und offiziell wurde sie so zu seiner Ehefrau. Und weil dies der einzige Pass war, den sie besaß, würde sie den Rest ihres Lebens so heißen und als Französin und Gattin eines kleinen Ganoven aus Marseille gelten.

Zunächst führte ihr Weg sie an der Mittelmeerküste entlang, und für einen Moment dachte sie darüber nach, noch einmal bei den Lacaresses in Béziers zu erscheinen und ihren ehemaligen Gasteltern, die sie denunziert hatten, ins Gesicht zu sagen, was sie von ihnen hielt. Aber rasch wurde ihr klar, dass ein solcher Auftritt nutzlos wäre.

Bei Perpignan traf Anne auf eine reisende Kommune, eine Gruppe von siebenundzwanzig Männern und Frauen sowie einigen Kindern, die in einem bunt bemalten, ehemaligen Reisebus unterwegs waren und nach Lust und Laune an Plätzen, die ihnen gefielen, Zeltlager errichteten. In den ersten Monaten wurde sich Anne nie über die genauen Verhältnisse der Quinqui, so nannte sich die Gemeinschaft angelehnt an das Schimpfwort der Spanier für die reisenden Mercheros, untereinander, klar, vor allem nicht über die Familienverhältnisse.

Mindestens drei Generationen waren vertreten. Die Ältesten waren deutlich über sechzig, die Mehrheit der Männer und Frauen zählte zur Gruppe der Dreißig- bis Fünfzigjährigen. Dann gab es eine Handvoll junger Frauen und sieben Kinder im Alter zwischen einem und elf Jahren. Obwohl offensichtlich nicht alle, ja, nicht einmal die Mehrheit der Quinqui spanischer Herkunft waren, sprach man untereinander Castellano, durchsetzt mit Wörtern aus allen möglichen Sprachen, vor allem aus dem Jargon der Reisenden, die von alters her nomadisch durch Europa zogen.

Hunderte Gäste hatten sich bei der Fete der Quinqui am Strand von Argelès-sur-Mer eingefunden. Dutzende

Feuer erhellten die Neumondnacht, und ab der Mittagsstunde traten Sänger und Sängerinnen sowie Bands auf und unterhielten die Menschen mit ihrer Musik. Die Kommune hatte dieses Fest organisiert und kümmerte sich um die Menschen, hatte Getränke besorgt und Essen zubereitet. Die Stimmung war friedlich, denn der Termin hatte sich per Mundpropaganda bei den kaum noch existierenden Friedensfreunden des ganzen Kontinents herumgesprochen.

Anne war zufällig dabei. Wieder war sie als Anhalterin unterwegs, wollte eigentlich wieder zurück zu Luc nach Marseille, war aber der Einladung des jungen Pärchens, das sie an der A9 aufgenommen hatte, gefolgt. Ohne lange zu fragen, reihte sie sich in die Schar der Unterstützer ein, half an den Verpflegungsständen und anschließend beim Aufräumen. Am Morgen nach dem Ende der Fete hatte der Rat der Quinqui die Kommune versammelt und die Parole ausgegeben, dass man den Ort so verlassen würde, wie man ihn vorgefunden hatte. Außer Anne war noch ein dicklicher junger Kerl dageblieben. Lew, so nannte er sich, sprach nur seine Muttersprache und ein paar Brocken Englisch und Deutsch, wenn er überhaupt sprach, denn von sich aus eröffnete er nie ein Gespräch. Während die anderen ihn einfach in Ruhe ließen, stellte ihm Anne allerhand Fragen, die er, wenn überhaupt, einsilbig beantwortete. Bald wurde klar, dass es sich bei Lew um einen russischen Deserteur handelte, der sich aus dem Kriegsgebiet bis an die Mittelmeerküste durchgeschlagen hatte.

Das Angebot an Anne und Lew mitzureisen, kam von der Vorsitzenden des Rates, die das Tun der beiden, ihre aktive Beteiligung an den Aufräumarbeiten genau beobachtet hatte. Bixenta hatte sie in ihr Zelt rufen lassen. Sie bedankte sich für die Arbeit. »Und wenn ihr kein Zuhause habt und den Frieden liebt, dann könnt ihr gerne mit uns reisen.« Da war Anne schon fünfundfünfzig Jahre alt. Die Suche nach Peter Madsen hatte sie mit Kriegsbeginn aufgegeben. Zurück zur Mutter konnte sie angesichts der militärischen Lage nicht, und den einzigen vernünftigen Plan, den sie hatte, war es, nach Marseille zu Luc zu gehen, ihn zu überreden, aus der Stadt irgendwo in ein Dorf an der Küste zu ziehen, um da ein friedliches Leben ohne die Zumutungen der Stadt zu führen. Und sie wusste, Luc würde auf diesen Vorschlag nicht eingehen. Also sagte sie Ja, und auch Lew schloss sich der Gruppe der Quinqui an.

Ihr Stamm zog sieben Jahre lang über die iberische Halbinsel und mied dabei die großen Städte. Auf dem Land und an der Küste wurden sie von den Bewohnern der Kleinstädte und Dörfer freundlich empfangen, denn es hatte sich herumgesprochen, dass die Quinqui für Zerstreuung und Vergnügen sorgten, wenn sie ihre Zelte aufschlugen und ihre Feste veranstalteten. Die Menschen waren dankbar für die Ablenkung in unsicheren Zeiten, und zum Ausgleich versorgten sie die Gruppe mit Lebensmitteln und allem, was die Reisenden sonst so brauchten. Einige Mitglieder hatten sich selbst die unterschiedlichsten künstlerischen Fähigkeiten beigebracht. Musik stand im Mittelpunkt, aber es gab auch Zauberer, Jongleure und Pantomimen unter den Quinqui. Anne hatte aus ihren vielfältigen Erfahrungen mit den Kampfkünsten ein Tanzprogramm gestaltet, das sie gemeinsam mit Lew bestritt.

Und dann starb Bixenta, plötzlich und unerwartet. Einer ihrer Männer fand sie eines Morgens tot auf ihrem Lager, und Carlo, der in seinem früheren Leben als Kardiologe gearbeitet hatte, diagnostizierte einen Herzstillstand, den man, wäre die Führerin früher gefunden worden, möglicherweise durch Notmaßnahmen hätte rückgängig gemacht werden können, um so Bixenta ins Leben zurückzuholen. Der Stamm trauerte gemeinsam sechs Tage und sieben Nächte, und am siebten Tag verbrannten sie die Leiche auf einem Scheiterhaufen am Strand von L'Ampolla.

Weshalb genau die Sippe dann nach Ibiza übersetzte und sich dort fest ansiedelte, blieb unklar. Lew ging nicht mit, und Anne konnte ihn nicht daran hindern. Alles änderte sich für die Sippe. Als Zirkus konnten sie auf der Insel nicht überleben. Zuerst verdingten sich alle Mitglieder, die einen Beruf gelernt hatten, bei örtlichen Arbeitgebern. Viel kam dabei nicht herein. Und die einzige Person, deren Fähigkeiten wirklich gesucht waren, hieß Anne.

Sie heuerte bei einem global agierenden Immobilienhändler an, der von Ibiza aus die angebotenen Fincas, Häuser, Wohnungen und Läden auf allen Balearen-Inseln, aber auch an der spanischen Ostküste verwaltete und sich besonders auf eine internationale Zielgruppe konzentrierte. Da war Anne mit ihrer Büroausbildung und den inzwischen sechs Fremdsprachen, von denen sie vier auch auf der Schreibmaschine und dem Stenoblock beherrschte als Assistentin der Regionaldirektorin die Idealbesetzung.

Vier Jahre ernährte sie die immer mehr schrumpfende Gruppe. Die drei ältesten Frauen und die beiden Männer jenseits der siebzig waren inzwischen gestorben, zwei jüngere Paare hatten mitsamt den Kindern die Quinqui verlassen und waren in ihre Heimatländer gezogen.

Anne wurde krank. Carlo diagnostizierte Krebs im vierten Stadium. Sie starb an einem heißen Augustmontag in seinen Armen. Die verbliebenen fünf Angehörigen des Stammes trauerten sechs Tage und sieben Nächte, und am siebten Tag verbrannten sie Annes Leichnam auf einem Scheiterhaufen oben in den Bergen unweit der Ei845. Die Asche streuten sie in der Bucht von Es Portixol ins Meer.

Niemand der Quinqui kannte Annes richtigen Namen und wusste etwas über ihre Familie. So erfuhr Grete nichts über das Schicksal ihrer Tochter.

Margarete allein

Im Krieg nach Hardys Tod dachte Grete immer wieder an ihre jüngste Tochter, ob es ihr wohl gut ginge. Ein paar Mal versuchte sie, das Heim telefonisch zu erreichen, aber da funktionierten die Verbindungen schon nicht mehr. Immer noch schloss sie Angela in ihr tägliches Fürbittegebet ein, und ganz selbstverständlich hing ein Foto ihrer jüngsten Tochter neben denen der anderen Mädchen in der Diele. Und manchmal rechnete sie nach, wie alt das Kind gerade sei.

Einen Tag vor Gelis dreißigstem Geburtstag macht sie sich mit dem Fahrrad auf den Weg über das Mittelgebirge. Sie hat den Anhänger mit Annes altem Zelt, dem Schlafsack sowie Wasser und Proviant gepackt und fährt in aller Frühe los.

Der Februar in diesem zweiten Kriegsjahr ist ungewöhnlich mild und trocken, und am ersten Tag ist es fast völlig windstill. Grete hat sich vorgenommen, die knapp einhundert Kilometer zum Kloster in drei Etappen zurückzulegen und kommt gut voran.

Als sie durch die ersten Vororte der Bischofstadt kommt, sieht sie die ersten niedergebrannten Einfamilienhäuser, der alte Stadtkern besteht nur noch aus Ruinen, und der dem heiligen Petrus geweihte Dom ist in Trümmern gefallen. Es riecht nach Tod und Verwesung, und ihr begegnet kein Mensch und auch sonst kein lebendes Wesen. In dem, was vom botanischen Garten übriggeblieben ist, schlägt sie ihr Lager für die Nacht auf.

In großer Höhe brummen Bomber übers Land, und weit im Osten sieht sie Feuerschein. Am zweiten Tag ist ein gleichmäßiger Wind aus Süden aufgekommen, der einen merkwürdigen Geruch mit sich bringt. Sie hat sich vorgenommen, die Hänge des Mittelgebirges zu bewältigen, aber die Straßen, die laut Landkarte über die Berge führen sollten, existieren nicht mehr. Auf den Weiden liegt das verendete Vieh, manche Höfe brennen noch, und überall ist der Boden aufgerissen, umgepflügt und verbrannt.

Sie findet einen Waldweg, der steil bergan führte, sodass sie das Rad samt Anhänger schieben muss. Am späten Nachmittag ist sie so erschöpft, dass sie in einer Lichtung, an deren Rand ein schmaler Bach fließt, rastet. Sie macht Feuer, wickelt sich in den Schlafsack und schläft umgehend ein.

Grete träumt, sie flöge übers Land. Das lag grün und friedlich da, und wenn sie etwas tiefer dahinschwebte, sah sie die Menschen bei der Arbeit auf den Äckern, die Rinder auf den Weiden und die gefüllten Scheunen und Speicher. Sie sah die einfachen Häuser, die Straßen, frei von Autos, Pferdefuhrwerke, die langsam über die Wege zogen, ein kleines, kreisrunde Dorf mit einer bescheidenen Kirche genau in der Mitte. Sie beschloss zu landen und steuerte den Marktplatz an, auf dem eine Gruppe Leute ins Gespräch vertieft war. Sie erkannte jede einzelne Person, konnte sich aber an deren Namen nicht erinnern und wann, wo und weshalb sie ihnen begegnet war. Dies vor allem, weil die Menschen keine Gesichter hatten und alle mit derselben Stimme sprachen. Sie fühlte sich sehr verloren.

Sie erwacht mit dem ersten Morgenlicht und hat den Eindruck, sie befände sich nicht weit unterhalb des Hügelkamms. Also steigt sie aufwärts, um sich einen Überblick zu verschaffen. Oben sieht sie dann, dass der Wald am Südhang vollständig abgebrannt ist. Unterhalb dehnt sich das schwarze Land aus, in dem hier und da verkohlte Bäume und Teile von Gebäuden emporragen, bis an den Horizont. Grete weiß nun, dass ihre Fahrt an ein

Ende gekommen ist, denn dort unten würde sie nichts Lebendiges mehr finden.

Traurig macht sie schon lange, dass Willy, der Postbote, seit Jahren nicht mehr kommt. Denn der war immer gekommen, der war nie gealtert, der sah immer so aus, wie sie ihn mit dem Umzug ins eigene Haus kennengelernt hatte. »Wo hat Willy eigentlich gewohnt?«, fragt sie sich. Hat er überhaupt irgendwo gewohnt? Es war bekannt, dass er nicht nur jede Ansichtskarte las, bevor er sie zustellte, sondern manchen Brief über Dampf öffnete, ihn las und dann wieder verschloss. So war Willy immer über alles informiert, was die Menschen in seinem Bezirk betraf.

War er vielleicht bei einer der Witwen untergekrochen, mit denen er ein Verhältnis hat? Ob er noch lebt? Sie denkt nach, und ihr fällt ein, dass er schon vor dem Ausbruch des Krieges nicht mehr gekommen ist. Vermutlich ist er einfach gestorben, schließlich war er mit einiger Sicherheit älter als Grete.

Auch mit über neunzig ist Margarete kerngesund. Überhaupt war sie nur selten in ihrem Leben krank, nie ernsthaft. Ab und an mal eine Erkältung oder eine Magenverstimmung, und nur einmal hatte sie ein echter grippaler Infekt erwischt und eine Woche lang ans Bett gefesselt. Sie ist gut zu Fuß und fährt immer noch Fahrrad. Allerdings nur noch mitten auf dem Weg oder der Straße, denn ihre Sehkraft hat nachgelassen. Zum Lesen benutzt sie eine Lupe aus Bernhards ehemaligem Fotolabor, das funktioniert gut.

Ihre schlechten Augen machen das Radfahren nicht gefährlicher, weil außer ihr niemand mehr die Feldwege und die Landstraße benutzt. Immer noch fährt sie sonntags in die Kirche und besucht den Friedhof. Und mehrmals die Woche radelt sie zu den aufgelassenen Bauernhöfen oder in den Ort, um nach Lebensmitteln und brauchbaren Gegenständen zu suchen.

Viel ist nicht mehr zu holen, denn schon wenige Wochen nach Kriegsbeginn sind Horden von Menschen über Land gefahren, um die Höfe, die leerstehenden Häuser und die Läden zu plündern. Mit Lastern und Lieferwagen oder Hängern an ihren Autos sind sie gekommen und haben aufgeladen, was ihnen wertvoll erschien. Weil es aber niemanden mehr gab, der einen Flachbildfernseher oder eine Spielkonsole oder einen Computer brauchte, blieben sie auf den Sachen sitzen und warfen sie einfach weg. An Lebensmitteln und Haushaltsgegenständen waren die Plünderer nicht interessiert, sodass sich Grete über Jahre hinweg an den Vorräten bedienen konnte.

Immer, wenn sie einen Sack Mehl oder eine Speckseite mitnimmt, hat sie ein schlechtes Gewissen. Wäre Pater Bääsch noch da, hätte sie ihre Diebstähle sicher gebeichtet. So aber bleibt ihr nur, ab und an eine Opfergabe am Kruzifix in der Kirche zu hinterlassen und ein kurzes Gebet zu sprechen.

Immer noch ist sie kräftig und hat kein Problem damit, ihren Garten zu hegen und zu pflegen, der sie ernährt. Auch die Hühner hält sie mit Sorgfalt und Liebe am Leben, weil sie auf Eier und ein gelegentliches Brathähnchen nicht verzichten will. Zwei Jahre nachdem der Krieg übers Land gekommen ist und alle bis auf den alten Brockhoff fort oder tot sind, hat sie begonnen auf einem Stück Acker, das zum Hof des Großbauern gehörte, Kartoffeln in größeren Umfang zu pflanzen, die auch gute Erträge bringen.

Einige Wochen vor ihrem vierundneunzigsten Geburtstag sitzt sie auf der Terrasse hinter dem Haus und genießt die wärmende Frühlingssonne. Oft sitzt sie einfach so da, denn zum Lesen und Kreuzworträtseln sind ihre Augen inzwischen zu schlecht. Obwohl die Miniaturkarten für ihre Patiencen schon lange gegen ein Blatt in Normalgröße ausgetauscht hat, fällt ihr das Kartenspiel inzwischen schwer.

Zu allem Überfluss hat ihr gutes, altes Kofferradio dann doch irgendwann den Geist aufgegeben, sodass sie von der Außenwelt isoliert ihre Tage verbringt. Sie hätte vor allem gern gewusst, ob der Krieg nun endlich vorbei ist. Zurückgekommen ist jedenfalls niemand aus der Nachbarschaft, aber die Überflüge der Bomber haben schon vor einiger Zeit aufgehört, auch die Geräusche von Kettenfahrzeugen oder Detonationen in der Ferne hat sie schon lange nicht mehr gehört.

Plötzlich nimmt sie ein Motorengeräusch wahr, das plötzlich erstirbt, gefolgt vom Schlagen einer Autotür. Jemand klopft an die Tür zur Diele. Sie steht auf, um zu öffnen, aber die fremde Person ist bereits durch die unverschlossene Tür eingetreten.

»Wer sind Sie? Was wollen Sie?«, spricht sie den Eindringling an, denn erkennen kann sie ihn nicht.

»Keine Angst«, ruft eine Stimme, »ich komme in Frieden.« Und nach ein paar Sekunden: »Sind Sie Frau Margarete Kranzow?«

Beide sind stehengeblieben. »Wer will das wissen?«

Der Mann hat die Hände erhoben und kommt auf sie zu. »Ich bin vom Fernsehen und möchte mit Ihnen sprechen.«

Grete hat sich versichert, dass sie die Flinte, die in der Ecke an der Wand lehnt, schnell genug greifen kann. »Gehen Sie bitte vors Haus. Ins Licht. Damit ich sie sehen kann.«

Er geht rückwärts zur Tür, sie nimmt das Gewehr und folgt ihm.

Vor dem Haus steht eines dieser Wohnmobile, von denen Hardy so geschwärmt hat, dass er mit dem Gedanken spielte, eines anzuschaffen, um zusammen mit seinem Gretchen auf Reisen zu gehen. Der Gast hat sich umgedreht, ein mittelgroßer, schmaler Typ mit dichtem schwarzem Haar und deutlichem Bartschatten. Er trägt einen orangefarbigen Overall und lächelt sie freundlich an.

»Was wollen Sie?«

Er zieht ein Papier aus der Brusttasche und hält es ihr hin. »Ich bin auf der Reise durch die zerstörten Gebiete. Auf der Suche nach Überlebenden. Ich arbeite an einer Reportage fürs Fernsehen.«

Sie tritt näher, die Flinte im Anschlag. Natürlich kann sie das Dokument nicht lesen ohne Lupe, aber der Mann scheint nicht gefährlich zu sein.

»Gehen Sie vor«, befiehlt sie und schiebt den Reporter mit dem Gewehr durch die Diele und die Hintertür auf die Terrasse. »Setzen Sie sich«, ordnet sie an, und der Fremde folgt ihrer Anweisung.

Grete bleibt vor ihm stehen. »Überlebende? Ist denn der Krieg vorbei?«

Der Mann lacht kurz auf: »Ja, schon seit fast zwei Jahren. Haben Sie denn keinen Fernseher? Kein Radio? Kein Telefon?«

Grete hat sich auf ihren Lieblingsstuhl gesetzt und die Flinte auf ihre Knie gelegt. »Funktioniert alles schon lange nicht mehr. Und Nachbarn gibt's hier nicht mehr. Bin ganz allein. Wo genau kommen Sie her, Herr ...«

»Turgut, Cem Turgut, mein Name«, der Reporter deutet

eine Verbeugung an.

Grete beugt sich vor und mustert sein Gesicht. »Ich kenn dich«, sagt sie.

»Ich kenne Sie auch, Frau Hanke.«

»Kranzow heiß ich«, gibt sie zurück.

»Ja, aber damals, als meine Familie in der Torfsiedlung lebte«, er deutet mit dem Kopf die Richtung an, »da hießen sie, glaube ich, Hanke.«

»Murat, bist du das?«

Er schüttelt den Kopf. »Ich bin sein Sohn. Aber mein Vater hat viel von Ihnen erzählt. Und von Ihrer Tochter. Anne, heißt die, nicht wahr?«

Grete hat das Gewehr an die Wand gelehnt. »Weiß ich nicht. Wer weiß schon, wo die Kinder abgeblieben sind?«

Natürlich erinnert sie sich an Murat, den jungen Türken mit dem VW, der ihre Tochter über Jahre ständiger Begleiter war. Jedenfalls immer dann, wenn sie nicht gerade mit einem anderen Kerl zusammen war. Sie hatte ihn gemocht, den höflichen Jungen, der gern bei ihr zum Essen gekommen war und ihr immer Blumen mitgebracht hatte. Was sie jedes Mal mit demselben Satz quittierte: »Ach, Blumen, hab doch den ganzen Garten voll davon.«

»Ist also vorbei, der Krieg. Und wie sieht es aus im Land?« Cem denkt kurz darüber nach, wie er der alten Frau in kurzen Worten beschreiben kann, was sich in den vergangenen zwei Jahren abgespielt hat.

Am 6. August in jenem Jahr habe es einen Atomschlag gegeben, berichtet er. Kaum zweihundert Kilometer südlich. Ein Gebiet von fünfzig Kilometern im Umkreis der Detonation sei dabei vollständig zerstört worden, und sei vermutlich auf Hunderte Jahre radioaktiv verseucht. Beide Seiten hätten daraufhin sofort alle konventionellen Kampfhandlungen eingestellt und sich an den Verhandlungstisch gesetzt. Seitdem herrsche Waffenstillstand.

In der Gegend, in der er lebt, habe man vom Krieg wenig mitbekommen. Nie seien Truppen durchgezogen, es gab keine Bombardierungen, und nur im zweiten Kriegsjahr sei eine Rakete in die große Kirche der Stadt eingeschlagen, habe sie und den angrenzenden Bahnhof zerstört. Man habe aber gewusst, dass es in ihrer Heimat, er zeigt dabei auf Grete, und bis hoch zum Meer über Jahre Kämpfe gegeben habe, dass chemische Waffen eingesetzt wurden und die Menschen zu Hunderttausenden in den Süden geflüchtet seien.

»Also seid ihr umgezogen«, sagt sie. Wieder nickt Cem.

»Ja, als es hier vorbei war mit dem Torf, sind meine Eltern mit uns weggegangen. Papa hat einen Blumenladen in der Großstadt aufgemacht. Und mir damit mein Studium finanziert.«

Grete erinnert sich. An die Monate, in denen sich die Häuser der Torfsiedlung leerten, als die Türken wegzogen. Viele ließen ihre Schafe einfach in den Gärten, einige nahmen kaum Hausrat mit. Sie hatte die Tiere mit Heini eingefangen, zusammengetrieben und an einem nebligen Morgen über die Landstraße zu Emmi gebracht, die hatte eine Wiese, mit der sie nichts anzufangen wusste. Ein paar Wochen später kam ein Schäfer von jenseits des Moorsees und holte sie ab. Dreimal kam er mit dem Anhänger, und da war auch diese Sache vorbei.

»Vor gut einem Jahr hat man Aufklärungsflugzeuge ausgeschickt, die sich ein Bild von der Lage hier machen sollten. Erst nach langen Auswertungen der Videos hat man entdeckt, dass sich hier, genau hier, etwas bewegte. Schätze, das waren Sie in Ihrem Garten, Frau Kranzow.«

Beide schweigen lange. »Willst du was trinken?«, fragt sie schließlich.

Cem nickt. Sie nimmt das Gewehr und geht ins Haus. Bringt einen Krug und zwei Gläser mit und gießt beiden von der Johannisbeerschorle ein, die sie aus selbstgekeltertem Saft angerührt hat.

»Nenn mich ruhig Grete. Bei uns duzt man sich immer noch. Außer man ist verfeindet.« Er nickt und nimmt einen Schluck.

»Ich würde gern ein Interview mit Ihnen, mit dir machen«, sagt er.

»Wozu soll das gut sein? Wer hat was davon? Wen interessiert das?«, fragt sie zurück.

Der Fernsehreporter denkt kurz nach. »Es könnte den Menschen, die den Filmbericht sehen, Hoffnung machen. Dass es nach dem Krieg weitergehen kann, dass man überleben kann. So ungefähr…«

Sie sieht ihn lange an. »Wie alt bist du?«

Er nennt eine Zahl. Genauso alt wie Annegret jetzt wäre, denkt sie.

»Warum hast du dieses komische, orange Ding an?« Das sei ein Schutzanzug, denn das Moor und seine Umgebung gälten als verseucht, gibt er zurück.

»Und du wohnst in diesem Kasten da draußen?« Er nickt.

»Wie hast du denn den Krieg überlebt?« Cem beginnt zu erzählen, und sie unterbricht ihn nicht.

Ich bin desertiert. Ich wollte nicht kämpfen und fremde Menschen töten. Weil ich die deutsche Staatsbürgerschaft angenommen hatte, galt ich als wehrpflichtig. Habe den Kriegsdienst verweigert und stattdessen anderthalb Jahre lang in einem Heim für geistig behinderte Menschen gearbeitet. Das gehörte zu einem Kloster, nicht weit weg von hier. Danach wurde ich Journalist, studierte noch ein paar Semester und landete beim Fernsehen.

Als die Mobilmachung bekanntgegeben wurde, mussten sich alle Männer im wehrfähigen Alter, so nannten sie das, beim Militär melden, auch die Kriegsverweigerer. Da bin ich abgehauen. Wollte nach Spanien, weil Spanien sich für neutral erklärt hatte. Einen Tag bevor ich hätte einrücken müssen, fuhr ich mit dem Zug nach Frankreich, landete in einem Ort am Mittelmeer, durch den ich viele Jahre zuvor auf einer Reise gekommen waren. Da endete der Zug. Gleich am Bahnhof geriet ich in eine Kontrolle und wurde verhaftet. Man brachte mich in ein Internierungslager irgendwo im Elsass. Nach ein paar Wochen gelang mir die Flucht. Ich sprach gut Französisch und hatte mir zivile Kleidung verschafft, konnte so einfach an den Wachen vorbei aus dem Lager spazieren. Ein Lastwagenfahrer nahm mich mit.

Nun wollte ich nach Österreich, auch ein neutrales Land. Nur hatten die ihre Grenzen dichtgemacht. In Burghausen stahl ich ein Auto, wollte nach Salzburg. Am Übergang in Freilassing war alles verbarrikadiert. Ich gab Gas und hielt auf den Schlagbaum zu. Ein Grenzer stellte sich mir in den Weg. Ich erwischte ihn von vorne. Er flog über die Motorhaube und landete mit dem Kopf voran in der Windschutzscheibe. Ich raste weiter, den toten Mann auf dem Wagen. Sie schossen auf mich, und weit hinter mir sah ich Blaulicht und hörte die Sirenen. Fand irgendwie hinaus aus der Stadt, bog irgendwo in einen Feldweg ein und raste ungebremst in ein Gebüsch. Unterwegs verlor ich den toten Zöllner. Die Verfolger fuhren auf der Landstraße vorbei. Ich hielt mich zwei Tage versteckt. Dann machte ich mich zu Fuß auf den Weg.

Salzburg war gesteckt voll mit Flüchtlingen. Österreich ging sehr fair mit denen um, die vor dem Krieg geflohen waren. Ich bekam einen Platz in einer Unterkunft, einer ehemaligen Fabrikhalle. Man versorgte uns mit Essen und Trinken und gab uns Kleidung. Nach sechs Wochen bekam ich die provisorische Aufenthaltsgenehmigung und auch eine Arbeitserlaubnis. Danach habe ich sechs Jahre im Straßenbau geschuftet. Fand ein möbliertes Zimmer und hatte ein sicheres Auskommen. Natürlich verfolgte ich die Nachrichten ganz genau, denn ich wollte wieder zurück in die Heimat, sobald das möglich war. Dann kam der Waffenstillstand. Das Regime war abgesetzt, und die neuen Regierenden hatten eine Generalamnestie für Deserteure verfügt. So konnte ich heimkehren.

Im Krieg war zuerst meine Mutter gestorben, kurz vor meiner Rückkehr auch mein Vater, beide an Krebs. Um sie nicht zu gefährden, hatte ich all die Jahre keinen Kontakt mit ihnen aufgenommen. Ich meldete mich beim Fernsehen und bekam zu meiner Überraschung sofort meinen alten Job. Niemand hat mich je darauf angesprochen, dass ich mich vor dem Militär gedrückt hatte. Im Gegenteil: Ich wurde herumgereicht wie ein Held. Das war ich nun gar nicht. Und dass ich in diesem verdammten Krieg doch einen Menschen getötet habe, damit komme ich bis heute nicht klar, und vermutlich wird mich dieser Mord an einem unschuldigen Mann bis an mein Lebensende verfolgen.

Dann schweigen sie beide sehr lange.

»Cem«, sagt Grete schließlich, »ich bewundere dich für das, was du getan hast. Aber, ich möchte nicht ins Fernsehen. Habe sowieso nichts zu erzählen. Ich habe einfach immer weitergemacht, was ich vorm Krieg getan habe. Mich um meinen Garten gekümmert, um die Kirche im Dorf und die Gräber meiner Männer und Töchter. Mehr gibt es nicht zu berichten.«

Später kocht sie für beide eine reichliche Mahlzeit, sie hat sogar zwei Dosen Fleisch aufgemacht – zur Feier des

Tages, wie sie sagt. Am nächsten Tag, Cem hat in seinem Wohnmobil übernachtet und findet sich zum Frühstück ein, sagt er: »Ich muss deine Ablehnung akzeptieren. Ja, ich verstehe deine Begründung. Sag mir bitte nur eines, liebe Grete, bist du glücklich?«

Es fehlt ihr an nichts. Sie muss auf nichts verzichten, was ihr ein Leben lang genügt hatte. Wenn sie jemanden vermisst, dann ihre Schwestern und ihre Töchter. Dass Annegret und die Zwillinge vor einiger Zeit gestorben sind, weiß sie. Und dass Angela, die schon seit ihrem elften Lebensjahr in der Pflegeeinrichtung untergebracht ist, tot war, muss sie nach allem, was sie gesehen und was Murat berichtet hatte, annehmen.

Manchmal fehlen ihr die Freundinnen, Emmi, Jutta und Dora, nie aber ein Mann, nicht einmal ihre längst verstorbenen Ehegatten. Und trotzdem konnte sie auf Cems Frage nicht antworten, weil sie sich nie Gedanken darüber gemacht hat, was Glück für sie bedeutet. Vermutlich würde sie antworten: Es geht mir gut, ich bin zufrieden.

An diesem Geburtstag ist Margarete sich sicher, dass sie auch noch hundert Jahre alt werden wird, dass sie immer weiter leben wird. Dass es immer so weiter gehen wird mit der Gartenarbeit und dem Kirchgang, selbst wenn sie der letzte Mensch auf Erden wäre.

Als die Dunkelheit über das Moor und das Haus gefallen ist, zündet sie eine Kerze an und geht in die Diele, wo sie vor den Fotos von Gerd und Bernd und Hardy und ihren vier Töchtern stehen bleibt und sich erinnert.

Danksagung

Ich danke in erster Linie meiner Frau Doro, die mich immer wieder ermuntert hat, die mich auf den rechten Weg gebracht hat, wenn ich mich beim Erzählen verzettelt habe, und die meine Launen, die beim Schreiben zwangsläufig entstehen, ertragen hat.

Dank geht außerdem raus an meinen alten Schulfreund Ralf, selbst literarisch tätig, der das Manuskript in verschiedenen Phasen kritisch gelesen und mir enorm wertvolle Hinweise gegeben und Ratschläge erteilt hat.

Ganz besonders danke ich meiner lieben Nachbarin Marlies, die es auf sich genommen hat, nach intensiver Lektüre eine umfassende Liste an orthografischen und grammatischen Fehlern zusammenzustellen, deren Berichtigungen in die 3. Auflage des Romans eingeflossen sind.

Nicht zuletzt möchte ich allen meinen Testleserinnen und Testlesern danken, die den Roman gelesen und mich mit ihrem Urteil bestärkt haben, ihn auf jeden Fall zu veröffentlichen – wenn's nicht anders geht eben per Selfpublishing.